Le otto montagne

Paolo Cognetti

帰れない山

パオロ・コニェッティ

関口英子 訳

C R E S T BOOKS

Shinchosha

目　次

LE OTTO MONTAGNE

by

Paolo Cognetti

First published in Italy by Giulio Einaudi Editore, Torino, 2016.
This Japanese edition published in agreement with the Author
through MalaTesta Lit. Ag., Milano
and Tuttle-Mori Agency, Inc., Tokyo

Illustration by Takumi Sugiyama
Design by Shinchosha Book Design Division

帰れない山

ごきげんよう、おさらばじゃ。一つだけ
婚礼の客人よ、お前さんに教えてあげよう。
人でも鳥でもけものでもひとしなみに
よく愛する者こそよく祈る者なのじゃ。

S・T・コウルリッジ「古老の舟乗り」
（上島建吉訳、岩波文庫）

父の山登りには独自の流儀があった。深く考えることは苦手な性質《たち》で、なにかにつけて意固地に押しの一手で挑むのだ。力の配分などお構いなしに、つねに誰かと、あるいはなにかと張り合うようにして登っていく。登山道が遠回りだと判断すれば、もっとも険しい斜面を突っ切って近道をする。父と山に登るときには、立ち止まることも、お腹がすいたとか、疲れたとか、寒いとかいった泣き言を洩らすことも禁物だった。ただし陽気な歌は許された。とりわけ予期せぬ嵐に見舞われたときや濃霧にすっぽりと覆われたとき、僕たちは歌った。それと、うおーっと声をあげて万年雪に飛び込むこともできた。

学生時代に父と知り合った母は、あの人は昔から待つのが苦手だった、と話していた。誰だろうと、自分よりも高い地点にいる人を追いかけることにしか関心がなくてね。だから、彼のお眼鏡に適うためには健脚でなければならなかったの。微笑みながら語る母の表情からは、そうやって父の愛情を射止めたことが伝わってきた。その後、母はしだいに、競い合って山に登るよりも、草原に座ったり、渓流に足を浸したり、草や花の名前を憶えたりすることを好むようになっていった。頂上にたどりついてからも、母は遠くの峰々を眺め、若い時分に登った頂に思いを馳せながら、あれはいつのことだったとか、誰と一緒だったなどと思い出すのがなによりの楽しみだった。ところが父は、いったん頂上まで登りつめてしまうと期待を裏切られたような気分になるらしく、ひたすら家に帰りたがった。

父と母のそんな正反対の態度の根っこには、おなじ望郷の念があったと僕は思っている。両親は三十歳のころに、ヴェネト州の農村――母の生まれ故郷であり、父はそこで戦争孤児として育った――を後にして、都会に出てきた。二人にしてみれば、人生で最初の登山も初恋も、すべてドロミーティ山群だったのだ。二人の会話にはそんな峰々の名前が随所に織り込まれていた。まだ小さかった僕は会話にはついていけなかったけれど、それでもいくつかの単語が、ひときわ弾んで聞こえる音として、なにかしらの意味とともに耳に残った。カティナッチョ、サッソルンゴ、トファーネ、マルモラーダ……。父の口からそうした地名のひとつが発せられるだけで、母の瞳がきらめいた。

それは二人が恋に落ちた場所なのだということを、やがて僕も理解するようになった。まだ子どもだった二人を山に連れていったのは村の司祭であり、そのおなじ司祭の立ち合いのもとで二人は結婚式を挙げた。ある秋の朝、トレ・チーメ・ディ・ラヴァレードの麓にある、小さな教会の前で。そんな山での結婚式は、僕たち家族の創建神話となっていた。僕にはよくわからない理由で母の両親が結婚に反対していたため、式に参列したのは四人の友人だけ。花嫁も花婿も衣裳はアノラック、夫婦としての初夜はアウロンツォの山小屋で迎えた。チーマ・グランデの岩棚にはすでに雪が輝いていた。一九七二年十月の土曜日で、その日を境に登山の季節が終わりを告げた。その年だけでなく、のちの何年にもわたって。翌日、車に革の登山靴とニッカーボッカーズを積み、お腹に赤ん坊を宿した母と、雇用契約書を携えた父はミラノへと発った。

冷静沈着というのは父が重きをおいた美徳ではなかったが、都会で暮らす以上、肺活量よりもよほど役に立ったはずだ。ミラノの街からの眺めは悪くなかった。七〇年代、僕たちは交通量の多い大通りに面した建物に住んでいた。聞くところによると、舗装された道路の下にはオローナ川が流れているらしかった。言われてみればたしかに、雨が降ると路上に水があふれてくる──そんなとき僕は、地面の下にある川が暗闇で咆哮し、ふくれあがり、しまいには排水溝から氾濫する光景を想像した──。ところが、実際にあふれかえっているのはいつだって、自動車、ミニバン、原付、トラック、バス、救急車などが流れる、もう一方の「川」のほうだった。僕たち家族が暮らしていたアパートメントは八階で、かなりの高さがあった。相似形の建物が道路を挟んで二列にそびえていたため、騒音が増幅される。ときおり父は夜中に堪忍袋の緒が切れるらしく、むっくりとベッドから起きあがると、窓を開け放った。その形相は、あたかも街に向かって罵詈雑言を吐き、沈黙を命じ、黙らないなら燃えたぎるタールをぶちまけるぞと脅しているようだった。そうやって父はしばらく窓辺に立って地上を凝視していたかと思うと、ジャケットを羽織り、おもてに出て歩きはじめた。

僕たちはその窓からよく空を見あげた。季節に関係なくのっぺりと白い空には、飛ぶ鳥たちの跡が筋状に延びるだけだった。排気ガスで黒ずみ、年じゅう降りつづく雨のために黴の生えた小さなバルコニーで、母は花を育てることに執着していた。バルコニーで鉢植えの手入れをしながら、生まれ育った農村での八月の葡萄畑の思い出や、乾燥室の棹に吊るされた煙草の葉のこと、柔らかくて白いうちにアスパラガスを収穫するには、地上に頭を出す前に摘みとらなければならず、まだ地面の下にある芽を見つける特殊な能力が必要なことなどを語ってくれた。

そんな母の眼力は、街ではまったく別の形で役に立っていた。ヴェネト州で暮らしていたころは看護師をしていた母だったが、ミラノに越してからは、オルミ地区で保健師の職に就いた。ミラノの西の外れの公営住宅が建ちならぶ一画だ。当時は、保健師という資格も、母が活動していた家庭相談センターも、妊娠中の女性をサポートし、新生児が一歳の誕生日を迎えるまで見守ろうという趣旨で設けられたばかりの制度だった。それが母の仕事であり、また母はその仕事が好きだった。ただし、母の派遣された地区では、どちらかというと伝道に近いものとならざるを得なかった。オルミ地区とは名ばかりで、あのあたりには楡の木《オルミ》などほとんど見当たらない。あの地区で目にする榛の木《オンターニ》通りだとか、樅の木《アベーティ》通りだとか、唐松《ラリチ》通りだとか、樺の木《ベトゥッレ》通りとかいった名前も、あらゆる種類の悪がはびこる十二階建ての集合住宅に挟まれていては、どれも人を食ったものとしか思えなかった。母の仕事には、新生児が育つ環境を実際に見にいくという役割もあった。家庭訪問に行くと、そのあと母は決まって、何日も精神的なダメージを受けた。最悪のケースでは少年裁判所に届け出なければならない。そのような措置をとることは、ただでさえたいそう気が滅入るうえに、少なからず罵倒や脅迫を浴びせられるのだが、それでも母は、それが正当な判断であると信じて疑問を抱かなかった。そう信じていたのは母だけではなかった。母は、ソーシャルワーカー、保護司、学校の教師たちと深い団結心で結ばれていた。まるで、問題を抱えている子どもたちに対して、女性であるがゆえの連帯責任を共有しているかのように。

それに対して、父はいつだって一匹狼だった。化学者だった父は、一万人の工員を擁する工場で働いていた。やれストライキだ、やれ解雇だと、職場は慢性的に騒然としていたが、工場内でなにが起ころうと、父は夜になると決まって押しつぶされそうなほどの怒りを溜め込んで帰ってきた。夕食のとき、父はナイフとフォークを握りしめて宙に浮かせたまま、無言でテレビニュースの画面に見入っていた。まるで新たな世界大戦が勃発するのをいまかいまかと待ち受けているかのように。そして、殺人事件の犠牲となった人や、政権の危機、石油の値上げ、主犯格が明らかでない爆破事件といったニュースを耳にするたびに、誰にというでもなく悪態をつぶやいた。そんな父が家に連れてくる同僚の顔ぶれはごく限られており、来れば必ず政治談議が始まり、あげくの果てに口論となるのだった。というのも父は、コミュニスト相手には反コミュニストを気取り、敬虔なクリスチャン相手には急進主義者を、イデオロギーや政党の枠組みに父をあてはめようとする者に対しては、自由思想家を気取っていた。もっとも、当時は政治的動員から無縁でいられるような時代ではなく、やがて父の同僚たちの足は遠のいていった。父はといえば、相変わらず毎朝、塹壕にでも籠もりに行くかのような渋面で工場に出勤する生活を続けていた。そして夜は不眠に悩まされ、物をつかむときには必要以上に力を入れ、耳栓と頭痛薬を手放さず、とつぜん烈しい怒りに駆られて癇癪を起こした。そんなときは母の出番だった。母は妻の義務のひとつとして、父をなだめ、父が世の中と対峙する際の衝撃を和らげる役割も引き受けていたのだった。

家のなかでは、両親はまだヴェネト方言を話していた。僕の耳にはそれが、二人の秘密の言葉として、謎めいた以前の暮らしの名残《なごり》として響いた。玄関の小卓に母が飾っている三枚の写真とおなじく、過去の残滓のような気がしたのだ。僕はよく、その小卓の前で足をとめて写真を眺めた。一枚目は、母の両親がヴェネツィアに行ったときの写真。二人にとってそれは生涯たった一度の旅行であり、銀婚式の記念として祖父が祖母にプレゼントしたものだった。二枚目の写真では、葡萄の収穫の季節に集まった母方の親族が勢ぞろいしてポーズをとっている。集団の中央に座る祖父母と、その二人を囲むように立つ三人の女の子と一人の男の子。農場の麦打ち場には葡萄が山ほど入った籠が並んでいる。三枚目の写真では、そのたった一人の男の子――僕の叔父にあたる――が、山頂を示す十字の標《しるし》の隣で、束ねたザイルを肩に担ぎ、登山服姿で、僕の父と並んでにっこり笑っている。この叔父が若くして亡くなったために、僕はその名を継いだのだ。といっても、僕ら家族の会話のなかでは、僕は「ピエトロ」であり、叔父は「ピエロ」だった。そこに写っている人たちのなかで、僕が会ったことのある人は一人もいなかった。会いに連れていってもらったことは一度もなかったし、彼らのほうからミラノに訪ねてくることもなかったからだ。母は年に数回、土曜の朝の列車に乗り、日曜の夕方に帰ってきた。出発したときよりもいくぶん悲しげな面持ちで。それでも母は、悲しみと折り合いをつけながら、また日々の営みを再開するのだった。すべきことも、面倒をみなければならない人も多すぎて、そうそう悲嘆に暮れているわけにはいかなかった。

ところが、まったく予期していないときにかぎって、そんな過去が不意討ちのように目の前に現われる。たとえば朝、車でまず僕を学校に送り、次いで母は相談センターへ、そして父は工場へ行くという長い順路のあいだに、ときおり母が昔懐かしい歌を口ずさむことがあった。渋滞する道で母が最初の何小節かの歌詞を口ずさむと、父もつられて歌いだす。いずれも第一次世界大戦中の山岳地帯を舞台にした歌だった。「軍隊輸送列車《ラ・トラドッタ》」「スガーナ渓谷《ヴァル・スガーナ》」「大尉の遺言《イル・テスタメント・デル・カピターノ》」。そこに詠われている物語を、僕もすっかり暗記していた。前線を目指して二十七人で出発したものの、そのうち故郷に帰還したのはわずか五人。戦地となったピアーヴェ川沿いには十字架が立っていて、いつの日か母親が探しに来るのを待ちわびている。遠くに残された恋人が、溜め息をつきながら待っていたけれど、いつしか待ちくたびれて別の男と結婚してしまった。死にゆく者たちは彼女に口づけを託し、自分のために一本の花を捧げてくれと言い残す……。どの歌にも方言がまじっていたため、僕は両親がそうした歌を以前の暮らしから引きずっているのだと直感し、同時に、なにかそれだけではない奇妙な感触を覚えるのだった。なぜか知らないが、そうした歌は、父と母のことを詠ったものなのだと思っていた。つまり、二人の個人的な経験を語った歌。そうでもないかぎり、両親の意思とは裏腹に、その声から明らかに透けてみえる感情の昂りの説明がつかなかった。

秋や春にめずらしく風が吹く日には、ミラノを走る大通りの突きあたりに山々がその威容を現わすことがあった。たいていカーブを過ぎた地点だとか、陸橋の上などでいきなり視界に飛び込んでくるのだけれども、そんなとき両親の眼差しは、互いに指し示すまでもなく、たちまちその方向に吸い寄せられた。山々の頂は白く、空はいつになく青く、奇跡を目の当たりにしたような感覚に陥った。僕たちの住むこの街では、工場は騒乱に見舞われ、公営住宅は人であふれかえり、広場では衝突があり、子どもたちは虐待され、未成年の少女たちが出産しているというのに、あの山は雪を戴いている……。すると母が、あれはどこの山なのと尋ね、父は、都市地理学において磁石で方向を確認するときのように、あたりを見まわした。この通りはなんだっけ？　モンツァ通りか？　いや、ザーラ通り？　だったら、あの山はグリーニャだ。しばらく考えたあとで、父はそんなふうに答えた。そうだ、彼女《グリーニャ》に間違いない。僕はその伝説をよく憶えていた。グリーニャというのはたいそう美しくて残忍な女戦士で、愛の告白をしようと山に登ってくる騎士たちを、ことごとく矢で射殺《いころ》していた。あるときとうとう神の怒りを買い、山の姿に変えられてしまった。そうしていまでは、フロントガラスの彼方で、それぞれに異なる思いを胸に秘めた僕ら三人の驚嘆の眼差しを一身に浴びているのだ。そうこうするうちに信号が青に変わり、歩行者は速足で道路を渡りおえ、後ろの車がクラクションを鳴らした。すると父は、地獄に堕ちやがれと運転手を罵りながら、手荒にギアを入れ、スピードをあげて、その神の恵みのような瞬間から走り去るのだった。

こうして七〇年代も終わりに近づき、ミラノではテロの嵐が吹き荒れるなか、父と母はふたたび登山靴を履くようになった。ただし、自分たちの故郷である東の山々ではなく、まるで逃避行を続けるかのように、さらに西の、オッソラ、ヴァルセージア、ヴァル・ダオスタの方を目指した。そのあたりには高くて峻厳な山々ばかりが連なっている。のちに母が語ったところによると、最初は思いもよらぬ圧迫感に苛まれたそうだ。ヴェネトやトレンティーノ地方の山々のなだらかな稜線に較べると、西にある渓谷はいずれも狭隘《きょうあい》で薄暗く、逃げ場のない行き詰まりのように感じられた。岩肌は黒々と湿っていて、そこかしこで急流や滝に出くわす。なんてたくさんの水かしら、と母は思ったそうだ。この辺りはきっと雨がものすごく降るのね。その大量の水が並外れた源泉から生まれていることに、母はまだ気づいていなかった。そのとき母と父はまさしくその源泉へ向かっていたことにも。二人は渓谷を登り、やがてふたたび陽光の届く高さに出た。すると不意に眺望が展《ひら》け、目の前にいきなりモンテ・ローザがそそり立っていたのだ。それは北極の景色であり、夏の放牧地が頭上に戴く永遠の冬だった。母はそれを見て驚愕した。一方の父は、これまで慣れ親しんでいたのとは異なる次元の偉大さを発見したような感覚だったと語っていた。あたかも人間たちの山々からやってきて、巨人の山々に迷いこんだかのような。言うまでもなく、父はひと目で恋に落ちた。

その日、二人が正確にどこにいたのか僕は知らない。マクニャーガ、アラーニャ、グレッソネイ、アヤス……。以来、僕たち家族は毎年、飽くことのない父の放浪癖にしたがって、彼の心を奪った山をぐるりと周回するように移動を続けた。僕は、一緒に歩いた渓谷よりも、家――そう呼べるかどうかはわからないが――のほうをよく憶えている。僕たち家族はキャンプ場のバンガローや村の宿屋の一部屋を借りて、たいてい二週間連泊した。宿泊所はどこも、三人で心地よく過ごす工夫ができるだけの余地もなければ、なにかに愛着が湧くほどの時間もなかったけれど、そうしたことに父は無頓着であり、気づきもしなかった。父は宿に着くなり、まず服を着替えた。旅行鞄からチェック柄のシャツとコーデュロイのズボンとウールのセーターを取り出す。肌に馴染んだ服を着ると、父は別人に生まれ変わった。その短い休暇を、父はひたすら山道を歩きまわって過ごすのだった。早朝に出掛けていき、日が暮れるころ、場合によっては翌日、土埃にまみれ、陽に焼け、疲れてはいるけれども、満ち足りた表情で帰ってくる。そして夕飯を食べながら、山で見かけたカモシカやアイベックス、テントを張って過ごした夜、満天の星、頂上付近に八月でも残る雪などの話をしてくれた。本当に機嫌がいいときは、最後にこう言い添えるのだった。「おまえたちも一緒に連れていってやりたかったよ」

問題は、母が氷河の上を絶対に歩きたがらないということだった。氷河に対して母は、理屈の通らない、頑なな恐怖心を抱いていた。自分にとっての山とは三千メートルまでなのだと母は言い張った。懐かしのドロミーティ山群の高さだ。三千メートルよりも、二千メートル付近のほうを好んだ。牧草地に渓流、そして森。千メートルのあたりも大好きだった。材木と石からなるそのあたりの村々の暮らしぶりを、母は慈しんだ。父が山歩きに出掛けて留守のとき、母はいそいそと僕を散歩に誘った。広場でコーヒーを飲んだり、草原に足を投げ出して座り、僕に本を読んでくれたり、通りかかった人たちととりとめもないお喋りをしたり。そんな母にとってなにより苦痛だったのは、ひと夏ごとに場所を変えなければならないことだった。自分たちのものとして手を入れられる家が欲しかったし、帰ってきたと思える村が欲しかったのだ。母は、しょっちゅう父にそう頼んでいた。すると父は、ミラノのアパートメントで精一杯で、別荘の家賃を払う余裕など到底ないと答えた。それでも母は、いくらなら払えるのかと食いさがったので、最後には父も根負けし、別荘探しを許可した。

夕食後、食器や食べ残しがきれいにさげられると、父はテーブルに地形図をひろげて、翌日たどる予定の山道を予習しはじめた。イタリア山岳協会が発行したグレーの小冊子と、グラッパを半分まで注いだグラスを脇に置き、ときおりちびちびと飲みながら。母は母で、自由を満喫していた。ソファーか、さもなければベッドに座って、小説に没頭するのだ。そうやって一時間か二時間は物語の世界にどっぷりと浸かり、その場から気配を消した。そんなとき僕は、父の膝の上に座って、なにをしているのかのぞいた。父は都会にいるときに見慣れていた父とは別人のように、朗らかで饒舌だった。上機嫌で僕に地図を見せ、読み方を教えてくれた。ここに川が流れていて、と父は指を差しながら説明した。これがほら、湖だ。このあたりに山小屋が何軒か建っている。色分けがしてあるから、森か、アルプス草原か、岩場か、氷河かがひと目でわかるようになっているのさ。何本も並んでいる曲線は標高を示すもので、間隔が狭ければ狭いほど、山の斜面が急なんだ。なかには登れないほど急な斜面もある。この、間隔が広くなっているあたりは傾斜が緩やかだから、ほら、登山道が通っているだろ？　標高の書かれた丸印は、山頂を示すものだよ。みんなが山頂を目指して登るんだ。それ以上高いところがなくなったら、あとは下りるだけだ。わかるかい？

僕には父の話がわからなかった。父にそれほどの多幸感をもたらす山の世界を、僕も自分の目で見る必要があった。それから何年かして、僕たちは一緒に山に登るようになるのだが、僕の天性がどのように花ひらいたのか、鮮明に憶えていると父はよく言っていた。ある朝のこと、まだ母の眠っているうちに出掛けようとした父が登山靴の紐を結んでいると、目の前に、きちんと服を着替え、一緒に山へ行く支度を整えた僕が立っていた。布団のなかでこっそり着替えたにちがいない。僕は六つか七つだったのだけれど、暗かったせいもあり、実際の年齢よりもうんと大きく見えて驚いたと父は言っていた。父の話のなかでは、そのときの僕はすでに、成長したあとの僕の姿をしていたらしい。まるで大人となった息子を予兆するために、未来からやって来た幽霊のように。

もう少し寝なくていいのか？　父は、眠っている母を起こさないように小声で尋ねた。

パパと一緒に行きたいの、と僕は答えたそうだ。少なくとも父はそう主張した。けれども、ひょっとするとそれは、父が記憶にとどめておきたい返事にすぎなかったのかもしれない。

第一部　子ども時代の山

一

グラーナ村は谷間《たにあい》へと分け入る道沿いにあり、そこを通りかかる人たちも、とるにたらない存在として、ことさら目をとめはしなかった。上手《かみて》は高くそびえる鈍色《にびいろ》の峰々に、下手《しもて》は往来を阻む断崖に閉ざされている。断崖の上からは、かつて塔だったと思われる遺構が荒れ放題の畑を見おろしていた。州道から分かれた一本の砂利道が、きつい勾配のつづら折りとなって、塔の下までのぼっていく。塔を越えたあたりから坂はなだらかになり、山の脇腹へと向きを変え、見たところ平坦な面を進みながら、中腹にある峡谷へ入っていく。僕たちがそこへ足を踏み入れたのは、一九八四年七月のことだった。牧草地では村人たちが秣《まぐさ》を刈っていた。峡谷は、下から見あげたときの印象よりも広く、日陰の斜面は樹木で覆われ、日の当たる斜面は段々畑になっていた。下方に目をやると、そこここに繁る灌木のあいだを川が流れていて、ときおりきらりと光った。僕にとっては、それがグラーナ村で最初に好きになったものだった。当時の僕は冒険小説に夢中で、マーク・トウェインの影響で川に強い憧れを抱いていた。あの川へ行けばきっと魚が釣れるし、飛び込んだり泳いだり、細い木を切り倒して筏を造ることだってできるにちがいない。そんな空想に心を奪われた僕は、カーブのむこうからいきなり姿を現わした村には気づかなかった。

「ここよ」と母が言った。「ゆっくり走って」

父は徒歩並みに速度を落とした。家を出たときからずっと、おとなしく母の言うなりに運転してきた父は、右や左に頭を下げては、車が巻きあげる土埃のなか、丸太で造られた家畜小屋や鶏小屋、干し草小屋、焼けたり崩れ落ちたりして廃墟と化した建物、道端にとめてあるトラクターや梱包機《ロールベーラー》に見惚れていた。首に鐘を提げた二頭の黒い犬が、道沿いの家の中庭から飛び出してきた。比較的新しい二軒の家以外は、村全体が山とおなじ鈍色の石でできていて、まるで迫りあがった岩のように、あるいは土砂崩れの跡のように、山にへばりついていた。その少し上のほうでは山羊が草を食んでいた。

父は無言だった。母は――その場所は、母が自分で見つけてきたものだった――車を空き地に停めるよう父に言うと、降りて大家さんを探しにいき、そのあいだに僕と父で荷物を降ろした。二頭の犬のうちの片方が、吠えながら僕たちのほうにやってきた。すると父が、普段だったら決してしないようなことをした。犬の鼻先に手を差し出してにおいを嗅がせ、優しく言葉をかけながら、耳と耳のあいだを撫でたのだ。ともすると父は、人間よりも犬とのほうがうまくコミュニケーションがとれたのかもしれない。

「それで?」ルーフキャリアからゴムロープを外しながら、父が尋ねた。「おまえはどう思う?」

すごくいいところだね、僕はそう答えたかった。干し草のにおいに、家畜小屋、薪、煙……ほかにもいくつものにおいが、車から降りたとたん僕を包み込み、おのずと期待がふくらんだ。でも、それが正しい答えなのか僕には自信が持てなかった。そこで、こんなふうに返事をした。「僕、悪くないと思うけど、父さんは？」

父は肩をすくめた。視線をいったん荷物に移してから、僕たちの目の前に建っている小屋を見やった。一方に傾いたその小屋は、二本のつっかい棒で支えられていなければ倒れていたにちがいない。小屋にはロール状に巻いた干し草が積みあげられていて、その上にデニム地のオーバーシャツが無造作に置かれていた。おそらく誰かが脱いだまま置き忘れたのだろう。

「父さんは、こんな場所で育ったんだ」父の口調からは、果たしてそれがよい思い出なのか悪い思い出なのか、うかがい知ることはできなかった。

父はスーツケースの持ち手をつかんで車から降ろそうとした。ところが、その瞬間、なにか別のことが頭をよぎったらしい。いかにも愉快な考えを思いついたというふうに僕を見た。

「おまえは、過去がもう一度やってくると思うか？」

「難しい質問だね」僕は、うっかり間違った答えを口にしないように、そう返事をした。父はしょっちゅう僕にこうした類《たぐい》の謎かけをした。論理学と数学の得意な父は、自身とおなじような知力を僕のなかに見出しており、それを試すのが親としての務めだと考えているようだった。

「あそこに川が流れているのが見えるだろ？　あの川の水が流れる時間だと仮定しよう。いまいる場所が現在だとしたら、未来はどっちだと思う？」

僕は考えた。こんどの質問は簡単な気がしたので、無難だと思われる答えを返した。「水が流れていくほうが未来だよ。あっちの下のほう」

「そうじゃない」父はそう断言した。「ありがたいことにな」それから、なにか心の重石《おもし》がとれたような清々しさで言った。「ほらよっと」それは僕を抱きあげるときに父がよく使っていた掛け声だった。そして、一個目のスーツケースがどすんという音とともに地面に置かれた。

母が借りることにした家は村のなかでも標高の高い場所にあり、水飲み場を中心とした小さな広場に面していた。その建物には二つの異なる起源を示す特徴があった。一つは、壁や、黒ずんだ唐松材のバルコニー、苔むした石瓦の屋根、煤だらけの大きな煙突など、昔ながらの家屋であることをうかがわせるもの。もう一つは、単に古びてしまっているもの。内装をリフォームした際に床に敷いたリノリウムのシートも、部屋に張った花柄の壁紙も、台所に設えた吊り棚やシンクも、いまやどれも黴が生え、色褪せていた。そうしたありきたりの趣味と無縁の家具はただひとつ、黒いストーブだけだった。鋳鉄製のそのストーブは重厚で厳めしく、真鍮の取っ手がついていて、調理用の火口が四つあった。それだけ別の時期に、別の場所から運ばれてきたものにちがいない。いずれにしても、母がその家に惚れ込んだのは、そこにないもののお蔭だったのだと思う。現に、家はほとんどがらんどうだった。大家さんに、少しこちらで手を加えても構わないかと尋ねると、「お好きにどうぞ」という、ごく簡潔な答えが返ってきた。その家はもう何年も貸しておらず、その夏も、まさか借り手がつくとは思っていなかったのだ。大家さんはぶっきらぼうなところがあったが、礼に欠いた人ではなかった。野良仕事をしているところに僕たちがいきなり到着したものだから、着替える暇もなくて当惑していたのだろう。大きな鉄製の鍵を母に渡して、給湯器の使い方を説明した。用意してきた封筒を母が差し出すと、最初は拒んだものの、最終的には受け取った。

父はとっくにどこかへ行ってしまっていた。父にとっては家なんてどれもおなじだったし、翌朝にはオフィスに戻らなければならなかったからだ。バルコニーに出て煙草をふかしながら、ごつごつとした木製の手すりを両手でつかみ、山々の頂を見据えていた。まるで、どこから攻撃を仕掛けるべきか見極めるべく、入念に下調べをしているみたいだった。挨拶をするのが億劫だったのだろう、父は、大家さんが出ていくのを待って室内に戻ってきたものの、そのときには気が滅入り陰鬱になっていた。なにか昼食用の食べものを買ってくる、日が暮れる前にはミラノへの帰途につきたいと言った。

父が帰ってしまうと、その家で、母は娘時代の顔をとりもどした。それは僕の知らない顔だった。朝はベッドから起きると真っ先にストーブのなかに木切れを並べ、新聞紙を丸めると、鋳鉄のざらざらした表面でマッチを擦った。すると、たちまち台所じゅうに煙が充満するのだが、母は少しも意に介さなかった。そればかりか、部屋が暖まるまで被っていなければならない毛布も、ミルクパンから吹きこぼれて熱い鉄板の上で焦げつく牛乳も気にならないようだった。朝食には、軽くトーストしたパンにジャムを塗ってくれたし、蛇口の下で、僕の顔や首や耳を洗い、タオルで拭いてくれた。それから、外へ出るように僕をうながした。風や日射しを浴びれば、都会育ちの虚弱さも少しは消えるでしょ、と言って。

その夏の日々、沢が僕の探険の舞台となった。境界線が二か所に設けられ、僕はそれより先に行くことを禁じられた。上流の境は小さな木の橋。そのむこうは両岸が切り立ち、V字谷になっていた。下流の境は断崖の下にある藪で、水の流れはそこから谷底のほうへと続いていく。要するに山の家のバルコニーから母の目が届く範囲だったのだけれど、僕にとってはまるごと一本の川に匹敵した。沢は最初、幾重にも連なる斜面を飛び跳ねるようにして、水沫《すいまつ》をあげながら流れくだる。僕は大きな岩塊のあいだから身を乗り出して、銀色の光を反射する川底を眺めた。やがて少し下流に行くと、それまで少年だった沢がいきなり大人になったかのように幅が広くなり、何本かに枝分かれし、白樺の生えた中州を縫って流れていく。そのあたりなら、岩から岩へと跳び移って反対岸へも渡れた。さらにその先では、倒れた木々が折り重なり、行く手をふさいでいた。下には岩溝《ルンゼ》が口を開けていて、冬のあいだの雪崩によってなぎ倒された木々や枝が水中で朽ちていたのだけれど、その当時の僕にはそういった知識はなかった。ただ川が、その生涯において、障害物に行きあたって進めなくなり、どうしたものか思い悩んでいるのだと思っていた。そして沢に来るたびに、そのあたりに座っては、水面のすぐ下で揺れる水草を観察していた。

岸辺の牧草地には、草を食む牛の番をする少年がいた。母から聞いた話によると、僕たちが借りた家の大家さんの甥だということだった。少年は、持ち手がくるりと曲がったプラスチック製の黄色い棒をいつも持ち歩き、その棒で牛の脇腹を叩いては、丈の高い草のほうへと導いていた。茶色のぶちがある若くて落ち着きのない牛ばかり七頭。牛たちが勝手な方向へ行くと、少年の怒鳴り声がするのだった。悪態をつきながら一頭のあとを走って追いかけていたと思ったら、また別の一頭を追うこともあった。放牧の時間が終わると先頭に立って斜面を登り、ふりかえっては、こんなふうに声をあげて呼んだ。おーい、おーい、おー。あるいは、へーい、へーい、へー。すると牛たちはしぶしぶ少年のあとにしたがい、小屋へと帰っていった。牛たちが草を食んでいるあいだ、少年は少し高いところの地べたにしゃがみ、ジャックナイフで木片を彫りながら、牛を見張っていた。

「そこに入るな」一度だけ、彼が僕に言葉をかけた。

「どうして？」僕は尋ねた。

「草を踏んでる」

「どこならいいの？」

「あっち」

少年は顎をしゃくって沢の対岸を示した。僕は、いまいる場所から反対岸に渡るにはどうしたらいいのかわからなかったけれど、彼に訊きたくはなかったし、牧草地を通る許可を求めるのも癪だった。そこで靴を履いたまま沢にずんずん入っていった。ためらっているのを悟られないよう、流れのなかでも胸を張って歩いた。歩いて川を渡るくらい朝飯前だとでもいうように。渡りおえると、ぐしょ濡れのズボンと水がぼたぼた垂れる靴のまま、岩に座った。ふりむいてみると、少年はもう僕のほうなど見ていなかった。

そんなふうに、彼は沢のむこう岸、僕はこちら岸で、互いに視線を交わすこともなく日々が過ぎていった。

「お友達になったらいいのに」ある晩、ストーブの前で母が言った。家は長い冬のあいだに湿気を溜め込んでいたので、夕飯の支度をするときにはストーブを焚き、寝る時間まで部屋を暖めることにしていた。僕と母はそれぞれ別の本を読んでいた。たまに、ページをめくる拍子に炎がぽっと燃えあがり、会話が弾むのだった。黒々とした大きなストーブが僕たちの話に耳を傾けていた。

「でも、どうやって？」僕は答えた。「なんて話しかけたらいいかわからないよ」

「やあ《チャオ》って声を掛けて、名前を訊けばいいのよ。牛の名前も訊いてみたら？」

「そんなの無理」僕はそう言うと、物語に没頭するふりをした。

母は、僕よりもはるかにスムーズに村人たちと関係を築いていた。村には店がなかったので、僕が一人で沢を探険しているあいだ、母は牛乳やチーズを買える牛小屋や、野菜を売ってもらえる畑、木くずを分けてもらえる製材所を見つけていた。朝と夕方、牛乳のタンクを回収しにライトバンで通りかかるチーズ工房の少年とも仲良くなり、パンを運んでもらったり買い物を頼んだりしていた。どのようにしてかはわからないけれど、一週間が過ぎるころには、バルコニーにプランターを吊ってゼラニウムの花でいっぱいにした。お蔭で僕たちの家は遠くからでも目立つようになり、たまに通りかかるグラーナの村人たちが母を名前で呼び、挨拶をしていった。

「とにかく、いいから」一分ぐらい間をおいて、僕は言った。

「なにがいいの?」

「友達にならなくていいんだ。僕は一人で遊ぶのも好きだから」

「ふうん、そうなんだ」と母は言い、さも重大な問題だと言うように真剣な面持ちで本から顔をあげ、念を押した。「本当にいいのね?」

結局母は、僕の手助けをすることにした。誰もがそうとは限らないが、母は、他人のことだろうと放っておけない性分だったのだ。それから二、三日後、ほかでもない僕たちの山の家の台所で、あの牛飼いの少年が僕の椅子に座って朝ご飯を食べていた。彼が来ていることは、姿を見る前ににおいでわかった。少年は、家畜小屋や干し草、凝乳、湿った土、それに薪の煙といったもののにおいをまとっていた。以来、僕にとってはそれが山のにおいとなり、世界のどこの山へ行こうとも、おなじにおいに再会することになる。

少年は、名をブルーノ・グリエルミーナといった。グラーナ村の住民はみんなグリエルミーナという名字だけど、ブルーノという名前は俺だけなんだ。そう彼は得意げに説明した。一九七二年の十一月生まれで、僕よりも数か月、歳上なだけだ。母がふるまったクッキーを、生まれてこの方こんな旨いものは食べたことがないという勢いでほおばっていた。意外にも、牧草地で会ったとき、僕が彼を観察していたのと同様に、彼のほうでも僕を観察していたらしかった。なのに、二人して素知らぬ顔をしていたわけだ。

「川が好きなんだろ？」ブルーノが尋ねた。

「うん」

「泳げるか？」

「少しだけ」

「釣りは？」

「たぶんできない」

「来いよ。いいもの見せてやる」

そう言うと、ブルーノは椅子からぴょんと立ちあがった。僕は母と目配せすると、ためらうことなく彼のあとを追って駆け出した。

ブルーノが向かったのは、僕も知っている場所だった。小さな橋が架かっていて、流れが陰になっているところだ。岸辺に着くと、物音を立てず、姿も見せないようにとブルーノが小声で命じた。そして、岩陰からほんの少しだけ身を乗り出し、反対岸の様子をうかがった。僕に向かって、その場で待つようにと手で合図をする。僕は待っているあいだブルーノのことを観察した。亜麻色がかったブロンドの髪に、陽焼けした首すじ。だぶだぶのズボンの裾を足首のところで巻きあげ、股ぐりがずり落ちているその恰好は、大人のカリカチュアのようだった。態度も大人びていて、声にも仕草にもどこか威厳のようなものが感じられた。こっちに来るようにと合図をよこすので、僕はしたがった。岩陰から身を乗り出し、ブルーノの視線が向かう先を目で追ったものの、なにを見ればよいのか僕には見当もつかなかった。岩のむこうには小さな滝があり、その下に、ちょっとした滝壺のような薄暗い淵があった。淵といっても、せいぜい膝ぐらいの深さだろうか。滝から流れ落ちる水の勢いで、表面だけが波立っていた。隅には泡がいくつか浮いており、流れに垂直になってつかえた太い枝で、草や濡れた枯れ葉が堰きとめられている。それはどこにでもある光景で、単に水が山を流れているだけなのだけれども、見るたびになぜか魅了されるのだった。

しばらく淵をじっと眺めているうちに、水面がかすかに揺らぐのが見えた。それで僕にも、水中になにか生きものがいることがわかった。一つ、二つ、三つ……紡錘形の影が四つ、流れとは逆の方向へ頭を向け、尾びれだけをゆっくりと横に動かしている。ときおり影の一つがすっと移動し、別の場所でふたたび静止する。あるいは、背びれを水面に浮かせたかと思うと、すぐにまた水中に潜るのもいたが、決まって滝が落ちてくる方向に頭を向けていた。そのため、谷側にいる僕らにはまだ気づいていなかった。

「鱒?」僕はささやいた。

「魚だ」ブルーノが答えた。

「いつもあそこにいるの?」

「いつもってわけじゃない。別のところに潜んでるときもある」

「なにをしてるの?」

「獲物を捕ってるのさ」とブルーノは答えた。彼にしてみれば当たり前のことらしかったが、僕にとっては初めて知ることばかりだった。それまで僕はずっと、魚は流れに沿って泳ぐものだと思っていた。そのほうが楽に決まっている。まさか、流れに逆らって泳ぐなんていう力の無駄遣いをするとは思っていなかった。鱒は、静止状態を保つために必要な分だけ尾びれを動かしていた。僕はどんな餌を捕っているのか知りたくなった。もしかすると、水面すれすれを飛びまわり、たまに罠にかかったように身動きがとれなくなっている小さな羽虫かもしれない。水中でなにが起こっているのか確かめたくて、僕はじっと観察していた。するとブルーノがしびれを切らし、勢いよく立ちあがったかと思うと両腕をふりまわしたものだから、鱒はたちまち散ってしまった。僕は近くへ行ってよく見た。淵の中心にいた鱒たちは八方に逃げたらしい。目を凝らして水中を見たものの、川底の白と青の砂利しか見えなかった。そうこうしているうちに、ブルーノが沢とは反対側にある土手を駆け登りはじめたので、僕も鱒を探すのはあきらめて、あとを追うよりほかなかった。

少し登ったところの沢べりに、森番の小屋のような建物がぽつんと建っていた。その小屋は刺草《いらくさ》や木苺《きいちご》の葉むら、陽射しにさらされて干からびた雀蜂の巣などに覆われて、朽ちかけていた。村にはこうした廃屋がたくさんあった。ブルーノは、石壁の二つの面が交わる隙間だらけの角に手を掛けるなり、弾みをつけてよじ登った。そのまま、ひょいひょいと二回ほど手足を動かしたかと思うと、たちまち二階の窓の高さにいた。

「来いよ!」ブルーノが上から顔をのぞかせて言った。そのくせ、僕を待つことなんて頭になかったらしい。おそらく、彼にしてみれば少しも難しくはなかったからだろう。あるいは、僕が手助けを必要としているなんて思いもよらなかったのかもしれない。いや、簡単だろうが難しかろうが、それぞれが自力で切り抜けることに慣れっこだったからかもしれなかった。とにかく、僕は精一杯彼を真似た。指の下の石はごつごつしていて生暖かく、乾いていた。窓台に腕をぶつけて引っかき傷をつくりながらも、どうにか中がのぞけるところまでよじ登ったとき、ブルーノは屋根裏部屋の揚げ戸をくぐり、階下に続く螺旋階段を下りていくところだった。その瞬間に僕は、どこまでだろうと彼のあとをついていこうと決めていた。

薄暗闇に包まれた一階の部屋は、おなじ大きさの四つのスペースに低い壁で仕切られていて、上から見ると水槽に似ていた。室内には黴と朽ちた木のにおいを含んだ空気が淀んでいた。暗がりに目が慣れるにつれて、空き缶や空き瓶、古新聞、ぼろきれ同然のシャツ、底の抜けた靴、錆びた工具の一部などが床一面に散らばっているのが見えてきた。ブルーノは、部屋の隅に鎮座する、白くてなめらかな、タイヤの形をした大きな石の上でかがみ込んでいた。

「それ、なに？」僕は尋ねた。

「挽き臼だよ」ブルーノはそう答えてから、付け加えた。「粉を挽くための石さ」

僕もそばへ行って一緒にかがみ、石を眺めた。挽き臼がどのようなものかは知っていたけれど、実際に自分の目で見るのは初めてだった。手を伸ばして触ってみた。おなじ石でもこちらはひんやりと冷たく、すべすべだった。中央の孔には苔が生えていて、まるで緑色の泥のように指の腹にくっついた。先ほどの引っかき傷のせいで、腕がひりひり痛む。

「こいつを起こすんだ」と、ブルーノは言った。

「どうして？」

「そうすれば転がるだろ？」

「どこへ?」

「どこって、下に決まってるじゃないか」

僕が理解できずにいるものだから、ブルーノは頭《かぶり》をふり、辛抱強く説明した。「石を起こしたら、押しながら外に運び出すんだ。それから転がして川に落とす。そうすれば魚が水から飛び出して、俺たちはそれを食えるってわけさ」

ブルーノのアイディアは、聞いているそばから、あまりに壮大で実現不可能としか思えなかった。挽き臼は子ども二人で動かすには重すぎる。それでも、挽き臼がごろごろと転がっていく光景を想像するのは楽しかったし、そんなすごいことが僕らにできるんだと考えるのも爽快だったので、あえて反論しなかった。前にも誰かが起こそうとしたらしく、挽き臼と床のあいだに、薪割り用の楔《くさび》が二つ挿んであった。お蔭で挽き臼と床のあいだにかすかな隙間があいている。ブルーノは頑丈な棒を拾ってきた。つるはしかスコップの柄らしい。それを隙間に釘のように打ち込んだ。挽き臼の下に先端が入ると、柄の下に別の石を押し込み、動かないように足で固定した。

「おい、手伝ってくれ」ブルーノは言った。

「どうすればいいの?」

僕はブルーノの脇に並んで立った。二人分の体重をかけて柄の反対側を下に引き、挽き臼を持ちあげようとしたのだ。二人して柄にぶらさがった。足が地面から浮く感覚があり、挽き臼が一瞬動くのを感じた。ブルーノが考え出した仕組み自体は、間違っていなかったのだ。梃子がもう少ししっかりしてさえいれば、きっとうまくいっていたにちがいない。ところが、その古い木製の柄は、僕らの体重に耐えかねてたわみ、みしっと音を立てたかと思うと真っ二つに折れてしまい、僕らは床にもんどり打った。弾みで手に怪我をしたブルーノは、罵りの文句を吐きながら、その手を宙でぱたぱたさせた。

「痛くした？」僕は尋ねた。

「ちくしょう、この挽き臼め！　いつか必ずここから動かしてやるからな」ブルーノは傷口を吸いながらそう言い捨てると、怒りまかせに螺旋階段を駆けあがり、屋根裏部屋へと姿を消してしまった。ややあって、窓から飛びおり、走り去っていく音が聞こえた。

その晩、僕はベッドに入ってからもなかなか寝つけなかった。興奮のあまり目が冴えてしまったのだ。幼いころからいつも一人だった僕は、友達と二人でなにかをすることに慣れていなかった。そういう意味でも、自分は父とおなじだと思っていた。ところがその日、僕はなにかを体感した。突然降ってわいた、他人に対する親近感とでも言えばいいのだろうか。その感覚は僕に、抗いがたい魅力と同時に、恐怖心をも抱かせた。あたかも未知の領域に足を踏み入れつつあるかのように。僕は気持ちを鎮めるために、頭のなかでなにかイメージを描こうと試みた。川のことを考えた。流れのほとんどない淵、小さな滝、尾びれだけを動かしておなじ位置にとどまる鱒、先へ先へと流れていく枯れ葉や枝……。それから、鱒がすっと動いて獲物に向かっていくところを思い浮かべた。すると、ひとつの事実が浮かびあがった。川に棲む魚の視点で見ると、すべてのものが山から流れてくるということだ。昆虫も、小枝も、木の葉も、なにもかも。だから、魚はいつも川上を見ているのだ。流されてくるものを待ちながら。川の、いまいる地点が現在なのだとしたら……と僕は考えた。過去は、すでに僕のところを流れ去った水、つまり下流へ向かう水だ。そこにはもう、僕のためのものはなにひとつない。それに対して未来は、上から流れてくる水だ。思いがけない喜びや危険をもたらす。ということは、過去は谷で、未来は山だ。あのとき父さんが期待していた答えは、これだったんだ。運命は、それがどんなものだろうと、僕たちの頭上の山に潜んでいる。

そのうち、そんな考えも徐々に薄れていき、僕は音だけに耳を傾けていた。そのころにはもう夜の山の音にもすっかり馴染んでいて、一つひとつ聞き分けられるようになっていた。これは……と僕は考えた。水飲み場に湧く水の音。これは犬の首についている鐘の音。きっと夜中にうろついているのだろう。これは、グラーナ村に一つだけある街灯のジーという音。ブルーノもベッドのなかでおなじ音を聞いているのだろうかと僕は考えた。台所で母が本のページをめくる気配がし、ストーブの炎のパチパチという音が僕をゆっくりと眠りに誘《いざな》った。

その日からというもの、七月の終わりまでずっと、僕らは一日も欠かさずに会っていた。僕が放牧地へ行くか、さもなければブルーノが、牛たちを一本の鉄線でぐるりと囲い、それを車のバッテリーにつなげておいて、うちの台所にやってきた。思うにブルーノは、母のふるまうクッキーよりも、母のことが好きだったのではないだろうか。あれやこれやと気にかけてもらうのが心地よかったのかもしれない。職業柄、母はまわりくどい物言いをせずに、なんでも単刀直入に尋ねた。一方のブルーノは、自分の話が都会の親切なおばさんの関心をひくことが得意でならないとでも言うように、誇らしげに答えていた。こうして彼は、自分がグラーナ村でいちばん歳の若い住民で、ほかに子どもが生まれそうな家もないから、おそらく最後の子どもとなるだろうと話した。彼の父親は一年の大半を留守にしていて、ごくたまに、冬のあいだだけ帰ってくるらしかった。そして春の気配が感じられると、とたんにまた家を出て、フランスだろうがスイスだろうが、労働力を必要とする建設現場があればどこへでも行った。それとは対照的に、母親は村から一度も出たことがない。集落の上にある土地に、菜園と鶏小屋、二匹の山羊と養蜂箱を持っていて、その小さなお城を護ることにしか興味がなかった。ブルーノの話を聞いて、僕はすぐにどの人かわかった。手押し車を転がしながら、鍬や熊手を担いで道を行く女の人を見かけたことがある。たいてい僕に気づきもせずに、うつむいたまま通りすぎるのだ。ブルーノは母親と、伯父さんの家に住んでいた。この人が、僕たちの借りた別荘の大家さんの旦那さんで、ちょっとした牧草地と乳牛を所有していた。いまは従兄たちと一緒に山へ行ってるんだ。ブルーノは窓のむこうを指差して言った。もっとも、そのときの僕には森とガレ場しか見えなかったけれど。彼は、八月になったら、いま世話をしている若い牛たちを連れて、自分もそこへ行くのだと言い添えた。

「山に?」と僕は尋ねた。

「うん。高地放牧だよ。高地放牧ってなんだか知ってる?」

僕は頭をふった。

「伯父さんたちはあなたに優しくしてくれるの?」横から母が割って入った。

「うん、まあね」とブルーノが答えた。「仕事はたくさんあるけど」

「ちゃんと学校にも行ってる?」

「うん、行ってるよ」

「学校は好き?」

ブルーノは肩をすくめた。「うん」と答えれば母が喜ぶとわかっていても、嘘はつけない性格だったのだ。

「お母さんとお父さんは仲がいい？」

彼は、こんどは母から目を逸らした。

唇の両端を歪めて、「よくない」とも、「そこそこ」とも、「そんなこといちいち話したくない」ともとれる渋面をつくった。母にしてみれば、それで返事として十分だったらしく、それ以上問い詰めなかった。ただし、そのやりとりのなかに、なにか引っかかる要素があったらしいことは僕にもうかがえた。母は、それを解き明かさずに放っておくような性分ではなかった。

僕とブルーノが外で過ごしているときには、互いの家族のことを話さなかった。草を食んでいる牛たちからあまり離れすぎないようにしながら、僕らは村をめぐった。廃墟となった建物を見つけては、手当たり次第に探険する。グラーナ村には、廃屋なら飽きるほどあった。古い家畜小屋や干し草小屋、穀物倉庫、空《から》の陳列棚に埃のたまった商店、煙で煤けた古いパン焼き窯まで。どの建物にも、粉挽き小屋で見たのとおなじようにゴミが散乱していた。まるで建物の持ち主が山を去ったあと、何者かが長いあいだ不法に住み着き、その後ふたたび放置したかのように。なかには、いまだに台所にはテーブルや長椅子が並び、食器棚にはお皿やコップがしまわれ、暖炉の上にはフライパンが吊るされている家もあった。一九八四年の当時、グラーナ村の住民はわずか十四人にまで減少していたが、かつては百人近くの人が住んでいたこともあった。

そんな村の中心に、周囲の家々よりもはるかに現代的で、威厳を感じさせる建物があった。三階建てで、壁は漆喰で白く塗られ、外階段や中庭まである。まわりを囲む塀の一部が崩れていた。僕らはそこから、庭を覆いつくすようにはびこる灌木をかきわけて中に入った。一階の入り口には鍵がかかっておらず、合わせてあっただけの扉は、ブルーノが押すとあっけなく開いた。そこは薄暗い玄関ホールになっていて、木製のベンチと外套掛けが設えられていた。それがなんの建物かはすぐにわかった。おそらく学校というものはどこも似通っているからだろう。ただし、そのグラーナ村の学校は、いまでは灰色の大きな兎が数羽飼われているだけだった。一列に並べられた小屋のなかから、怯えた様子でこちらの動きをうかがっている。教室には、麦わらや秣、尿、もはや酢になった古いワインなどのにおいが充満していた。かつては教壇だったと思われる木製の台の上には、空になったワインの大瓶《ダミジャーノ》が何本か転がっていた。とはいえ、壁から磔刑像をはがして持ち去ったり、教室の後方に積みあげられた机の板を割って薪にしたりする無法者はさすがにいないらしい。

僕は、兎よりもその机の山に好奇心をそそられた。近くまで行ってじっと眺めてみた。幅が狭く、横に長い平机で、それぞれにインク壺を置くための穴が四つあいている。無数の手で撫でられたせいだろう、天板の表面はすべすべだった。手前の隅には、そのおなじ手によって文字が刻まれていた。ナイフや、あるいは釘の先端を用いたものらしい。たいていはイニシャルで、グリエルミーナを表わすと思われるGは、とりわけ何度も登場していた。

「誰のことだかわかる?」

「わかるのもあるけど、知らない子もいる。でも、どの子も話にならなら聞いたことがある」

「いつごろの落書きなの?」

「わからない。この学校はもうずいぶん前から使われてないよ」

ほかにもいろいろ訊きたいことがあったのだけれど、ブルーノの伯母さんの呼ぶ声がして、話はそこで中断された。僕らの冒険はいつもそうやって突然終わりを告げるのだった。逆らうことのできない呼び声が一度、二度、三度と響きわたり、どこにいようと僕らのもとに到達する。ブルーノは不満げに息を吐いたものの、じゃあね、と言って走り去った。遊びも会話もすべて中途半端なまに。そして、その日はもう彼に会うことはなかった。

一人残された僕は、それからもしばらく廃校にとどまった。机をひとつ残らず見てまわり、刻まれたすべてのイニシャルを読み、そこから子どもたちの名前を想像した。そのうちに、ほかよりも飛び抜けて丁寧に刻まれた、新しいイニシャルを発見した。黒ずんだ天板にナイフで刻まれた溝は、まるで口をあけたばかりの切り傷のように、ひと際目立っていた。僕は、そのGとBの文字を指でなぞってみた。それを刻んだのが誰かは疑う余地もなかった。すると、しだいにほかの事柄とのつながりが見えてきた。これまでブルーノに連れられてあちこちの廃屋を訪れたとき、目にはしながらも、その場では思いが及ばなかった事柄……。その幽霊村に隠された暮らしがどんなものなのか、僕にも少しだけわかりはじめた気がした。

そうこうするあいだに、七月が飛ぶように過ぎていった。僕たちが来たときには刈りとられたばかりだった牧草は、早くも掌一つ分ほど伸び、放牧のために高原へ向かう家畜の群れが山道を通っていく。僕は、蹄と鐘の音をにぎやかに立てながら森の奥へと分け入り、渓谷のむこうへ消えていく群れを見送った。やがて、遠く離れた斜面の、樹木の途切れるあたりにふたたび姿を現わすころには、山腹で翼をやすめる鳥の群れのように小さく見えた。週に二度ほど、夕方になるのを待って、僕と母は、家畜の群れとは反対に山を下り、隣の村を訪れた。村といっても、実質的には谷底に家が何軒か身を寄せ合っているだけだった。僕たちはそこまでの道のりを三十分あまりかけて歩くのだが、集落にたどりつくと、いきなり現代社会に引き戻されたような気分になった。川に架かる橋はバールの灯りで煌々と照らされ、何台もの車が州道を行き交い、路上にしゃがみ込んでいる避暑客の喋り声と音楽が混じり合う。その辺りまで下りてくると気温も上がり、海辺の避暑地のように陽気で怠惰な夏の時間が流れていた。バールのテーブルでは若者の集団がたむろしていた。煙草を吸い、冗談を言って笑い合い、ときには通りかかった仲間に誘われて一緒に車に乗り込み、別の谷《たに》間《あい》のバールへと向かうこともあった。僕と母はジェットーネ（公衆電話専用のコイン）を握りしめて公衆電話の列に並んだ。ようやく番がまわってくると、会話と人いきれで淀んだ電話ボックスへ一緒に入った。父と母は手短に用件を済ませた。家にいるときでも、二人は会話に時間を費やすことはなかった。二人が話すのを聞いていると、文章を最後まで言わずとも通じ合える昔ながらの友のようだった。ところが僕に代わるなり、父は饒舌になる。

「おい、山男。そっちの暮らしはどうだい？　どこかの山の頂上を極めたか？」

「まだだよ。でも、訓練はしてる」

「そいつは偉い。で、おまえの友達は元気か？」

「うん、元気。だけど、もう少ししたら高地放牧に行っちゃうから、会えなくなるんだ。牧場まで一時間かかるんだって」

「まあ一時間ならそう遠くもないだろう。父さんがそっちに行ったら、一緒に会いに行こう。どうだい？」

「行きたい。いつ来るの？」

「八月に入ったらすぐに」父はそう言うと、電話を切る前に、決まってこう言い添えるのだった。

「母さんにキスをしてやってくれ。いいか、母さんが寂しくないように、おまえがしっかり面倒をみるんだぞ」

僕は父に、うん、そうする、と約束したものの、内心では、寂しがっているのは父さんのほうだろうと思っていた。誰もいないミラノのアパートメントで、窓という窓を開け放ち、トラックの騒音に苛まれながら、一人でいる父を想像した。かたや、母は潑剌としていた。電話が済んで、グラーナ村へ戻るいつもの道をたどりはじめるころには、すっかり暗くなっていた。すると母は、懐中電灯で足もとを照らす。夜の闇なんて、これっぽっちも怖くないらしかった。母があまりに泰然としているので、僕までなんだか安心した。心許ない小さな灯りで照らされた母の登山靴を追って、僕は歩いた。しばらくすると、まるで自分に聞かせるかのように、低い調子で歌う母の声が聞こえてくる。知っている歌のときには、僕も母に合わせて小さな声で口ずさんだ。行き交う車の音も、ラジオも、若者たちの笑い声も、ほどなく背後に消え、山道を登るにつれて空気がひんやりとした。窓々の灯りが見えてくるよりも先に、風にまじる暖炉のにおいから、村のすぐそこまで来ていることがわかった。

二

その年、僕のなかにどのような変化を見てとったのかはわからないが、父は、僕も一緒に山登りへ連れていくべき時が来たと決めていた。ある土曜日、ミラノから、愛車のおんぼろアルファロメオで僕たちの穏やかな日々のくりかえしに割り込んできた父は、短い休暇を一分たりとも無駄にしてたまるかと息巻いた。山の地図を買ってきて壁に画鋲で留め、歩いた登山道をフェルトペンでたどるつもりでいたのだ。征服した土地に印をつける将軍のように。古いミリタリーリュックと膝丈のコーデュロイのパンツ、ドロミーティのアルピニスト特有の赤いセーターが父のユニフォームだった。母はそんな僕たちには付き合わず、ゼラニウムや本からなる自分の城に閉じ籠もることを選んだ。ブルーノは高原牧場へ行ってしまい、僕は、二人で一緒に遊んだ場所に一人で行っては、やっぱり彼がいないとつまらないと思っていたところだったので、父がもたらした新たな冒険を喜んで受け容れた。こうして僕は、父の登山の流儀を学んでいった。僕にとってはそれが、父から受けたもっとも教育らしきものだった。

　僕たちは朝早く家を出ると、車でモンテ・ローザの麓の集落まで登った。僕たちの山の家のあたりとは異なり、そこは人気の観光地で、僕は車のなかでうとうとしながら、整然と並ぶ別荘や、二十世紀初頭の山小屋風ホテル、七〇年代に建てられた悪趣味なコンドミニアム、川沿いに駐められたキャンピングカーなどが窓の外をつぎつぎと通りすぎるのを眺めていた。その時間帯、山麓にはまだ陽が届かず、朝露に濡れていた。父は、いちばん最初に目についた営業中のバールでエスプレッソを飲むと、アルプス歩兵旅団の兵士を思わせる厳めしさでリュックを背負った。教会の裏手か、あるいは木の橋のむこうが登山道の起点となっていて、森に入ったとたんに勾配がきつくなる。木立ちに遮られる前に、僕はもう一度空を仰いだ。頭上では、氷河がひと足先に陽光を浴びて輝いていた。むきだしの脚に朝の冷気が刺さり、鳥肌が立つ。

　山道で父は、僕を先に立って歩かせ、一歩後ろをついてくるのだった。そうすれば必要なときに父の言葉が聞こえるし、肩越しに父の息づかいも感じられる。守らなければならない約束ごとは三つだけで、いずれも単純明快だった。その一、リズムを決めて、立ち止まらずにそれを保つ。その二、喋らない。その三、分かれ道に行き当たったら、必ず上り坂のほうを選ぶ。父は、長年の喫煙と、普段は終日オフィスで過ごしているせいで、僕よりも早く息があがり、苦しそうだった。それでも、少なくとも登りはじめて最初の一時間は、たとえ呼吸を整えるためだろうが、水を飲むためだろうが、なにかを観察するためだろうが、立ち止まることを決して許さなかった。父の目には、森はなんら魅力のないものとしか映らなかった。グラーナ村の周辺を散策しているとき、草や木を指差してその名を教えてくれたのは母だった。母の手にかかると、一つひとつの植物がまるで個々の性格を持った人間のように感じられるのだけれど、父にとっての森は、単に山の高みに到達するための入り口でしかなかった。僕たちは足もとを見ながら、足と肺と心臓のリズムに精神を集中させてひたすら登った。それは、己の疲労と無言で向き合うことを意味していた。大昔から獣や人が通ってきたために、角のとれた石を踏みしめながら。ときおり、木片で作られた十字架や、人の名前の入った青銅のプレート、聖母像に花の供えられた小さな祠《ほこら》を見かけることがあった。すると、森のその一角だけが墓地のような厳粛な空気に包まれる。そんなとき、僕たちのあいだの沈黙は別の意味合いを持った。それが、その場の尊厳を損なわずに通過するための唯一の方法のように思われた。

樹木帯を越えると、僕たちはようやく視線をあげた。雪の残る山の肩では登山道がなだらかになり、陽射しの下に出ると、そこには最後の高地集落があった。すでに廃村になっているか、人が住んでいたとしてもごくわずかで、グラーナ村よりもさびれていた。ただし少し離れたところにある家畜小屋と、まだ水の出る泉、手入れの行き届いた礼拝堂は別だった。集落の上《かみ》と下《しも》の地面はきれいに均され、石積みがしてある。それだけでなく、水を引いたり堆肥を撒いたりできるように、水路まで掘られていた。その両側の土地は、麦畑や菜園に利用するのだろう、土地が段々に整えられていた。父はそうした仕事ぶりを僕に示し、かつてそこに住んでいた山岳の民のことを、畏敬の念とともに語るのだった。中世にアルプスの北からやってきた彼らは、それ以上誰も行こうとしない標高の土地でも作物を栽培できたという。特殊な技能を持ち、極寒や窮乏に対してもずば抜けた耐久力を持っていた。だが、いまとなっては……と父は言った。食料も物資も自給自足しながら、この高地で冬を越せる者は誰もいなくなってしまった。彼らは何世紀にもわたってそうしてきたはずなのだがな。

僕は崩れかけた家屋を丹念に眺めながら、そこに住んでいた人たちを想像した。いくら考えても、なぜそれほど過酷な暮らしをあえて選ぶのかわからなかった。父に尋ねてみたところ、いつもの謎かけのような答えが返ってきた。父はいつだって僕に正解を示そうとはせず、ちょっとしたヒントしか与えてくれなかった。なにがなんでも僕が自力で真理に到達しなければならないとでもいうように。

そのときの父の答えはこうだった。「なにも好きで選んだわけじゃない。平野での静かな暮らしを脅かされた者たちが、山の上に行くんだよ」

「じゃあ、平野で暮らしているのはどんな人たち？」

「領主、軍隊、司祭、部長……まあ、いろいろだ」

そう答える父の声色には、どこか冗談めかしたものが感じられた。泉で首すじを濡らした父は、朝方に較べるとずいぶん快活だった。犬のように頭をふって水滴を飛ばすと、顎鬚を絞り、山の上のほうを見つめた。僕たちを待ち受けている峡谷には視界を遮るものがなにもなく、遅かれ早かれ、先を行く人の姿を登山道に見出すことになる。父は、リュックやアノラックの赤や黄色の点を、猟師なみの鋭い目で見つけ出した。それが遠ければ遠いほど、点を指差しながら「どうだ、ピエトロ。追いつくと思うか？」と尋ねる父の声は不遜に響いた。

「決まってるさ」点がどこだろうと、僕はそう答えた。

するとたちまち、僕たちの登山は追跡へと様変わりした。筋肉はほどよく温まり、体力はあり余っている。周囲から孤立した場所で草を食む牛たちのかたわらを横切り、八月の牧草地帯を登っていく。まったく無関心な牛の群れと、僕たちの足もとめがけて吠えかかってくる番犬たち。一面に繁る刺草が、僕のむきだしの脛にちくちく刺さった。

「近道をするぞ」父の許容範囲に対して道があまりに緩慢な曲線を描いているようなとき、父はよくそう言った。「まっすぐだ。そこを登っていけ」

頂上が間近に迫ると、勾配がふたたびきつくなる。まさにそんな終盤の急峻な斜面で、僕たちは狙いを定めた獲物に追いつくのだ。たいてい二、三人組の男の人で、父とほぼ同世代、服装も似通っていた。それを見ると、登山というのはやはり昔の流行で、時代錯誤の決まりごとにしたがったものだという疑念が、僕のなかで確信に変わった。道の譲り方ひとつとっても、どこか儀式めいたものが感じられた。先を歩いていた人たちは、登山道の脇に避《よ》けて立ち止まったまま、僕たちが追い越すのを待っている。きっと上から僕たちの姿を見つけ、追いつかれまいと踏ん張っていたのだろう。抜かされるのは不本意にちがいなかった。

「こんにちは」と、一人が挨拶した。「息子さん、足が速いですね」

「こいつが引っ張るもんで、こっちは追いかけるのに必死です」父はそう返した。

「息子さんのような脚力が欲しいものですな」

「まったくです。我々も、若いころは負けてなかった」

「まあ、一世紀も前の話ですがね。頂上まで登られるんですか？」

「ええ、そのつもりです」

「お気をつけて」もう一人がそう締めくくったところで、儀礼的な会話は終わりになった。僕たちは、追いついたときと同様に無言で遠ざかる。あからさまに喜びはしなかったものの、しばらくして追い越した相手とのあいだに十分な距離ができると、父の手が肩に置かれるのを感じた。片方の手で僕の肩を力強く握りしめる。ただそれだけだった。

僕たち三人は、山に行っても好みの標高が異なると母はよく言っていたけれど、たしかにその通りなのだろう。それぞれが異なる場所で、自分によく似た景色を見出し、居心地がいいと感じる。母のお気に入りは、言うまでもなく千五百メートルあたりの森。樅《もみ》や唐松が伸び、木陰にはブルーベリーや西洋杜松《せいようねず》や石楠花《しゃくなげ》が生い繁り、ノロジカが隠れている。僕は、それよりも少し上の山に惹かれた。アルプス草原や渓流、泥灰土《でいかいど》、高山植物、牛や羊の放牧が見られるあたりだ。さらに標高が高くなると、植物は生えず、初夏になるまで一面が雪に覆われる。色彩も岩肌の鈍色が中心となり、わずかに石英の白い筋や地衣類の黄色がまじる程度だ。そこからは父の世界が始まるのだった。三時間も歩くうちに草原や森はなくなり、ガレ場や、雪渓にひっそりと点在する小さな湖、雪崩によって刻まれた岩溝《ルンゼ》、氷のような水が湧く泉がとって代わる。山はより冷淡で、人を寄せつけない、清らかな場所へと姿を変えた。その高みに達すると、父は幸せだった。おそらく、かつて踏破した山々や過ぎ去りし日々を思い出し、若返るのだろう。足取りまでもが重力から解き放たれ、衰えた敏捷さを回復するかのようだった。

父とは対照的に、僕はへとへとだった。疲労と酸欠で胃が締めつけられ、吐き気がこみあげる。気分が悪いせいで、一メートル進むのが文字通りの責め苦だった。父は、そんな僕の状態に気づくような人ではなかった。三千メートル付近ともなると登山道は不明瞭になり、ペンキで書かれた道標や積み石《ケルン》がガレ場にかろうじて立っているだけだった。すると父は、ようやく遠征隊の先頭に立った。ただし、後ろをふりかえって僕の様子を確認しようとはしなかった。ふりむくことがあるとすれば、「見てごらん！」と叫び、上方の稜線に姿を見せたアイベックスの角を指差すときぐらいだった。アイベックスは、鉱物からなる山の世界の守り番のように僕たちを見張っていた。視線をあげると、頂上がまだはるか遠くに思えた。凍った雪のにおいと火打ち石のにおいが鼻腔に充満する。

責め苦の終わりはなんの前触れもなく訪れた。最後の割れ目を飛び越え、突き出した岩をぐるりとまわると、不意に、積みあげられた石か、幾度となく雷に打たれた鉄製の十字が眼前に現われる。かたわらの斜面には父のリュックが投げ出されていて、その先には空がひろがるばかり。僕にとってそれは、喜びというよりも安堵だった。頂上にたどり着いても、なにも褒美がもらえるわけではない。ただ、もうそれ以上登らなくていいというだけだった。頂上には特別なものなどなにひとつなかった。僕にしてみれば、どこかの小川や村を訪れるほうが何倍も楽しかった。

山の頂に立つと、父は物思いに耽る癖があった。シャツもランニングも脱ぎ、十字の山頂標に干して汗を乾かす。上半身裸の父を見ることは滅多になかったせいか、そんな恰好の父は隙だらけに見えた。前腕は陽に焼けて赤らみ、がっしりした肩は白く、胸もとには一度も外したことのない金のネックレスが光っている。首すじは赤く、土埃にまみれていた。僕たちは山頂に座り、持ってきたパンとチーズをかじりながら雄大な景色に見惚れていた。モンテ・ローザのどっしりとした山群が、山小屋やロープウェイ、人工湖、マルゲリータ小屋から下りてくる登山者の隊列まで識別できるほど間近に迫っていた。父はワインの入った水筒の蓋を開け、午前中は一本と決めていた煙草に火をつけた。

「この山は薔薇色《ローザ》だからモンテ・ローザという名がついたわけじゃないんだぞ」と父は蘊蓄を語り

だした。「『氷』という意味の古語が語源になってるんだ。つまり『氷の山』だ」

それから父は、東から西へと順に四千メートル峰の名を挙げていった。毎回、決まって最初からくりかえす。実際に登る前に、一つひとつの頂を正確に把握し、長いあいだ憧れを抱きつづけることが肝要なのだ。ジョルダーニの控え目な頂、それを上から見下ろすピラミッド・ヴィンセント、ピークに大きなキリスト像が立っているバルメンホルン、稜線があまりに緩やかでほとんど目立たないパッロット、さらにはニフェッティ、ズムスタイン、デュフールと、気品の漂う鋭い峰が三姉妹のように並んでいる。次いで、「人食い尾根」との異名をとる尾根で結ばれた二つの頂上を持つリスカム。その隣の双子の山は、優雅な波を描いているのがカストルで、気の荒そうなのがポルックスだ。そしてロッチャ・ネーラの輪郭に、無垢な表情のブライトホルンが続き、いちばん西には孤高のマッターホルンが屹立している。父はこの山を、まるで年のいった伯母さんかなにかのように、親しみをこめて「偉大な尖峰《グラン・ベッカ》」と呼んでいた。一方、南の平野の方角はまったくと言っていいほど見ようとしなかった。平野には八月の靄が立ちこめている。あの灰色のフードの下のどこかに炎暑のミラノの街があるはずだった。

「なにもかもが小さく見えるだろ?」僕には、父の言葉の真意が理解できなかった。その壮大なパノラマが、どのような意味で小さいのかわからなかったのだ。父にとって小さく見えたのは、もしかするとほかのものだったのかもしれない。山の頂にいるときに父の脳裏に浮かぶ物事。もっとも、父のそんな物思いが長く続くことはなかった。父は煙草を吸い終えると、思索の泥濘から自力で這い出し、荷物を背負うなり、「帰るとするか」と言った。

下りはたいてい小走りだった。どれだけ傾斜が急だろうと、雄《お》叫《たけ》びをあげながら一目散に駆けおり、二時間もしないうちに僕と父は麓の村の泉に足を浸していた。

グラーナ村では母が独自の調査を進め、村外れの畑に足繁く通うようになった。ブルーノの母親が日中の大半を過ごしている場所だ。見あげると、そこではたいてい黄色い帽子をかぶった痩せぎすの女の人が地面にかがんで玉葱やジャガイモの世話をしていた。誰とも言葉を交わさず、訪ねてくる者とていなかった。母がたびたび通うようになるまでは。片方は畑で野良仕事をしながら、もう一方は近くの切り株に腰を掛けて、遠目に見るかぎり、二人はそのたびに三十分あまり話し込んでいるようだった。

「ということは、口が利けるのか」その風変りな女の人のことを話すと、父は言った。

「利けるわよ。私はまだ、この村で口の利けない人とは会ってないわ」と母は答えた。

「そいつは残念だ」父はそう返したが、母には軽口を相手にしている余裕はなかった。実はブルーノがその年、中学一年を落第していたと知ったばかりで、母はたいそう憤っていたのだ。ブルーノは四月から学校に通わせてもらえていなかった。いま誰かが手を貸さなければ、まちがいなく彼の学業はそこで中断してしまう。母は、なによりもこの手のことに怒りを覚えるのだった。ミラノの大都会だろうが山の寒村だろうが、それは変わらなかった。

「きみ一人の力ですべての子どもを救えるわけでもあるまい」と父が言った。

「でも、あなたの場合、手を差し伸べてくれた人がいたでしょ？」

「たしかにそうだ。だがその後、人生を台無しにされかけた」

「それでも勉強はちゃんとできたじゃない。十一歳で牛の番をさせられることなんてなかった。十

てしまうのだった。

「ほんと、幸いだこと」そんな母の皮肉に、父はあえて反論しなかった。二人が父の幼少期について話すのはめずらしく、稀に話題にのぼったとしても、父は首をやんわりと横にふって話を中断してしまうのだった。

「このあたりは事情が異なるだろう。幸いブルーノには二親《ふたおや》がそろっている」

一歳の子どもは学校へ通うべきなの」

結局、父と僕が偵察隊として送り込まれ、グリエルミーナ家の男衆と交流することになった。彼らが夏を過ごす高原牧場は三棟の山小屋から成り、峡谷沿いの道をグラーナ村から一時間あまり登ったところにある。山小屋は遠く離れた場所からでもよく見えた。峡谷の真ん中あたりの右の斜面に、身を護るようにして建っていたのだ。そのあたりは山の腹がなだらかになっていて、そこを越えるとふたたび一気に傾斜が急になり、村まで流れている沢の上流にたどり着く。僕はすっかりその沢が好きになっていたものだから、山の上で思いがけなく再会できたのが嬉しくてたまらなかった。峡谷は、まるで大規模な山崩れに上手《かみて》を埋めつくされたかのようにそこでふさがれていて、その手前には水分をたっぷり含んだ窪地がひろがっていた。沢があり、羊歯《しだ》がはびこり、大黄《だいおう》や刺草が繁っている。山道は、その真ん中を突っ切っているために、ぬかるんでいた。しばらく行ったところでようやく窪地から離れ、沢を渡り、日向の乾いた山肌を、山小屋目指してのぼっていく。沢から上は、手入れの行き届いた牧草地がひろがっていた。

「やあ」とブルーノの声がした。「ずいぶん遅かったな」

「ごめん。しばらく父さんに付き合わされて」

「あれがおまえの親父さんか？　どんな人？」

「さあ。いい父親だと思うけど」
僕は、ブルーノとおなじようにぞんざいな口調で喋るようになっていた。二週間会っていなかっただけなのに、旧友と久しぶりに再会した気分だった。父もまた、昔から知っているかのようにブルーノに挨拶をしたし、ブルーノの伯父さんまでが大仰に歓待してみせた。いったん山小屋に引っ込んだかと思うと、トーマ・チーズの塊とモチェッタ（アイベックスや鹿の肉を原料としたサラミ）、それにワインの大瓶を抱えて戻ってきたのだ。もっとも彼の表情は、そんな歓迎の仕草とは不釣り合いなものだった。顔に刻まれた憂いのせいで目鼻立ちまでが翳を帯びている。手入れのされていない顎鬚は剛《かた》く、大部分が白かったけれど、口髭は比較的ふさふさで、色も濃かった。周囲に対してつねに抱いている猜疑心のせいで、眉は吊りあがっていたが、瞳は空の青だった。父に手を差し出されたことが意外だったらしく、握り返す手にぎこちなさと戸惑いが感じられた。それでもワインの栓を開けてコップに注いでからは、自分のペースをとりもどしたようだった。

　見せたいものがあるとブルーノが言ったので、大人たちがワインを飲んでいるあいだ、僕らはあたりを探索することにした。ブルーノからしょっちゅう話を聞かされていた高原牧場を、僕は念入りに観察した。野面《のづら》積みの石垣の角に用いられている大きな石や、手で四角く削られた梁材などには、昔ながらの風格がいまなお漂っている一方で、あらゆるものにこびりついた油の層や積もった埃に、近年の窮乏ぶりがうかがえる。いちばん奥行きの深い小屋は家畜用に使われているらしく、蠅がぶんぶん飛び交い、入口にまで糞がへばりついていた。二番目の小屋は、割れた窓ガラスをぼろ布でふさぎ、屋根にはトタン板の継ぎがあたっていた。そこでルイジ・グリエルミーナと息子たちが寝泊まりしているらしい。三番目の小屋は貯蔵庫だった。ブルーノは、自分の部屋ではなく、そこに僕を案内した。グラーナ村でさえ、彼は自分のうちに僕を招き入れることはなかった。

ブルーノは言った。「俺、乳製品を作る勉強をしてるんだ」

「どういうこと？」

「チーズを作るんだよ。見せてやる」

小屋の内側には、まったく予期していなかった光景がひろがっていた。日陰で涼しく、牧場のなかでそこだけが、心から清潔と言える場所だった。唐松の厚ぼったい棚板は、いましがた洗ったばかりだった。そこにトーマ・チーズを並べ、塩水で外皮を湿らせながら熟成させるのだ。つややかな丸い塊が整然と並んでいる光景は、まるでどこかの品評会のようだった。

「これ、ブルーノが作ったの？」と僕は尋ねた。

「まさか。いまはまだ、ひっくり返すのを手伝ってるだけだよ。きれいだろ？」

「ひっくり返すってどういうこと？」

「一週間に一回、裏返して塩を塗るんだ。それから全部よく洗って、小屋の掃除をする」

「きれいだね」と僕は言った。

ところが一歩外に出ると、プラスチックのバケツが転がり、半分朽ちかけた薪の山や、ガソリンタンクを再利用したストーブ、家畜用の水飲み場になっている風呂桶などが雑然と置かれ、地面にはジャガイモの皮や犬の食べ散らかした骨が捨てられていた。そこからは、単に品位の欠如だけでなく、物に対する一種の軽視が感じられた。物を粗末に扱い、使えなくなるまで放置することに喜びを感じているとでも言ったらいいのだろうか。そんな態度は、グラーナ村でもときおり目についた。あたかも、その土地はどのみち破滅へと向かう運命にあり、手入れなんてするだけ無駄だというように。

父とブルーノの伯父さんは、二杯目のワインを飲みながら、高原牧場について経営的な観点から議論していた。議論を仕掛けたのは父に決まっていた。父が他人の人生に興味を示すのは、どのようにに生計を立てているかという点においてだったのだから。家畜は何頭いて、牧草地は何ヘクタールあり、一日に何リットルの牛乳が搾れ、そこからどれくらいのチーズが出来るのか……。ルイジ・グリエルミーナは、その道に詳しい人物と話せることが嬉しかったらしい。わざと声に出して計算しながら、現在の流通価格や畜産業者に課せられる理屈に合わない規制を考えると、自分の仕事にはもはや意味がなく、好きだからやっているにすぎないと論証した。

彼はこうも言った。「俺が死んだら、この一帯は十年もしないうちに森に戻っちまうだろうよ。まあ、息子たちにとってはそのほうがありがたいんだろうがね」

「息子さんたちは、この仕事が嫌いなのですか？」父が尋ねた。

「ああ。あいつらはとにかく苦労が性に合わないのさ」

伯父さんのぞんざいな話し方もだが、それよりも僕は、その未来予測に衝撃を受けた。高原の牧草地がかつて森だったなんて知らなかったし、ましてやふたたび森に戻るなんて考えてもみないことだった。僕は思い思いの場所で草を食んでいる牛たちを眺めながら、その牧草地に芽を出した低木が、しだいに、いまあるすべての物の痕跡を呑み込みながら大樹に成長していく様子を思い浮かべていた。用水路も、石垣も、道も、やがては山小屋までも……。

ふと気がつくと、ブルーノが屋外のストーブに火を熾していた。誰に言われたわけでもないのに、水桶のところへ行って鍋にいっぱいの水を汲んでくるなり、果物ナイフでジャガイモの皮をむきはじめる。ブルーノはなんでも器用にこなした。パスタを茹でてソースをからめ、茹でたジャガイモ、チーズにモチェッタ、ワインと一緒にテーブルに並べた。すると、ブルーノの従兄たちものっそりと小屋から出てきた。背が高くて恰幅のいい若者二人で、二十代なかばのようだった。二人は僕たちと一緒にテーブルに着き、下を向いたままで食事をした。それから僕たちのほうをちらりと見やると、すぐに小屋に戻って寝てしまった。立ち去る息子たちの後ろ姿を見つめるブルーノの伯父さんのゆがんだ唇には、二人に対する侮蔑がありありと浮かんでいた。

父は、そうしたことには気をとめるふうでもなく、食べ終わると伸びをした。それから首の後ろで両手を組み、まるで雄大な眺めを堪能するとでもいうように空を見あげた。現に、こうつぶやいた。「なんて素晴らしい眺めだ」

休暇も残り少なくなっていた父は、早くも郷愁のこもった目で山を見つめていたのだ。目に映る頂のなかには、その年にはもう登れないものもいくつかあった。頭上にそびえる頂はどれも、ガレ場や岩峰《ジェンダルメ》、鎌尾根、岩屑《がんせつ》の堆積地、クラック尾根など、荒々しいものばかりだった。その光景は、砲撃でめちゃめちゃにされた巨大な要塞の廃墟のようでもあった。かろうじてバランスを保っている残骸は、いまにも崩れてきそうだ。そんな光景を見て素晴らしいと言うのは、おそらく父ぐらいなものだろう。

「地元の方は、あの山々をなんと呼んでいるのですか？」と父が尋ねた。どうしてそんなことを訊くんだろうと、僕は不思議に思った。壁に貼った地図を年がら年じゅう眺めている父にしてみれば、尋ねるまでもないはずだったからだ。

ブルーノの伯父さんは、雨が降り出しはしまいかと訝るときのように視線をあげると、気怠そうな手振りとともに答えた。「グレノンだ」

「どれがグレノンなのです？」

「この山だよ。わしらはグラーナの山と呼んでるがね」

「いくつもある頂を全部ひっくるめて、そう呼ぶのですか？」

「ああ、そうさ。このあたりじゃあ、一つひとつの頂に名前をつけたりしないね。どれもここの山だ」食事が済み、ワインも飲みおえてしまうと、まだ居座っている僕たち二人にうんざりしはじめたらしい。

「登ったことはありますか？」父は質問をやめなかった。「あの上まで行かれたのですか」

「若いころにはな。親父の猟についてったものだ」

「氷河にも行きました？」

「いいや、そんな機会は一度もなかった。だが、行ってみたいと思ったことはある」ブルーノの伯父さんはそう答えた。

「実は、明日行ってみようと思っているのです」父はそう話を切り出した。「息子を連れていき、万年雪の上を歩かせるつもりです。差し支えなければ、お宅のお子さんも連れていこうと思うのですが」

僕はそのときになってようやく父の意図していることがわかった。一方、ルイジ・グリエルミーナは、咄嗟には父の言葉の意図が呑み込めなかったらしい。お宅の……？　そう言いかけて、僕の隣にいるブルーノに思い至った。僕たちは、犬——その年に生まれたばかりの仔犬だった——と一緒に遊びながらも、大人たちの会話をひと言も聞きもらすまいと耳をそばだてていた。

「ブルーノは一緒に来たい？」僕は訊いてみた。

「ああ、行きたい」ブルーノは答えた。

ブルーノの伯父さんは眉根を寄せた。普段から、「構わんよ」よりも「駄目だね」のほうを言い慣れていたのだ。ひょっとすると、いきなり現われた余所者にまんまと嵌められた気分だったのかもしれない。あるいは、ブルーノのことを一瞬哀れに思ったのかもしれない。

彼は、「だったら行ってこい」と言った。それからワインの大瓶の栓を閉めると、テーブルから立ちあがった。そのときにはもう、とりつくろうのはやめて、本来の不愛想な男に戻っていた。

氷河は、登山家としてよりもまず、父のなかにある科学者の気質を魅了するらしかった。学生時代に学び、教養の礎となった物理や化学、あるいは神話の知識を思い出すのだろう。翌日、三人でメッザラーマの山小屋を目指して登っているとき、父はかつて学んだ神話によく似た話をしてくれた。氷河というのはな、と山道で僕とブルーノに言った。我々のために山が大切にしまっている過ぎ去った冬の記憶なのさ。山は、その記憶を一定以上の高さに保管する。だから、遠い昔の冬について知りたかったら、その高さまで登らないといけないんだ。

「その高さのことを、『万年雪の標高』というんだ」と父は説明した。「そこから上は、夏になっても、冬のあいだに降り積もった雪が完全に融けることはない。雪の一部は秋まで融けずに残り、次の冬に降る雪の下に埋もれてしまう。そうなると、もう融けはしない。新雪の重みでしだいに氷となり、氷河が成長する層を形成するんだ。ちょうど木の年輪とおなじようにね。その層の数を数えれば、氷河の年齢がわかる。ただし、氷河というものは山の頂でじっとしているわけじゃなくて、移動するんだ。つねに少しずつ下に滑り落ちているのさ」

「どうして？」と僕は尋ねた。

「どうしてだと思う？」

「重いからだ」とブルーノが答えた。

「そのとおり」と父は言った。「氷河は重いうえに、滑りやすい岩の上に載っているから、下へと落ちていくのさ。ゆっくりだが、動きが止まることはない。山肌に沿って落ちていき、しまいには氷という状態を保つには暑すぎるところにまで到達する。その高さのことを、『融解標高』というんだ。あの突きあたりを見てごらん」

僕たちは、砂でできているように見える氷堆石《モレーン》の上を歩いていた。周囲に岩屑の堆積した氷舌《ひょうぜつ》が僕たちの足もとまで延び、登山道のはるか下まで続いている。その上を水が幾筋にもなって流れていき、見るからに冷たそうな、半透明で金属的な艶めきを帯びた湖に注いでいた。

「あの水はな」と父は説明を続けた。「今年の冬に降った雪が融けたものじゃない。どれくらいかもわからないほど長いあいだ山で保存されていた雪が融けたものなんだ。ひょっとすると、いま流れている水は百年前の冬に降ったものかもしれない」

「百年前？　本当なの？」ブルーノが尋ねた。

「いや、もっと前かもしれない。そう簡単に計算できることじゃないんだ。傾斜の角度と摩擦係数を正確に割り出さないといけないからね。それより、実験してみるほうが早いだろう」

「どうやって？」

「それなら簡単だ。あの上のほうの氷河に、割れ目《クレバス》があるのが見えるかい？　明日、あそこまで登って、割れ目のあいだに硬貨を一枚落とすのさ。そして、沢の縁に座って流れてくるのを待つんだ」
そう言うと父は笑った。ブルーノは、そのアイディアに魅了されたらしく、クレバスや氷舌をひとしきり眺めていた。僕は、太古の冬に対してブルーノのようには魅力を感じなかった。胃の具合も悪くなってきて、これまで登ったどの山よりも高いところまで来ていることがわかった。時間帯もいつもとは異なった。昼過ぎには少し雨に降られたうえに、夕暮れ近くなると霧が出てきた。氷堆石《モレーン》の端まで来たところで、木造二階建ての山小屋に出くわすのはなんだか妙な気分だった。最初に小屋の存在を知らせてくれたのは、ガソリン式発電機の排ガスだった。次いで、僕の知らない言葉でがやがやと騒ぐ声が聞こえてきた。小屋の玄関前に置かれた木製の踏み台は、尖ったアイゼンで穴だらけになっていて、リュックやザイルが散乱していた。セーターや靴下があちこちに干してあり、靴の紐をほどき、手に下着を持った登山客がうろうろしていた。

その晩、山小屋は満員だった。なんとか全員がなかに入れたものの、ベンチやテーブルまで寝台代わりに使われた。僕とブルーノは、その日の客のなかで群を抜いて若かったので、最初のグループにまじって食事をさせてもらい、次の人に席を譲るために、すぐに二階へあがった。そこはだだっぴろい寝室になっていて、僕とブルーノは一つの寝台で一緒に眠ることになった。頭のてっぺんから足の先まで服を着込んだまま、ごわごわの毛布を二枚かぶってベッドで横になり、眠気が訪れるのを長いこと待った。窓からは、星も見えなければ山麓の集落のぼんやりとした灯りも見えなかった。見えるものといえば、外に出て一服している人たちの煙草の火だけだった。僕らは一階から聞こえてくる大人たちの話し声に耳を傾けていた。食事を終えると、翌日の登山計画を互いに披露し、定まらない天候について意見を交わし、別の山小屋で過ごした夜のことや、それまで制覇した山々について語り合っていた。ときおり、ざわめきにまじって父の声が聞こえた。父はワインを一リットル注文して、みんなの輪に加わっているようだった。山頂を制覇する計画こそなかったものの、少年二人を連れて氷河に挑むと言って一躍脚光を浴びた父は、得意でならないようだった。同郷の仲間を見つけたらしく、ヴェネト方言で軽口を叩いている。ひどくシャイだった僕は、そんな父が恥ずかしかった。

ブルーノが言った。「親父さん、いろんなことをよく知ってるんだな」

「ああ、そうだね」と僕は答えた。

「教えてくれるなんて、いいね」

「そうかなあ。ブルーノのお父さんは教えてくれないの？」

「どうかな。いつも俺を邪魔くさそうに見る」

僕は内心、父さんは話をするのは得意かもしれないけれど、人の話を聴くのはからきし下手だよな、と思っていた。僕の顔を見ようともしないんだから。顔を見さえすれば、僕がいまどんな具合なのかわかるはずなのに。僕は無理をして夕飯を残さず食べたものの、たぶん抜くべきだったのだ。その証拠に、胸がむかむかして苦しかった。調理場から漂ってくるスープのにおいが状況をさらに悪くした。胃を鎮めようと何度も深呼吸をしているうちに、ブルーノに気づかれてしまった。

「気分が悪いのか？」

「ちょっとだけだよ」

「親父さん、呼んでこようか？」

「大丈夫。すぐによくなる」

僕は、両手をお腹に当てて温めてみた。なにより、家のベッドにもぐって、隣の部屋のストーブの前にいる母の気配を感じたかった。僕とブルーノはそのまま黙りこくっていた。やがて十時になり、支配人が消灯を告げるとともに発電機のスイッチを切ったため、山小屋は闇に包まれた。ほどなく、空いた寝台を求めて二階にあがってくる登山客たちの懐中電灯の光がちらちらと見えた。吐く息にグラッパの強烈なにおいを漂わせた父も通った。僕たちの様子を見にきたようだ。僕は目をつぶり、寝たふりをした。

翌朝、僕たちはまだ陽が昇らないうちに山小屋を出た。霧が眼下の谷という谷に満ち、真珠母色の澄んだ空でまたたく最後の星々は、あたりがしだいに明るくなるにつれてぼやけていく。間もなく陽が昇るだろう。遠くの頂を目指す登山者たちは、とっくに山小屋を出立していた。真夜中に慌ただしく身支度する物音が聞こえていた。たいそう高いところに見える人の列は、白い大海原にたゆたう豆粒大の漂流者としか見えなかった。

父は、僕たちの登山靴に山小屋で借りたアイゼンを装着し、三人の身体を五メートルの間隔をおいてザイルで結んだ。先頭が父、次いでブルーノ、そして僕。アノラックの上からザイルを複雑に巻きつけて胸のあたりで結ぶのだが、何年ものあいだその結び方をしていなかったので、装着に手間取り、やたらと時間がかかった。そのため、山小屋を出たのは僕たちが最後だった。その恰好でしばらくガレ場を歩かなければならず、アイゼンの爪が石にひっかかるわ、ザイルに足をとられるわで、重装備すぎる自分が無様に思えた。ところが、ひとたび雪に足をのせた瞬間、その感覚が変化した。生まれて初めて氷河の上に立ったというのに、瞬時に両足が安定し、鋼の爪が硬い雪にざっくりと突き刺さり、アイゼンが見事に氷河をつかんだのを鮮明に憶えている。

その日の朝、目を覚ましたときには、気分もいくらか持ちなおしていた。ところが外に出てしばらくすると、山小屋のぬくもりは失せ、またしても吐き気がこみあげた。先頭に立って僕たちを引っ張っている父は、心なしか急いでいるようだった。口ではこの付近を一周するだけだと言っていたものの、できることならどこかの頂に到達したいという秘めた願いがあるにちがいない。子ども連れで山頂にひょっこり現われて、ほかの登山者たちを驚かせるつもりなのだ。けれども、僕は悪戦苦闘していた。足を一歩進めるごとに、見えない手で胃をぎゅっと絞られている気分だったのだ。息をつきたくて立ち止まると、僕とブルーノのあいだのザイルが引っ張られ、ブルーノも立ち止まらなければならなくなる。すると、ザイルの張りが父にも伝わり、父がむっとした表情でふりかえって僕をにらむのだ。

「どうした？」父は詰問した。僕が駄々をこねていると思ったらしい。「さっさと歩け、ほら」

太陽が昇ると、僕たちの足もとの氷河に三つの黒い影が現われた。それまで青味を帯びていた万年雪が、まばゆいばかりの白になったと思ったら、アイゼンの下で崩れはじめた。眼下の雲が暖かい朝の陽射しを浴びてふくらんでいる。遠からず、昨日みたいにむくむくと頭をもたげだすことは、僕にもわかった。どこかの頂に到達しようという考えは、ますます非現実的なものに思えた。ところが父はそれを認めて引き返すような人ではなく、むしろ意固地になって前進を続けるのだった。しばらく進んだところで、氷河の割れ目《クレバス》に突きあたった父は、距離を目算したうえで、迷わず一歩を踏み出し、飛び越えてしまった。それから氷河にピッケルを打ち込むと、柄《シャフト》にザイルを巻きつけて、ブルーノを渡らせようとした。

もはや僕は、自分たちのしていることに少しも興味が持てなかった。日の出、氷河、重畳たる峰々、僕たちを下界から隔てている雲……。そうした人間を寄せつけない美しさのどれもが、僕とは無縁に思われた。ただ、あとどれくらい歩けばいいのか誰かに教えてもらいたかった。やっとの思いでクレバスの縁にたどり着いたとき、前にいたブルーノは、身を乗り出して下をのぞいていた。父が、深呼吸して思い切って跳ぶようにとブルーノに助言する。順番を待つあいだ、僕は後ろをふりかえった。僕たちのいる場所の下は、傾斜が急になっており、氷河が割れてそそり立つ氷塔《セラック》を形成していた。見るからに不安を煽る、その裂けて崩れ、堆積した氷の塊のむこうでは、いましがた後にした山小屋が霧に呑み込まれかけていた。それを見た僕は、二度と引き返せないと思った。勇気づけてもらいたくてブルーノの視線を求めたが、すでに彼はクレバスのむこう側にいた。父がブルーノの肩を叩きながら、見事なジャンプだったと褒めそやしている。でも、僕には無理だ。むこう側に飛び移ることなどできっこない。そう思った瞬間、僕の胃が音をあげ、朝食べたものを雪の上に吐いてしまった。こうして、それまでひた隠しにしてきた僕の高山病が父の知るところとなった。

父はひどく驚いた。慌てて僕を介抱しようとクレバスを飛び越えてこちら側に戻ってきたものだから、三人の身体を結んでいたザイルがもつれた。僕は、そんなふうに取り乱す父を意外に思った。怒鳴られることを覚悟していたのだ。当時の僕は、父がどれほどのリスクを冒して僕たちをそんな高所まで連れていったのか、よくわかっていなかった。十一歳の少年二人が、急ごしらえの装備で、おまけに悪天候に追われながら、強情な父のあとについて氷河を這いずりまわっていたのだから。それでも、高山病の唯一の治療法が標高の低い場所まで下りることだとわかっていた父は、躊躇せずに下山をはじめた。列の順番を逆にして、僕が先頭を歩き、気分が悪ければいつでも立ち止まれるようにした。僕の胃はもう空だったけれど、それでもまだ、ときおりこみあげる吐き気に悩まされ、胃液をもどしていた。

しばらく下りたところで、僕たちは霧にすっぽりと包まれた。父が列のいちばん後ろから声を掛けてくる。

「体調はどうだ？　頭痛はしないか？」

「大丈夫みたい」

「お腹の具合は？」

「少しよくなった」と僕は答えた。本当のところは、身体にぜんぜん力が入らなかったのだけれど。

「これを舐めてみろ」ブルーノが握り固めてアイスキャンディーのようにした雪の塊を渡してくれた。僕は口に含めて吸ってみた。そのお蔭もあったのかもしれないし、山を下りてきた安心感もあったのだろう。少しすると僕の胃袋は落ち着きをとりもどした。

一九八四年の八月の朝のことだった。僕にとってはそれが、その夏最後の思い出となった。翌日、ブルーノは高原の牧場に戻り、父はミラノへ帰っていった。それでもあの瞬間、望むと望まざるとにかかわらず、僕たちは互いの身体を一本のザイルで結び、三人一緒に氷河の上を歩いていた。そんなことは、それが最初で最後だった。

下山の途中、僕はアイゼンが地面に引っかかってまっすぐ歩けずにいた。僕のすぐ後ろをついてくるブルーノ。やがて、雪の上を歩く僕たちの足取りに合わせて、ブルーノのおーい、おーい、おーい、という声が聞こえだした。いつも彼が牛を小屋に追い戻すときに使っている掛け声だ。へーい、

へーい、へー。おーい、おーい、おー。その日ブルーノは、立っているのが精一杯の僕を山小屋へ連れて帰るために声を出していた。僕はその単調な歌声に身を委ね、リズムに合わせて足を前に出す。すると、なにも考えないで歩くことができた。

「それにしても、あのクレバス、すごかったな。のぞいてみたか？」途中でブルーノが尋ねてきた。

「信じられないくらい深かったよ」

僕は返事をしなかった。クレバスのむこう側で、まるで本当の父子《おやこ》のように寄り添って喜び合う父とブルーノの姿が、瞼の裏にまだ焼きついていたのだ。目の前にひろがっていたのは霧と雪が一体となって織りなす一面の銀世界で、僕は転ばないように歩くことだけに神経を集中させていた。ブルーノはそれ以上なにも言わず、ふたたび単調な歌声をあげた。

三

当時の僕にとって、冬は、山への郷愁にひたる季節となった。スキー客を毛嫌いしていた父は、彼らと一緒になることをいやがった。登る努力もせずに、圧雪車できれいに均され、ロープウェイの整備された斜面を滑り下りるだけの遊びに、冒瀆に近いものを感じていたらしい。集団で押し寄せては荒らすだけ荒らして帰っていくと言って、スキー客を軽蔑した。ときおり夏に山を歩いていて、チェアリフトの支柱や、樹木をむしりとられたゲレンデに放置されたスノーモービル、標高の高いところに設置されながらも使われなくなったロープウェイの駅の廃墟、ガレ場の真ん中に打ち捨てられたセメントの塊の上にある錆びた車輪などに出くわすことがあった。すると父は、「爆弾でも仕掛けてやるか」と真顔で言うのだった。

クリスマス休暇で押し寄せるスキー客について報じるテレビニュースを見ているときの父も、同様の心理状態だった。大勢の人々がアルプスの渓谷に殺到し、ほかでもないそのスキー用の施設に列を成し、僕たちの山道を猛スピードで滑り下りる。父は冬のあいだミラノのアパートメントに閉じ籠もることで、その手の人たちと一線を画すのだった。あるとき母が、グラーナ村の雪景色を見せてやりたいから、僕を連れて日曜日に山へ行かないかと提案したことがあった。父の返事はにべもないものだった。「いいや、行ったって嫌いになるだけさ」父にとっての冬山は、とても人間の太刀打ちできる場所ではなく、触れずにおくべき存在だった。登ったら下りるという父独自の哲学や、下界で心を苦しめる事柄から逃れるために高いところへ行くといった考え方によると、心軽やかに過ごす季節のあとには、重苦しい季節——すなわち、平野で、仕事をしながら鬱々と過ごす日々——がめぐってきて然るべきなのだった。

こうして、ようやく僕も山の恋しさがわかるようになった。それまで何年ものあいだ、山への郷愁に駆られる父のかたわらで、理解できずにただ見ていたのだが、いまでは僕も、大通りの突きあたりでいきなり不意に姿を現わすグリーニャ山に心を奪われるようになった。そして、日記でも読みかえすように山岳協会発行のガイドブックを繰りながら、古めかしい文体にどっぷりとつかり、僕まで一歩いっぽ登山ルートをたどっているような錯覚に陥った。「勾配が急峻なうえに草深い斜面を、もはや使用する者のいなくなった放牧地まで登攀する」「その地点から、崖の崩壊によって生じた土砂や万年雪の残る一帯を進みつつ」「やがて、著しい陥没カルデラに隣接する頂上へと至る尾根に到達するのである」

月日が経つにつれて、陽焼けしていた僕の脚は青白くなり、引っかき傷やかさぶたはきれいに治り、刺草にかぶれたときの痒みも、靴下も靴も履かずに浅瀬を渡ったときの氷のような冷たさも、午後じゅう陽射しを浴びたあとでひんやりとしたシーツに包まれたときの安堵感も忘れてしまうのだった。冬の都会には、おなじくらい強烈に僕の心を打つものはなにひとつなかった。そんな色眼鏡越しに眺めていたせいで、都会は僕の目には色褪せてぼんやりとしたものとしか映らず、日に二度、朝と夕方に通り抜けなければならない、人と車の大群でしかなかった。窓から大通りを見下ろすと、グラーナ村で過ごした日々があまりに遠く感じられ、果たして本当に存在していたのだろうかと自問したくなるのだった。僕が勝手に考え出したものなのかもしれない。あるいは夢に見ただけなのかも……。やがて、バルコニーに射し込む陽光の角度に変化が生じ、渋滞する車道と車道のあいだで枯れていた草がふたたび芽吹き、ミラノにも春が戻ってくるころになると、山への郷愁は、ふたたび訪れる日が間もなく来るという期待感にとって代わられた。

ブルーノもまた、僕とおなじく胸を弾ませてその日を待ちわびていた。ただし、行ったり来たりするのは僕のほうで、彼はいつだってひとつところに留まっていた。どこかに独自の観測点があって、そこから山道のカーブを見張っていたのだろう、僕たち家族が村に到着すると、決まって一時間もしないうちに迎えにくるのだった。「ベリオ！」と庭のほうから大声で僕を呼んだ。それは、彼がつけてくれた綽名だった。「早く来いよ！」再会の挨拶もなにもなく、そう言った。まるでつい前日まで会っていたかのように。それはなまじ嘘ではなかった。離ればなれで過ごしていた月日は霧消し、僕らの友情は、果てしなく続くひと夏を生きているかのように思えた。

ただしブルーノは、そのあいだに成長していた。それも僕を上回るペースで。家畜の世話のためにいつも汚れた身なりをしていて、家には入りたがらず、玄関ポーチの手すりにもたれかかって待っていた。僕たち家族は誰もその手すりにもたれることはなかった。軽く触っただけでぐらりと揺れるので、いつか崩れると思っていたからだ。ブルーノは、誰かに追われているかのように背後を気にしていた。牛の番から脱け出してきた彼は、僕を本の世界から連れ出し、冒険に誘うのだが、あらかじめ言葉にして台無しにしてしまわないよう、目的地は告げなかった。

「どこへ行くの？」僕は靴の紐を結びながら尋ねた。

「山だよ」ブルーノはそれしか答えなかった。そのころの彼は、よく人をおちょくるような話し方をしていたが、思うにそれは、伯父さんに対して返事をはぐらかすときとおなじ口調だったのだろう。顔には笑みを浮かべていた。僕はブルーノを信じるしかなかった。母は母で僕のことを信頼し、折に触れて言っていた。あなたは悪いことをするような子じゃないってわかっているから安心よ、と。母は、「無茶なこと」とか、「馬鹿なこと」とは言わず、「悪いこと」という表現を用いた。あたかも、その後の人生において僕が遭遇することになるほかの諸々の危険を暗示するように。母は、あれをするなとか、これに気をつけろといったことは一切言わずに、僕らを遊びに行かせてくれた。

ブルーノとの山歩きは、山頂を目指す登山とはまったく趣が異なった。たしかに山道を歩きはじめ、森に分け入り、最初の三十分ぐらいはけっこうなスピードで登るのだけれど、やがて彼だけが把握している地点で、踏み固められた登山道を逸れ、別のルートをたどる。たとえば岩溝《ルンゼ》沿いに歩いてみたり、樅が密生する森を横切ってみたり。彼がどうして方向を見失わずにいられるのか、僕には大いに謎だった。彼は道を指し示してくれる体内地図にしたがってずんずん歩いていくのだが、僕の目には、とうてい通れそうにない崩れた川岸や、切り立った崖があるようにしか見えなかった。それでも、最後の最後になって、ねじれた二本の松のあいだの岩に割れ目が現われ、それを伝って登るうちに、下からでは見えなかった岩棚が迫り出していて、楽に通ることができるのだった。なかにはつるはしで打ち砕いて開通させた道もあった。誰がその道を使っていたのかと尋ねると、そのたびに彼は、「坑夫」だとか「樵」などと答えながら、僕の見落としていた証拠を指差した。なかば崩壊し、藪に覆われた運搬用ロープウェイの終点。焚火で黒ずんだ地面からのぞく、かつて炭焼き用の穴があったと思われる乾いた層。森にはそうした遺構や堆積物、廃材がそこここにあり、ブルーノはそれらを見つけるたびに、消滅した言語で書かれた符号かなにかのように、その意味を解読してくれた。符号だけでなく、方言も教えてくれた。僕にはそれが、イタリア語よりもふさわしい言葉のように思えた。手で万物に直接触れられる山においては、本のなかの抽象的な言語を、事物に即した具体的な言語に置き換える必要があるとでもいうように。唐松は「ブレンガ」、欧州《おうしゅう》唐檜《とうひ》は「ペッツァ」、這松《はいまつ》は「アルーラ」となる。その陰で雨宿りができそうなくらいに迫り出した岩は、「バルマ」と言った。石は「ベリオ」で、「ベリオ」は僕、ピエトロの綽名でもあった。僕は、彼のつけてくれたその綽名に深い愛着を覚えていた。渓流はいずれ地面を削って谷《ヴァッレ》を形成するから「ヴァレイ」と呼び、どの谷も必ず、正反対の特徴を持つ斜面が対になっている。日がよく当たり、集落や畑の並ぶ「アドレ」と、じめじめとした日陰で、森があり、野生動物が棲息する「アンヴェール」だ。その二つのどちらが好きかという問いに対する僕らの答えは、対照的だった。

そこならば誰も僕らの邪魔をしに来なかったので、思うぞんぶん宝探しに興じられた。グラーナ村周辺の森には本当に鉱床が存在していた。トンネルの入り口には、なかに入れないよう板が打ちつけられていたが、僕らよりも先に何者かによって打ち破られた形跡があった。ブルーノの話では、かつてそのあたりでは金の採掘がおこなわれていて、大勢の人たちが山のあちこちで金鉱脈を探しまわっていたらしい。でも、すべて掘りつくすなんてできっこないから、どこかに少しは残ってるはずだ、と彼は言った。そこで僕らは、薄暗い地下道に潜り込んでみたものの、たいがい数メートル行ったところで、なにも見つからないまま行き止まりになるか、さもなければどんどん深くなり、曲がりくねって真っ暗になるのだった。天井がやたらと低くて立っているのもやっとなほどだし、壁を伝って滴る水のせいで、いまにも洞窟ごとごっそり崩れ落ちるのではあるまいかと思われた。危険なことをしているのはわかっていたし、母の信頼を裏切っているという自覚もあった。そんな罠に自分から入っていくなんて、思慮分別のかけらもないわけだから。そう自覚しながらも探険を続けると、罪悪感をともなうせいで喜びが半減した。僕は、ブルーノのように真っ向から反発し、毅然とした態度で罰を受ける勇気が欲しかった。隠れて母の言いつけに背き、罰を逃れている自分が恥ずかしかった。水たまりで足をぐしょぐしょにしながら、僕はそんなことを考えていた。金はひとつも見つからず、そのうちに土砂崩れで穴がふさがれた場所に行きあたるか、あまりに暗すぎてそれ以上は進めず、引き返す羽目になるのだった。

帰り道では通りかかった廃屋に忍び込み、またしても失望を味わった。森で見かけるのはたいてい、かつて羊飼いが暮らしていた、そのあたりで手に入る材料で建てられた穴倉同然の山小屋だった。ブルーノは僕と一緒に発見したふうを装っていたけれど、そんな荒れ果てた山小屋の一軒いっけんを残らず把握していたのだと思う。それでも、いかにも初めてのような顔をしてドアを打ち破ったほうが高揚感を味わえた。小屋に入ると、価値のある出土品かもしれないなどと想像しながら、欠けたスープ皿や腐食した鎌の刃をこっそり持ち出しては村まで運び、別れる直前に二人で分捕り品を分け合った。

夜になると、どこへ行っていたのかと母に尋ねられる。

「そのへん」僕は肩をすくめて答えた。ストーブの前での僕の受け答えは、母を満足させるものではなかった。

「なにかいいものあった？」

「うん、母さん。森があったよ」

母は寂しげな眼差しで僕を見つめた。まるで僕が手からすり抜けそうだと言わんばかりに。人と人のあいだの沈黙は、あらゆる厄災のもとだと母は本気で信じていたのだ。

「あなたが楽しく過ごせているならそれでいいのだけど……」母はあきらめたようにそう言い、僕の考えごとの邪魔をやめるのだった。


一方で母は、グラーナ村で向き合っていたもうひとつの戦いにおいては一歩も譲ろうとしなかった。ことブルーノの教育に関しては、当初から自分のことのように心を砕いていた。同時に、一人ですべて解決できるわけもなく、ブルーノの母親や伯母さんと連携する必要があるとわかっていた。とはいえ、ブルーノの母親と話をしていても埒が明かないので、伯母さん一人に的を絞ることにした。母のやり方は徹底していた。家まで訪ねていって呼び鈴を鳴らし、なかに入れてもらう。それを何度もくりかえし、根気よく、丁寧に説明するのだ。しまいには伯母さんも根負けして、冬のあいだはブルーノを学校へ行かせ、夏は僕たちのところに通わせて勉強をさせると約束した。母にとってはそれだけでも十分な勝利だった。ただし、ブルーノの伯父さんがどう思っていたのかはわからない。おそらく、高原牧場にいる男たちはみんなして、僕たち家族の陰口を言っていたのだろう。あるいは、誰もブルーノのことなど気にかけていなかったのかもしれない。

こうして、うちの台所で歴史や地理の復習をしながら、僕は長い時間をブルーノと一緒に過ごした。外では森や小川や空が僕らを待っていた。週に三回、ブルーノは念入りに身体を洗われ、小ざっぱりした服を着せられて、うちに送り込まれた。母は、僕の本を教科書代わりにして、ブルーノに音読をさせた。スティーヴンスン、ジュール・ベルヌ、マーク・トウェイン、ジャック・ロンドン……。授業が終わると、そのまま本を持ち帰らせ、牛の番をしながら読む練習をするように言った。ブルーノは小説こそ好きになったものの、文法では苦戦していた。彼にとってはまるきり外国語を勉強するようなものだったのだ。イタリア語の規則でつまずき、単語を正確に綴れず、接続法の活用がうまく言えないブルーノをかたわらで見ているうちに、僕は自分まで侮辱された気分になり、母に対する苛立ちを募らせた。僕たちが彼に押しつけていることに正当性などなにひとつ感じられなかった。それでもブルーノの口から不平や泣き言が洩れることはなかった。母にとってそれがどれほど大切かわかっていたからだ。おそらく、そんなふうに誰かから大事にされたことは一度もなかったのだろう。彼は、むきになって憶えようとした。

ブルーノはその夏、数えるほどしか僕たち家族と山に行くことを許してもらえなかった。それは彼にとっての休日であり、勉強という重労働に対する褒美でもあった。父が僕らを連れて登る山の頂だろうと、母が布を敷いてピクニックをする草原だろうとおなじだった。そんなとき、ブルーノのなかで変化が生じていたのを僕は見逃さなかった。彼は元来、行儀作法の類とは無縁なはずなのに、僕たち家族の決まり事や習慣に順応した。僕と二人でいるときには大人びた態度をとるくせに、僕の両親の前では無邪気で、歳相応の幼さに戻るのだった。母からは食事の世話や着替えの手伝いをしてもらい、頭や頬を撫でてもらっていたし、父に対しては、称讃にも近い敬意を示した。それは、ブルーノが父の後について山道を歩く姿勢や、父がなにか説明を始めるとじっと耳を傾けている態度からうかがえた。どれも家庭におけるなにげない時間なのだけれど、ブルーノにはそうした経験がまったくなかった。僕は、それを見て内心で得意になっていた。まるで僕自身がブルーノに贈りものを授けているかのように。その一方で、父と一緒にいるときのブルーノをこっそり観察しては、二人の息がぴったり合っていると複雑な気持ちになるのだった。ブルーノならば、父にとってもいい息子になれる気がした。僕よりも優秀というわけではないが、ある意味、より息子としてふさわしいのではないかと思った。ブルーノの頭のなかでは種々の疑問が渦巻いていて、物怖じすることなくそれを父にぶつけた。父との信頼関係を築くうえで欠かせない自信がブルーノにはあり、どこまでだろうとついて登れる脚力も持っていた。僕は、そんな考えが頭に浮かぶたびに、恥ずべきものであるかのように振りはらった。

最終的にブルーノは、中学の一年生を終え、二年生を終え、三年生も「可」の成績で修了試験に合格した。グリエルミーナ家では大騒ぎとなり、すぐに伯母さんから、ミラノの僕たちのところに報《しら》せの電話が入った。「可」だなんておかしな言葉だ、と僕は思った。いったい誰がそんな言葉を選んだのだろう。どういう意味なんだろう。ブルーノほど「可」という言葉のイメージにそぐわない者はいなかった。ところが、母はその報せを心の底から喜び、グラーナ村に行くついでにお祝いを届けた。木彫り用の鑿と彫刻刀のセットだ。そして、ほかにブルーノのためにしてやれることはないかと思いをめぐらした。

こうして一九八七年の夏が訪れ、僕らは十四歳になっていた。一か月のあいだ、二人で徹底的な沢の探索に明け暮れた。岸から見下ろすのでも、森のなかで何度か沢と交わる山道から観察するのでもなく、水に入り、岩から岩へと飛び移りながら、あるいは浅瀬を歩きながら探険する。当時、すでに渓谷下り《キャニオニング》というスポーツがあったとしても、耳にしたことはなかったし、どちらにしても僕らは、流れに逆らって沢をたどっていた。グラーナの橋を起点として、渓谷を登っていくのだ。村の少し上には、水が穏やかに流れている長いV字谷があった。草木の繁茂する岸の陰になって、水面までは陽射しが届かない。大きな淵は昆虫の宝庫となり、流れてきた木や枝が水中でもつれあう。警戒心の強い老いた鱒は、僕らが通過するまで姿をひそめた。さらに上流へ登っていくと勾配がきつくなり、いくつもの段差や滝を形成しながら、水が猛烈な勢いで流れ下る。どうしてもよじ登れないときには、急流にロープを渡したり、倒れている丸太を水中まで引きずっていき、岩のあいだにうまく食い込ませて梯子代わりにしたりした。ときには、ちょっとした滝をひとつ越えるために何時間もの労力を要することもあったが、それこそがまさに冒険の醍醐味だった。僕らは、難所に行きあたるごとに額を寄せ合って通過する方法を考え出し、それらをすべてつなぎあわせながら、夏の終わりの輝かしい日に沢を一気に踏破する計画だった。

でも、その前に沢が湧く場所を見つけなければならなかった。聖母被昇天《フェッラゴスト》の祝日（八月十五日）のころには、僕らはもう、ブルーノの伯父さんの牧草地よりも上まで到達していた。牧場に水を供給している幅の広い支流があり、その分岐点の少し上流に、最後の橋が架かっていた。橋といっても簡素なもので、人が歩けるように二本の板が渡してあるだけだ。そこから先は流れが細くなり、なんの苦もなくさかのぼれた。森の木々がまばらになり、二千メートルの高さに差し掛かっていることがわかった。両岸からは榛《はん》の木や樺の木が姿を消し、ほかの木もすべて唐松にとって代わられた。僕たちの頭上には、ルイジ・グリエルミーナが「グレノン」と呼ぶ、石と岩ばかりの世界がひろがっていた。すると、川床がそれらしき形——水の流れによって削られ、形成された溝——を失い、単に石がごろごろしているだけの場所となった。水の流れは僕らの足もとで文字通り忽然と消えたのだ。沢は、柏槙《びゃくしん》の木の、複雑にねじれた根のあいだにある石の下から湧いていた。

沢の源というものはもっと別の姿をしていると思い込んでいた僕は、なんだかがっかりして、数歩後ろを歩いていたブルーノをふりかえった。その日の午後、ブルーノはずっと上の空で、なにか自分の考えに耽っているようだった。そういうとき、僕はひたすら黙って歩き、いつもどおりの彼の機嫌が戻ることを祈るしかなかった。

ところが沢の源を見るなり、ブルーノは考えごとをやめた。僕の顔をひと目見ただけで落胆していることがわかったのだろう。「まだ早いぞ」と言って、静かにするよう僕に合図をし、自身も神経を集中させた。それから耳を指差して、足もとの石だらけの地面を丹念に探りはじめた。

あたりの空気はもう真夏とは異なり、そよとも動かないわけではなかった。陽射しでぬくもったガレ場に吹きつけるひんやりとした風が、花の終わった草木のあいだを通り抜けながら、ふわふわとした種を一斉に飛ばし、葉を揺すっていた。よく耳を澄ませると、そんな葉のそよぐ音にまじって、ごぼごぼという水音が聞こえた。陽射しの下を流れる水とは異なり、低くくぐもった音だ。どうやら石の下から聞こえてくるらしかった。それがなにを意味するのか理解した僕は、音をたどりながら、さらに登りはじめた。音は聞こえるけれども目には見えない水を求めて、水脈占い師のように歩いていたのだ。その先になにがあるのかすでに知っているブルーノは、わざと僕に先を歩かせた。

僕らを待ち受けていたのは、グレノンの窪地にひっそりと水を湛えた湖だった。幅二、三百メートルはあるだろうか。僕がそれまで山で見たなかでいちばん大きな湖で、円い形をしていた。高山湖の素晴らしさは、あらかじめその存在を知らないかぎり、登っているときにはそこにあるなんて予想だにしないことにある。最後の一歩を踏み出して湖べりの高さを超えたとき、目の前にいきなり、それまでとはまったく異なる景色が展けるのだ。窪地をとり囲む斜面は、日の当たる部分は一面がガレ場で、日陰へと視線を移すにつれて、柳や石楠花が生えはじめ、やがて森になる。その中央にこの湖があった。地形を観察することによって、湖が誕生した過程が容易に推測できた。ブルーノの伯父さんの牧場から上を見あげると、むかし起こった大規模な山崩れの跡が見える。それが渓谷をふさぎ、天然のダムを形成したのだ。崩れた地点の山側には周辺の雪融け水がたまって湖ができ、谷側では、そのおなじ水が砂利で濾過されたのちに表層に流れ出し、僕らの沢になっているというわけだ。僕は、沢がそんなふうに生まれているのだと知って嬉しかった。偉大な川の起源にふさわしく思えた。

「この湖はなんていうの？」と僕は尋ねた。

「そんなの知らない」とブルーノは言った。「グレノン湖かも。このあたりじゃあ、なんでもグレノンだからな」

またしても、少し前までの不機嫌なブルーノに戻っていた。彼は草むらに腰をおろし、僕はその隣で立っていた。互いに顔を見合わせるよりも、湖を眺めているほうが気が楽だった。数メートル先の湖面に、島のようにも見える岩が突き出していて、視線のやり場には困らなかった。

「おまえんとこの親が、俺の伯父さんと話をしに来た」ブルーノが切り出した。それからややあって、「知ってたのか？」と訊いた。

「いいや」僕は嘘をついた。

「そんなはずないだろう。どっちにしろ、俺にはさっぱりわからない」

「なにが？」

「おまえたちがどうして隠しごとをするのか」

「きみの伯父さんとうちの親が、どんな話をしたんだ？」

「俺のことさ」ブルーノは答えた。

僕は彼の隣に座った。そのあと彼がしてくれた話にも、僕は驚かなかった。父と母はもうずいぶん前からそのことについて議論していて、ドアの外で耳をそばだてていなくとも、二人の計画は筒抜けだったのだ。その前日、二人はルイジ・グリエルミーナの許を訪れ、九月になったらブルーノを一緒に連れて帰ってもいいかと提案した。彼をミラノの家で預かって、どこかの高等教育機関に通わせるつもりだった。専門学校だろうが職業訓練校だろうが、ブルーノの希望する学校に通えばいい。試しに一年間ミラノで暮らしてみて、新しい環境に馴染めなければ、翌年の夏には学校をやめてグラーナ村に帰る。その反対にうまく馴染めたならば、学校を卒業するまで喜んでブルーノをうちで預かりたい。その後、どうやって生きていくかは、ブルーノ自身が自由に決めればいいのだから……。

ブルーノの話を聞きながら、母の声が聞こえてくるようだった。「うちで預かって」「どうやって生きていくか」「自由に決めればいい」……。

僕は言った。「でも、きみの伯父さんが許すわけないよな」

「いや、いいって言ってる。どうしてかわかるか？」

「どうして？」

「金のためだよ」

ブルーノは指で地面を掘り、小石を拾いあげると説明した。

「金を出すのは誰なのか。伯父さんに関心があるのはそれだけさ。おまえの親は、全額出してくれるって言ってた。食費に下宿代、授業料、なにもかもだ。伯父さんにしてみれば、儲け話だろ？」

「伯母さんはなんて？」

「伯母さんも、それでいいってさ」

「お母さんは？」

ブルーノは不服そうに鼻を鳴らすと、手に握っていた石を湖に投げた。石は小さすぎて、なんの音も立てなかった。「お袋がなんて言ってるかって？　いつものとおり、だんまりだよ」

湖べりの岩に、泥が乾いて筋状にこびりついていた。掌ほどの幅のその黒い跡から、春には水面がずいぶん高かったことがうかがえた。でも、いま湖に水を送り込んでいる万年雪は、峡谷のところどころに残る白っぽい塊でしかなく、このまま夏が続いたら完全に融けてなくなるだろう。雪がなくなったら、湖はいったいどうなってしまうのだろうか。

「それで、ブルーノは？」僕は訊いた。

「俺がなんだよ」

「来てみたいと思うの？」

「ミラノにか？」ブルーノは訊き返した。「わからない。昨日から想像はしてみるんだ。でも、ミラノがどんなところか知らないから、わからない」

そのまま僕らは黙りこくっていた。ミラノがどういうところか知っている僕は、いまさら想像するまでもなく提案には反対だった。ブルーノはきっとミラノが嫌いになるだろうし、ミラノはブルーノのよさを潰してしまうだろう。伯母さんがブルーノの身体を洗い、こざっぱりした服を着せて、動詞の活用を学ばせるために僕の家に通わせていたときとおなじように。僕には、なぜみんなで寄って集《たか》ってブルーノを本来の姿とは違うものにしようとするのか納得できなかった。彼がこの先もずっと牛の放牧をしながら生活したとして、どんな不都合があるというのか。僕はそれがきわめて自己中心的な考えだということに気づいていなかった。真剣にブルーノのことを考えていたわけでも、彼の希望や将来を慮っていたわけでもなく、自分にとって都合のいい彼との関係を維持したかっただけなのだから。僕の夏休み、僕の友達、僕の山……。僕は、山の上の世界が、そのままなにひとつ変わらずありつづけることを望んでいた。焼け焦げた廃墟や、道端に積まれた堆肥の山に至るまで。ブルーノも廃墟も堆肥の山も、いつまでも時間の止まった状態で僕を待っていて欲しかったのだ。

「はっきり言ったほうがいいんじゃないの？」僕は言ってみた。

「なにを？」

「ミラノに行きたくないって。ここにいたいって」

ブルーノは、眉をつりあげて僕の顔を見た。そんな助言を僕からされるとは思っていなかったのだろう。もしかすると彼もおなじように考えていたのかもしれない。それでも、僕の口から聞くのは受け容れがたいことだった。「おまえ、本気で言ってるのか？　俺はこんなところにはいたくないね。生まれてからひたすら、この山を登り下りしてきたんだ」

それから、僕らのいた草むらですっくと立ちあがると、口のまわりに両手を当てて叫んだ。

「おーい、聞こえるか！　俺だ！　ブルーノだ！　俺はここを出ていくぞ！」

湖の対岸から、グレノンの斜面がこだまを送ってよこした。石が崩れる音がした。ブルーノの大声に驚いたカモシカが岩場をよじ登りはじめたのだ。

指差して教えてくれたのはブルーノだった。カモシカは岩陰を通っていたのでよく見えなかったけれど、万年雪を横切ったときに何頭いるのか数えることができた。五頭のカモシカからなる小さな群れだった。雪の残る斜面を一列に並んで登っていき、山稜まで到達すると、立ち去る前にもう一度だけ僕らの様子をうかがおうとでもいうように、しばらくその場で立ち止まった。その後、一頭、また一頭と反対側の斜面へ下りていった。


その夏の四千メートル峰は、双子の山の片割れ、カストルということになっていた。父と僕は毎年ひとつずつ、モンテ・ローザ山群にある四千メートル峰を制覇していた。夏のあいだにみっちり鍛えた身体で、山の季節に有終の美を飾るためだ。僕はあきらめずに氷河への挑戦を続けていたけれど、高山病を克服できたわけではなかった。ただ、気分が悪くなることに慣れて、最悪の体調も含めて山の世界なのだと思うようになっていた。たとえば日の出よりも早く起き出すことか、山小屋で出されるフリーズドライの食事とか、標高の高い場所で鴉《からす》がなる声とおなじように。登山はもはや冒険的な要素を完全に失い、一歩また一歩とがむしゃらに歩みを進め、頂上に着くまで胃が空になっても吐きつづけることを意味していた。僕はそれがいやでたまらなかった。そして山に登るたびに、寂寥とした白い世界までが憎く思えた。それでも、制覇した四千メートル峰は、そのたびに勇気の証として誇らしく思うのだった。

一九八五年には、父の黒のフェルトペンによってピラミッド・ヴィンセントに線が引かれ、翌八六年にはニフェッティに線が引かれた。父はこの二つの峰を訓練の場と捉えていた。どこの医者から情報を仕入れてきたのか、高山病は成長するにつれて治るものだと主張していた。そのため、もう四、五年もすれば、より難度の高い頂を目指せると考えていた。たとえばリスカム横断ルートだとか、デュフール峰の岩場のように。

カストルに登ったときのことは、延々と続く尾根道よりも、前日の晩に父と過ごした山小屋の情景のほうが記憶に鮮やかに残っている。テーブルには一皿のパスタと半リットルのワイン。隣の席に座っていた登山客たちは、疲れと陽焼けで顔を火照らせながら、なにやら議論していた。翌日の登攀への不安や期待が、場に一種の一体感をもたらしていた。僕の見ている前で、父は宿泊客用のノートをめくっていた。山小屋へ行くと欠かさず、愛読書のようにそれを読むのだ。父はドイツ語を流暢に話せるだけでなく、フランス語も理解できたし、ときどきアルプスの方言で書かれた文章を訳してくれることもあった。ノートには、三十年ぶりに頂上に到達できたことを神に感謝するとか、いまは亡き友が懐かしく思い出されるといった書き込みがあった。こうした文章は父の琴線に触れるらしく、父もペンをとってその集団日記に自分の文章を添えるのだった。

父がその場を立って、カラフェにワインのお代わりを注いでもらいにいったすきに、僕は父の書いた文章をのぞき見した。父の筆跡は、いかにも神経質そうに細かくびっしりと詰めて書く癖があったので、読み慣れていないと判読しにくかったが、こんなふうに書かれていた。「十四歳の息子、ピエトロと投宿。私がリーダーとして山に登るのもあと数回か。そう遠くない将来、息子に連れられて来るようになるだろう。都会には戻りたくないが、この数日間の思い出を、掛け替えのない心の支えとして持ち帰ることにしよう」そのあとに、ジョヴァンニ・グアスティというサインが続いていた。

それを読んでも僕は感動しなかったし、得意に思うこともなかった。むしろ苛立ちを覚えた。どこか感傷的で、上辺をとりつくろった文面のような気がしたからだ。山につきものの美辞麗句で、現実とはそぐわないと言ったらいいだろうか。父の言うように山の上が天国ならば、そこでずっと暮らせばいいじゃないか。どうして山で生まれ育ったブルーノまで連れ出そうとするのか。都会がそんなにいやなら、どうしてブルーノにまで、そんなところで僕たちとの生活を強いるのか。そう父に尋ねたかった。ついでに、母にも言ってやりたかった。他人の人生にとってなにがいいのか、どうしたらそんなに確信を持って言えるのか。本人のほうがよくわかっているはずだと考えたことはないのか。

ワインを持って戻ってきた父は、たいそうご機嫌だった。それは、父の休暇の終わりまであと三日という八月の金曜日、父が四十五歳のときのことだった。父は一人息子と一緒にアルプスの山小屋に泊まっていた。二つ目のグラスをもらってきて、僕に半分までワインを注いでくれた。おそらく父の空想のなかで、まもなく大人になり、高山病も克服するだろう僕と、父子《おやこ》の関係を卒業し、新たな関係を築けると思っていたのかもしれない。ノートに書かれていたような登山仲間か、あるいは飲み友達。ひょっとすると、数年後には三千五百メートルの地点にある山小屋でテーブルに差し向かいで座り、赤ワインを飲み交わしながら、もはや互いに隠しごともなく、地図で登山ルートの下調べをしている姿を本当に思い描いていたのかもしれない。

「胃の具合はどうだ？」父が尋ねた。

「大丈夫そうだよ」

「足の調子は？」

「足なら任せて」

「そいつはいい。明日が楽しみだな」

父がグラスを軽く持ちあげたので、僕も父を真似てワインに口をつけてみた。好きな味だと思った。ひと口ごくりと飲みこんだところ、隣に座っていた男の人が高らかに笑い、ドイツ語でなにか言った。そして、「大人」という大きなファミリーの仲間入りを果たしたきみを歓迎するよとでもいうように、僕の背中をぽんと叩いた。


翌日の夕方、僕たちはいかにも氷河からの生還者といった風貌でグラーナ村に帰り着いた。父はシャツのボタンを全開にして、片方の肩だけでリュックを担ぎ、凍傷のせいで足をひきずって歩いていた。僕は狼のごとく腹をすかせていた。山を下りはじめたとたん、胃が、二日前から空っぽだと主張しだしたのだ。母が温かいお風呂を沸かし、食卓に料理を並べて待っていてくれた。ほどなく「語り」の時間がやってくるはずだった。父が、氷河に生じたクレバスの色や、北壁に立ったときの目もくらむような感覚、尾根伝いにできた雪庇《せっぴ》の優美さを言葉で言い表わそうとするのだ。僕はといえば、そうしたいっさいの光景が吐き気のせいで霞んでいて、おぼろげにしか記憶になかった。たいてい僕は黙って聞いていた。父が決して認めたがらなかった事実を、僕は身をもって学んでいたからだ。すなわち、家で留守番をしていた人に山の上で感じたことを伝えようとしても、しょせん無駄なのだ。

ところが、その晩「語り」の時間が訪れることはなかった。というのも、僕が風呂に入ろうとしたとき、中庭から男のわめきちらす声が聞こえてきた。僕は窓辺に駆けよって、カーテン越しにのぞいてみた。見知らぬ男が大仰に手を動かしながら、僕には理解できない言葉で怒鳴っている。外では父が、バルコニーに靴下を干し、水飲み場で痛む足を洗っていた。水受けの縁で立ちあがった父は、そのまま男と対峙することになった。

僕はとっさに、近所の畜産農家の人が、うちの水の使い方に激怒しているのだと思った。グラーナ村では、なにかと言いがかりをつけては余所者に冷たく当たることがあった。地元の人かどうかは見ればすぐにわかる。体つきも物腰もみんな似ていたし、おなじように彫りの深い顔立ちで、迫り出した額と頬骨に挟まれた青い瞳が際立っていた。その男は背こそ父よりも低かったが、身体に不釣り合いなほど筋肉質な腕と大きな手をしていた。その手でいきなり父の胸ぐらにつかみかかり、父の身体を持ちあげかねない勢いだった。

父は両腕をひろげてみせた。僕のところからは後ろ姿しか見えなかったけれど、落ち着いてください、落ち着いて、と言っているのが想像できた。男はぼろぼろの歯をむきだして、なにか喚いている。顔もなんだかぼろぼろに見えた。なぜそんなふうになってしまったのかはわからなかった。まだ子どもだった当時の僕は、それがアルコール依存症に特有の顔つきだとは知らなかったのだ。男が、ときおりルイジ・グリエルミーナの浮かべる渋面とおなじ表情を見せたとき、僕はようやく、二人がよく似ていることに思い至った。父がゆっくりと手振りをした。なにか説明しているのだろう。父の性分をよく知っている僕には、その理論に反駁の余地がないだろうことも想像できた。男は目を伏せた。ちょうど父になにか言われたときにいつも僕がそうするように。男は考えなおすようにも見えたが、その手は相変わらず父の胸ぐらをつかんだままだった。父は、ほらね、これで誤解は解けたでしょう、どうするおつもりですかとでも言うように、両の掌を上に向けた。裸足のままでそんな状況に巻き込まれている父の姿は、どこか滑稽でもあった。父のふくらはぎについた靴下の跡を境に、青白い足首と、赤紫に腫れあがった膝下あたりまでの部分とにくっきりと分かれていた。穿いていたニッカーボッカーズからはみだした部分が寒さにやられたのだ。つねに自信に満ち、ああすべきだ、こうすべきだと他人に助言することに慣れた教養の高い都会人が、氷河を歩きまわったせいで軽い凍傷にかかったふくらはぎをむきだしにして、酔っぱらいの山男を言い含めようとしていた。

男はいい加減うんざりだと思ったらしい。無言のまま、やにわに右手を低く構えて握り拳をつくったかと思うと、父のこめかみにお見舞いした。僕は本物の握り拳が命中する瞬間を初めて目撃した。指の付け根の関節が頬骨にめり込む音が、浴室にいる僕のところまで聞こえてきた。木と木を打ちつけたときのような乾いた音だった。父はよろめいて二歩あとずさったものの、かろうじて倒れずに踏ん張った。けれども、すぐに腕が両脇にだらりと垂れさがり、背中がいくぶん前かがみになった。それは、たいそう悲しんでいる人の背中だった。男は立ち去る前に捨て台詞を吐いた。それが脅し文句なのか、忠告なのかはわからなかった。男がグリエルミーナ家の方向へと歩きだすのを見て、僕はやっぱりと思った。父が殴られているのを見ながら、その人が誰なのか、はっきりと理解した。

彼は自分の所有権を主張するために帰ってきたのだ。怒りをぶつける相手が間違っていたことには気づいていなかったが、とどのつまりは変わらない。父の顔に見舞われた握り拳は、母にしっかりと釘を刺すためのものだった。それは、母の理想主義のなかに――さらにはその思いあがりのなかに――現実がどっとなだれこんだ瞬間だった。翌日、ブルーノは父親に連れられてどこかへ行ってしまい、父の左目は青紫に腫れあがった。もっとも、その日の夕方、車に乗ってひと足先にミラノへ帰っていった父を苦しめていたのは、目の痛みではなかったように思う。

僕と母は、もう一週間グラーナ村に残ることになっていた。母と話をしにきたブルーノの伯母さんは、ひどく落ち込み、気兼ねし、心配した。おそらく、僕たちのような確実な借家人を失うことをなによりも恐れていたのだろう。母はそんな彼女を安心させた。そのとき母はもう、どうすれば損害を最小限に食いとめ、苦心して築きあげた関係を保てるだろうかと考えていた。

僕にとってそれは、永遠に時間の進まない一週間だった。連日のように雨が降り、垂れ込めた雲がベールとなって峰々を覆っていた。ときおり雲間が生じると、三千メートル付近に初冠雪が見える。僕は、誰にもなにも告げずに知っている山道をたどり、その雪を踏んでみたかった。そう思いながらも村にとどまったまま、目撃した光景を頭のなかでくりかえし再生し、そのときに生じた自分の気持ちに対して罪悪感を抱いていた。そうしているうちに日曜となり、僕たちもまた家の戸締りをして山を下りた。

四

そのときの握り拳は、僕の頭からいつまでも離れなかった。ようやく解放されたのは、それから二年後、僕自身が拳を突きつける勇気を奮い起こせたときのことだ。率直なところ、それは僕にとって一連の拳となる最初の一発にすぎず、とりわけ強烈な一発は、のちに都会で突きつけることになるのだが、いまにして思えば、僕の反抗期が山で始まったのにはそれなりに意味があったのかもしれない。僕の人生になんらかの重要性を持つものは、大半が山での出来事だったのだから。きっかけ自体はごく些細なことだった。僕が十六歳だったある日、一緒にテントで泊まろうと父が言い出した。父は、ミリタリー用品を扱っている露天商かどこかで、やけに重たい中古のテントを買ってきた。湖畔にテントを張って、森林警備隊に見つからないように鱒を二、三匹釣る。辺りが暗くなるのを待って火を熾し、炙って食べるというのが父の計画だった。ひょっとすると、焚火の前で飲んだり歌ったりしながら、息子と語り明かそうなどと考えていたのかもしれない。

それまで父がキャンプに興味を示したことなど一度もなかったので、僕はその計画の裏になにか父の思惑が隠されているのではあるまいかと訝った。そのしばらく前から、僕は部屋の隅に引きこもり、家族の生活を冷ややかな目で観察していた。飽くことなくくりかえされる両親の習慣、毒にも薬にもならない父の激高、それを押しとどめようとする母の小細工、もはや自覚さえしていない横暴やたくらみ。感情的で、居丈高で、短気な父と、強靱で温和で保守的な母。相手が毎回おなじ行動パターンに出ることを見越したうえで、自分もいつもの役回りから脱することのない安穏とした暮らしぶり。父と母の口論は本物ではなく、毎回結末が予測できる芝居にすぎなかった。おまけに、ふと気づくと、僕までがそんな檻のなかでがんじがらめにされていた。僕は、早くここを脱け出さなければと焦った。それでいて、口にはできずにいた。どうしても言葉が出てこないのだ。僕は、どんなときでも抗議の声をあげたことは一度もなかった。そんな僕を喋らせたくて、父は忌々しいテント泊の計画を持ち出したにちがいない。

昼食が済むと、父は道具一式を台所に並べ、重さが均等になるよう二つに分けた。ポールと杭《ペグ》だけで優に十キロはあっただろう。さらに寝袋やアノラック、セーター、食料品と、リュックはたちまち満杯になった。父は床に膝をついて、すべての調整ベルトを最大までひろげ、押し込んだり、圧力をかけたり、引っ張ったりと、量と嵩との戦いをくりひろげた。そばで見ているだけで、午後の気怠い暑さのなか、荷物を背負って汗だくの気分になった。でも、僕が我慢できないと感じたのはリュックの重みではない。父が——あるいは両親が——頭のなかで勝手に描きあげた、焚火、湖、鱒、星空、仲のよい父子《おやこ》といった画《え》に耐えきれなかったのだ。

「父さん」と僕は声を掛けた。「ねえ、やめたら」

「まあ、黙って見てろ」なおもリュックに物を投げ入れて、無理やり詰め込む作業に集中したまま、父は言った。

「そうじゃない。僕は真面目に言ってるんだ。意味ないよ」

父はようやく手をとめて、視線をあげた。その顔には喧嘩なら受けて立つぞという憤りが表われていた。息子の本心を探ろうとするその眦《まなじり》には、父にとっては僕もまた、思いどおりにならないリュックでしかなく、それ以上ひろげようのない調節ベルトなのだという苛立ちがにじみ出ていた。

僕は肩をすくめた。

父は、そっちが黙っているのなら、こっちが喋ればいいと思い込んでいるような節があった。眉間に寄せた皺を緩めると、こう言った。「必要なら少し荷物を減らそう。おまえも手伝ってくれるな？」

「いやだ」僕はそう返事をした。「やりたくない」

「なにがいやなんだ。テントか？」

「テントも湖も、なにもかも」

「なにもかもとはどういうことだ」

「僕は行かない。父さん一人で行って」

父との登山を拒否する。それは僕が父に与え得る最大の打撃だった。遅かれ早かれ起こることだと、父も覚悟をしておくべきだったのだ。でも、折に触れて思うのだけれど、幼くして両親を亡くした父は、父親と衝突した経験がなかったために、それを受けとめる心構えもできていなかったのだろう。僕の言葉に父はたいそう傷ついた。父親ならば、なにかもっと別の質問をすることもできただろう。そうすれば、僕の胸の内でわだかまっていた思いを吐き出させる、またとない機会になったはずだ。しかし、父にはそんな度量がなかった。そんなことは無用だと思っていたのかもしれないし、怒りに駆られて考える余裕がなかったのかもしれない。リュックもテントも寝袋もその場に放り出したまま、父は独りで山を歩きに行ってしまった。僕は重石がとれた気分だった。

一方のブルーノは、僕とは正反対の運命をたどり、父親と一緒に石積みの仕事をするようになっていた。高地を転々としながら山小屋や牧場を建てる仕事をし、週日は現場で寝泊まりする。そのため、僕らが会うことはほとんどなくなった。会うとしたら金曜か土曜、グラーナ村ではなく、麓の集落のバールでだった。父とのなかば強制的な山登りから解き放たれた僕は、時間を持て余していた。山頂を目指して登っていく父を尻目に、僕は山を下りて同年代の仲間を探した。二、三度通ううちに、避暑に来ている高校生のグループに入れてもらうことができた。こうして僕は、テニスコートのベンチやバールのテーブルで午後を過ごすようになった。飲み物を注文しようにも一銭も持ち合わせがないことを誰かに知られやしないかとひやひやしながら。みんなのお喋りに耳を傾け、女の子たちをこっそり見ながらも、ときおり思い出したように視線をあげては山を眺めた。そこからでも、牧場や、小さな白い点状になった漆喰壁の山小屋が見てとれた。唐松の鮮やかな緑と樅のくすんだ緑。日向と日陰。避暑に来ている高校生たちとのあいだに共通の話題などほとんどないとわかってはいたものの、孤立しがちの自分の性分に逆らってみんなと一緒にいたら、なにが起こるか試してみたかった。

七時近くになると、作業員やら、石積み職人やら、牛飼いやらがバールにやってきた。泥やセメントやおがくずで汚れたバンやオフロード車から降りて、身体を左右に揺すりながら歩いてくるのだ。彼らは、なにか重いものを足にひきずっているかのようなその独特の歩き方を、若いうちから身につけていた。カウンターに陣取って愚痴をこぼしたり、悪態をついたり、店の女の子にちょっかいを出したり、代わる代わる酒をふるまったりしている。そんななかにブルーノの姿があった。見たところずいぶん筋肉をつけたらしく、シャツの袖をまくってひけらかしていた。いつも違う帽子をかぶり、ジーンズのポケットからは財布がのぞいていた。僕にとっては、その財布がなにより印象的だった。自分で金を稼ぐなんてまだまだ遠い未来の話だったからだ。ブルーノは札を数えもせずに使っていた。自分の番が来ると、仲間に倣い、丸めたままの札をぞんざいにつかんで支払いを済ませる。

しばらくすると、カウンター席から、ブルーノがおなじようにぞんざいに僕のほうを見た。見る前から僕と目が合うことはわかっていたらしい。顎を軽くしゃくって挨拶をよこしたので、僕はそれに片手の指をあげて応えた。ほんの一瞬、僕らは見つめ合った。ただそれだけだ。気づいた人は誰もいなかったし、その日ふたたび目が合うこともなかった。僕には、彼の挨拶をどう解釈したらよいのかわからなかった。おまえのことは忘れてないぞ、会えなくなって寂しいな、という意味だったのかもしれないし、あれから二年しか経ってないのに、ずいぶん会ってなかったような気がしないか、という意味だったのかもしれない。ひょっとすると、おい、ベリオ、そんな連中とつるんでなにをしてるんだ、と言いたかったのかもしれない。互いの父親が衝突したことをブルーノがどう思っているのか、僕にはわからなかった。あんなことになって悲しんでいるのだろうか。それとも、いまの彼からすれば、遠い過去の、現実味のない出来事のように思っているのだろうか。僕にとってそうだったように。いずれにしても、彼は不幸せそうには見えなかった。ともすると、僕のほうが不幸せに見えたかもしれない。

ブルーノの父親も、一緒にカウンターに並んで飲んでいた。耳障りな嗄れ声で喋り、つねにグラスが空いている職人の一人だ。ブルーノに対しても、単なる仲間として接していた。僕はその男が好きになれなかったけれど、そんな二人の関係は羨ましかった。二人のあいだには特別な関係がいっさい感じられなかった。とりたててぶっきらぼうな口調でも甘ったるい口調でもなく、煩わしそうな素振りも、親しげな素振りも、戸惑いの素振りもない。二人を知らなければ、誰も父子だとは思わないだろう。

谷間《たにあい》の集落にいる若者がみんな、夏をバールで無為に過ごしていたわけではなかった。何日かすると、川むこうへ僕を連れ出してくれる友達が見つかった。そこの西洋赤松の森には、巨大な岩がいくつか隠れていた。周囲の景色とはまったくそぐわないため、隕石のようにも見える。太古の昔、氷河に押されてそこまで移動したのだろう。やがて土が堆積し、木の葉や苔に覆われ、岩のまわりや上に松の木が生えた。なかには改めて掘り出され、ワイヤーブラシで磨かれ、名前まで付けられたものもある。若者たちはそんな巨石によじ登ろうと挑んでいた。ロープもハーケンも使わずに、地面から一メートルぐらいのところで、柔らかな下草の上に何度も落ちながらも、めげずにトライしていた。なかに二、三人、器用に登る者がいて、見ていて爽快なほどだった。体操選手のようにしなやかな身のこなしで、チョークの粉で白くなった手は擦り傷だらけだ。それは、彼らが都会から山に持ち込んだスポーツだった。未経験者にも積極的に教えているようだったから、僕もやらせてほしいと頼んでみた。登ってみるとたちまち、自分にはクライミングの才能があると感じた。クライミングの知識など皆無だったけれど、考えてみれば、これまでブルーノとあらゆる種類の岩に登ってきた。それとは対照的に、父は手を使わないと登れないような岩場は危険だと言って、僕を近づけたがらなかった。そんな父に対する反発心もあって、僕はクライミングに憧れたのかもしれない。

夕暮れ時になると、宴会をするために集まってきた者たちも加わって大人数になった。火を熾す者がいるかと思えば、酒や大麻煙草を持ってくる者もいる。焚火を中心に車座になり、ワインの瓶をまわしながらの語らいに、僕は耳を傾けていた。知らないことだらけの彼らの話は、焚火のむこう側にいる女の子たちとおなじくらい僕を魅了した。僕はそこで、カリフォルニアのヒッピーのことを知った。現代のようなフリークライミングを考え出したのは、ヨセミテの岩壁の麓でひと夏ずっと野宿しながら、上半身裸で一心に登りつづけたヒッピーたちだ。そのほか、プロヴァンス地方の岩場で鍛錬を重ねたフランス人クライマーたちの話も聞いた。軽装で素早く山を登る長髪のクライマーは、海辺で過ごすときの恰好のままモンブランの岩場を登攀し、父のような昔気質の登山者に屈辱を与えるのだった。クライミングの醍醐味は、仲間と一緒に自由に挑むことにあり、そういった意味では、川岸にある二メートルの高さの岩だろうと、八千メートル峰に引けを取らない魅力があった。登山の苦しみへの崇拝とも、山頂を制覇することとも無縁だった。そんな話を聞いているうちに、森が闇に包まれていく。松のよじれた幹や、松脂の強い芳香、きらめく炎に浮かびあがる白い巨石が、森を、モンテ・ローザ山群にあるどんな山小屋よりも居心地のいい場所に変えた。夜が更けてくると、アルコールのせいで覚束ない足取りで、煙草をくわえたまま巨石に登りだす者がいるかと思えば、隣にいた女の子と一緒に行方をくらます者もいた。

森にいたときには、彼らとの違いが気にならなかった。たぶん、ほかの場所にいるときほど際立たなかったからだろう。彼らは、ミラノやジェノヴァやトリノといった大都会から来た富裕層の若者だった。それほど裕福でない避暑客は、もう少し奥の渓谷にあるバンガローに泊まっていた。ゲレンデの麓に短期間で手早く建てられた宿泊施設だ。とりわけ裕福な人たちは、少し離れた集落にある昔ながらの建物を別荘に改築していた。石や板に番号を振ったうえでいったんすべて解体し、著名建築家の設計図にしたがってふたたび組み直すのだ。あるとき僕は、夜に飲むためのワインを取りに帰った友達に付き添って、そんな別荘の一軒に入ったことがあった。外からだと丸太でできた古い干し草小屋にしか見えないのに、一歩足を踏み入れると、古美術商か蒐集家の館といった趣だった。所狭しと並べられた美術書、絵画、調度品、彫像……。ボトルもたくさんあった。友達は戸棚を開けて、二人分のリュックにワインのボトルを詰めた。

「ワインを黙って持っていって、親父さんに怒られないの？」と僕は尋ねた。

「親父だって？」言葉そのものが滑稽だとでも言うように、彼は答えた。僕たちは地下倉を荒らしたままにして、速足で森に戻った。


一方、父は相変わらず機嫌を損ねたままで、以前のように一人で山に登っていた。日の出の時刻に起き出して、僕と母が目覚める前に出発してしまう。ときおり父のいない隙に、僕は壁の地図をこっそりのぞいて、父が最近どんな峰を踏破したのかチェックした。それによると、下から見あげただけでなにもないことがわかるため、それまでずっと敬遠してきた渓谷のむこう側の峰々に通いはじめたらしかった。集落もなければ川や湖もなく、山小屋も美しい頂もないまま、寂寞とした上り坂が二千メートルぐらいひたすら続き、そこから先はガレ場という山だ。おそらく父は、落胆した心を癒すために登っていたのではないだろうか。あるいは、自分の心の状態に似た風景を探し求めていたのかもしれない。あの日以来、一緒に登ろうと僕を誘うことはなくなった。父の言い分からすれば、僕のほうから頭を下げて許しを請うべきだったのだ。「いやだ」と言う勇気があったのだから、今度は「ごめんなさい」「お願いです」と言う勇気を出す番だというわけだ。

やがて氷河に行く日がやってきた。毎年、聖母被昇天《フェラゴスト》の祝日に続けてきた、一泊二日の父子の栄光。アイゼンや、武器のように鋭いピッケル、何度もぶつけたせいであちこち凹んだテルモスなどを準備する父を、僕は横目で見ていた。そんな父の姿が、僕には「突撃登山」の最後の生き残りのように思えた。一九三〇年代、アルプスの北壁に集団で挑み、勝算もなく山に攻撃を仕掛け、死んでいった山岳兵たちだ。

「お父さんと話をしたら」その朝、母に言われた。「悲しんでいるわよ」

「話があるのは、父さんのほうだろ」

「あなたならできるけれど、あの人には無理なの」

「できるって、なにがだよ」

「わかってるくせに。ただ、お父さんのところへ行って、僕も一緒に行っていい？って言えば、それで済むことでしょ」

僕は、頭ではわかっていたけれど、父のところには行かなかった。自分の部屋に閉じ籠もり、しばらくして、金属製の装具がぎっしり詰まったリュックを背負って重たげな足どりで遠ざかる父の後ろ姿を窓から見ていた。単独で氷河に挑むのはご法度だ。そのため父は、その晩、屈辱的な仲間探しを強いられることになる。山小屋に行くと、たいてい一人はそういう人がいるものだ。登山客の集うテーブルからテーブルへとまわって歩き、じっと耳を傾けていたと思ったら、会話に割って入り、しまいには翌日の登山のパーティーに加えてくれないかと切り出す。見ず知らずの余所者を自分のザイルに結びたがる者なんていないことは重々承知のうえで。そのときの僕には、それこそが父にふさわしい罰に思えた。

僕もまた、その夏、罰を食らった。巨大な岩でくりかえし練習したあと、僕は、二人の友達と一緒に、人生初の本格的なクライミングに挑戦することにした。一人は、一緒に家までワインを取りにいった蒐集家の息子で、クライミング仲間でいちばん腕のいいジェノヴァ人。もう一人はその友達で、始めてまだ数か月の、とりたてて才能も情熱もない初心者だった。きっと、ただ友達と行動を共にするためにクライミングをしていたのだろう。

僕たちの目当ては道路のすぐ近くの巨石で、草原を横切ったら、そこがもう登り口だった。ものすごく切り立った岩で、野生動物が雨や陽射しを避けるために使っていた。僕たちは草を食んでいる牛に囲まれながら専用のシューズに履き替えた。それから、ジェノヴァ人がハーネスと安全環付きカラビナを渡してくれた。僕たち二人をロープの両端にそれぞれ結んでから、自分を真ん中に結びつけた。そして、細かい指示は出さずに、もう一人の仲間に安全確保《ビレイ》を頼むと、さっさと登りはじめた。

軽やかでしなやかな彼の登り方は、体重をまったく感じさせず、なんの苦労もなく手足が動いているように見えた。いちいち手で触るまでもなく手頃なホールドを見つけ、微塵の迷いもない。ときおりハーネスからクイックドローを外して、それをルート上に設置されているハーケンにかけ、ロープをカラビナに通す。それからチョークバッグに手を入れて、指に息を吹きかけたかと思うと、また軽々と登りはじめるのだ。その姿は、見る者の目にとても優雅に映った。僕は、優雅さや美しさ、軽やかな身のこなしといった技を彼から学びたいと思った。

ところが彼の友達のほうはそんなテクニックをひとつも持ち合わせていなかった。登りながら僕は、その動きを間近から見ていた。というのも、中間地点についたジェノヴァ人が、僕たち二人に向かって、互いのあいだに三、四メートルの距離をあけて登ってくるようにと大声で指示したからだ。登っていくうちに、頭のすぐ上でもたついているその友達との距離が縮んでしまい、僕は何度も彼のシューズにぶつかりそうになって、止まらなければならなかった。仕方なく、ふりかえって背後の世界を眺めてみた。八月下旬の黄色に染まった草原、陽射しを反射してきらめく川。州道を走る車はすでに小さく見える。そのなにもない空間を、僕は怖いとは思わなかった。むしろ、地面から遠く隔たれ、宙に浮いた状態は心地のよいものだった。僕の身体はクライミングの動きにごく自然に反応した。たしかに集中力は求められたが、筋肉や肺に負担を強いられることはなかった。

ところが、一緒に登っていた友達は、腕の力に頼りすぎて足をあまり使っていなかった。身体全体で岩にへばりついているせいで、手探りでホールドを探さなければならず、岩に打ちつけてあるハーケンを見つけるたびに必死でしがみついてしまう。

「そうやるんじゃないよ」と僕は声を掛けたが、それが間違いのもとだった。好きにさせておくべきだったのだ。

彼はむっとした表情で僕を見返した。「なんか文句あるか？　これ見よがしにすぐ下まで迫ってきて、俺を抜かしたいのか？」

　そのときから彼は僕を敵視するようになった。中間地点に着くなり、トップを登っていた仲間に僕の文句を言った。「ピエトロの奴、やたら急ぎたがるんだ。レースかなにかと勘違いしてるらしい」僕は、おまえの友達のほうこそハーケンにしがみついてばかりいる軟弱者だという言葉を呑み込んだ。二人を敵にまわすのが目に見えていたからだ。それからというもの、僕はなるべく距離を保つように心掛けたものの、そいつは雪辱を誓ったらしく、なにかにつけて僕を扱《こ》き下ろし、僕の闘争心をその日の笑いの種にした。彼の話のなかでは、二人のあとを必死で追いかける僕がやたらと足下まで迫ってくるものだから、蹴っ飛ばして追い払わなければならないという構図になっていた。それを聞いて蒐集家の息子は笑った。そして、最後の休憩スペースに登りついた僕に言った。

「おまえ、本当に登るのが早いな。なんならトップを務めてみるか？」

「わかった」僕は答えた。本音を言うと、なんでもいいから早くクライミングを終わりにして、二人から離れたかった。すでに確保はしてあったし、カラビナだって持っている。順番を交代するために面倒な手順を踏む必要もなかった。そこで僕は昂然と頭を反らすと、岩の割れ目に打ち込まれたハーケンを見据えて登りはじめた。

　頭上にロープがあれば、登るべきルートを見つけるのは容易だ。ところが、自分の足の下にしかロープがないとなると、状況はまったく異なった。僕が最初にカラビナを固定したのは、リング状の古いハーケンで、岩壁に沿って一列に並んで光っている、めっきの施されたスチール製のものではなかった。けれども、そんなことは気にせずに僕は割れ目を伝って登っていった。はじめのうちは順調に登れたが、上へ行くにつれて割れ目が細くなり、やがて僕の手のあいだから消えてしまった。もはや屋根のごとく迫り出した黒くて湿った岩が頭上にあるばかりで、どうすればそれを越えられるのか皆目見当がつかなかった。

「どっちへ行けばいい？」声を張りあげた。

「ここからじゃ見えない」ジェノヴァ人が答えた。「ハーケンはあるか？」

いいや、ハーケンは見当たらなかった。僕は割れ目の端に手を入れてしっかり身体を支えると、首を伸ばして、岩に打ちつけられたハーケンがないか両サイドを見渡した。そのとき、登るルートを間違えたことに気づいた。めっきを施されたスチールの列は、僕の数メートル右側を斜めに登っていき、迫り出した岩の部分を迂回して頂上へと続いていた。

「ルートを間違えた！」僕は声を張りあげた。

「そうか？」下から彼が怒鳴り返してきた。「そこはどんな感じだ？　登れそうか？」

「いいや、とっかかりがまったくない」

「だったら、引き返すしかないな」姿こそ見えなかったものの、下で二人が愉快がっているのがわかった。

僕はそれまで岩壁をよじ登ったことはあったが、一度も下りたことはなかった。登ってくるときに使ったその割れ目が、上から見下ろすとひどく頼りなげなものに見え、思わず満身の力を込めてしがみつきたくなった。同時に、登るときに使った錆びたハーケンから優に四、五メートルは登ってしまったことに気づいた。片方の脚が震えだす。膝を起点とするその震えは、抑えようもなく踵へと伝わった。そうなるともう、足が言うことを聞かない。掌もじっとりと汗で湿り、岩が手から滑り落ちる。

「駄目だ、落ちる！」僕は叫んだ。「ロープを！」

そのまま僕は落ちた。十メートルほどの距離ならば落ちてもそれほど深刻なダメージは受けない。ただし落ち方を心得ている必要があった。岩壁からなるべく離れて飛び下り、落下の衝撃を両脚でうまく和らげるのだ。ところが僕は、誰からもそんなことは教わっておらず、しがみつこうと必死でもがきながら岩壁伝いに滑落したせいで、岩肌でそこらじゅうを擦りむいてしまった。地面近くまで落下したとき、鼠蹊部に締めつけられるような痛みを感じた。だが、それは不幸中の幸いだった。誰かがロープを固定しておいてくれたことを意味するのだから。もはや二人も笑ってはいなかった。

それからしばらくのち、僕たちはようやく巨石の頂上まで登りつめることに成功した。そうなると今度は、ふたたび草地に立っている感覚が奇妙でならなかった。地面まであと一歩のところで命綱に助けられた僕が、荒れかけた高原牧場で草を食む牛たちと、吠える犬に囲まれている。三人で地べたに身を投げ出した。僕は精神的なショックと身体じゅうの痛みに苛まれていた。あちこち血だらけの僕を見て、二人は責任を感じたようだ。現に、一人が心配そうに尋ねた。「本当になんともないのか？」

「ああ、大丈夫だ」

「煙草を吸うか？」

「ありがとう」

それを、彼らと一緒に吸う最後の一服にしようと僕は心のなかで決めていた。草原に寝そべって空を眺めながら、煙草を吸った。二人がまだなにか言っていたが、僕の耳には入らなかった。

　例年にたがわず、その夏も八月が終わりに近づくと空模様が変わった。連日のように雨が続いて肌寒く、山が自ら、早く麓に下りて九月の残暑を味わうようにとささやいていた。父はひと足先にミラノへ帰り、母はまたストーブに火を熾すようになった。たまに雲が薄くなると、僕は薪を集めに森へ通った。唐松の枯れ枝を下から引っ張ると、ぱきんと音を立てて折れる。グラーナ村で過ごす時間は好きだったはずなのに、その年は僕も早く都会に戻りたくてたまらなかった。僕にはまだ、経験すべきことがたくさんあり、出会うべき人も大勢いて、近い将来、なにか重大な変化が待ち受けているような気がしていた。僕は山での最後の数日を、あらゆる意味において最後になるだろうと予見しながら過ごしていた。かつて滞在した山の思い出をたどるかのように。それは心地よい感覚だった。久しぶりに二人きりの僕と母、台所でぱちぱちとはぜる火、早朝の寒さ、本を読んだり森を散策したりしながら過ごす時間……。グラーナ村にはクライミングに適した岩はなかったが、石造りの山小屋の壁でじゅうぶん練習できることに気づいた。僕は、自分なりにやり方を決めてごつごつした石壁を登っては下りていた。あまり簡単すぎる出っ張り《ホールド》は避け、なるべく小さな隙間《クラック》を指先だけで摑んで登りながら。角から角まで渡りおえると、また戻ってくるのだ。そんなふうにして僕は、村にある打ち捨てられた空き家の壁をほとんど登りつくした。

　ある日曜日のこと、空が久しぶりに晴れわたった。僕と母が朝食をとっていると、ドアを叩く音がした。ブルーノだった。玄関ポーチに立って、にこやかに笑っている。

「やあ、ベリオ」ブルーノは言った。「一緒に山に行かないか?」

ブルーノが唐突に語りだしたところによると、その春、ブルーノの伯父さんが山羊を飼おうと思い立ち、高原牧場のむかいの斜面で放し飼いにしたらしい。それならば、日が暮れる前に双眼鏡で山羊の様子を観察し、全頭そろっているか、見える場所から遠くへ行きすぎていないか確認するだけで済むと考えたのだ。ところが、ここ数日、山の上では夜になると雪が降り、山羊の姿が見当たらなくなってしまった。おそらく洞穴かなにかに避難しているのだろうけれど、通りかかったアイベックスの群れについて、どこかへ行ってしまった可能性もある……。ブルーノの口ぶりは、伯父さんがまたしても計画性のない事業に手を出したとでも言いたげだった。

ブルーノは、自分のバイクを持つようになっていた。もっともナンバープレートも付いていない屑鉄まがいの代物《しろもの》だったけれど、僕らはそれに二人でまたがって高原牧場まで登った。途中、唐松の低い枝を避《よ》け、水たまりでは泥まみれになりながら。僕はブルーノの腰にしがみついているのが心地よかったし、ブルーノの態度もごく自然だった。そこから上は、バイクを乗り捨て、まっすぐ続く山道を、牧草地のむかい側の斜面に沿って軽快な足どりで登りはじめる。その痩せた石ころだらけの草地には、山羊の糞があちこちに落ちていた。糞をたどりながら石楠花が自生する岸を登り、ほとんど水が流れていない沢の石から石へと飛び移って進んだ。すると、そこから先は雪景色だった。

そのときまで僕は、ひとつの季節の山しか知らなかった。短い夏だ。七月の初めに春の装いを見せ、八月の終わりには早くも秋の気配を漂わせる。でも、冬の山についてはなにも知らなかった。まだ小さかったころ、ブルーノと一緒によく冬山の話をしていた。ミラノに帰らなければならない日が近づき、しょげ返っているとき、彼と一緒に一年じゅう山で暮らす自分を思い描いた。

「だけど、おまえは冬にはここがどんな場所になるか知らないだろう」ブルーノは言った。「一面、雪ばかりなんだぞ」

「見てみたいな」僕は答えた。

それがいま眼前にひろがっていた。そこにあるのは三千メートル級の山に見られるような雪渓ではない。降ったばかりのふかふかの雪が、靴のなかに入ってきて足を濡らすのだった。雪を踏んだ靴を持ちあげると、その下から、ひしゃげた八月の花が現われるのは不思議な感覚だった。積もった雪の量はくるぶしが隠れるか隠れないかという程度だったけれども、跡形もなく山道を消してしまうには十分だった。灌木も、地面の窪みも、石も、雪に埋もれて見えない。ひと足ごとになにか罠が隠されているかもしれず、雪道に慣れていない僕は、ブルーノの後ろにくっついて歩き、彼の靴跡に足をのせるしかなかった。昔のように、ブルーノがどのような衝動や記憶に導かれているのかもわからないまま、僕はただあとをついていった。

そうして僕らは、反対側の斜面を見おろせる尾根までたどりついた。とたんに風向きが変わり、鐘の音を運んできた。山羊は、その少し下の、手前のほうの岩陰に避難していて、そこまでは難なく下りていくことができた。母山羊が仔山羊を連れ、三頭か四頭ずつに分かれて雪の吹き込まない隙間に身を寄せ合っていた。ブルーノが頭数を数え、みんなそろっていることを確認した。山羊はもともと牛ほど従順ではないうえに、ひと夏を山で放し飼いにされていたので、なかば野生に戻っていた。そのため、僕らが通ってきた跡をたどって斜面を登らせる際、山羊がばらばらにならないよう、ブルーノは何度も声を張りあげ、勝手な方向へ行こうとする山羊には雪の玉を投げつけなければならなかった。伯父さんと、伯父さんが思いついた「天才的なアイディア」に対して悪態をつきながら。尾根まで登ると、無秩序で騒々しい群れを引き連れて、今度は雪の斜面を下りはじめた。

足もとの地面にふたたび草が見えはじめたのは、正午を過ぎたと思われるころだった。あたりが夏へ一気に逆戻りした。腹をすかせていた山羊たちは、牧草地の思い思いの場所へと散っていった。僕とブルーノはそのまま小走りで山道を下った。べつに急いでいたわけではなかったが、それが山での僕らの歩き方だったし、とりわけ下りは、なぜかしら心が弾むのだった。

バイクを置いた場所まで戻ってきたとき、ブルーノが言った。「このあいだ、岩に登っているのを見たぞ。なかなかやるじゃないか」

「この夏に始めたばかりだ」

「おもしろいのか?」

「ああ、すごく」

「沢登りとおなじくらい?」

僕は思わず笑った。「いいや、沢登りほどじゃないよ」

「俺はこの夏、石壁を造った」

「どこで?」

「山奥の家畜小屋だ。崩れかかっていたのを、最初から全部やりなおしたのさ。車の通れる道がなかったから、バイクで何度も往復してね。スコップとバケツとつるはしだけで、昔ながらの工法で造ったんだ」

「楽しかった?」

「ああ」ブルーノはしばらく考えてから答えた。「仕事は楽しかったよ。その工法で石壁を造るのは難しいんだ」

　仕事以外でなにか不満があったような口ぶりだったが、それがなにかは話してくれなかったし、僕もあえて訊こうとしなかった。親父さんとうまくやっているのかも、いくら稼いでいるのかも、彼女がいるのかも、将来の計画についても尋ねなかったし、僕たちのあいだで起こったことについてどう思っているのかも訊かなかった。それはブルーノもおなじだった。どうしていたのかとか、父や母は元気なのかなどとは尋ねてこなかった。だから僕も、母さんは元気だけど、父さんは相変わらず僕に対して腹を立ててるよ、と答えはしなかった。この夏、いくつかの新しい出来事があった。友達ができたと思ったけれど、僕の思い違いだったこと。女の子とキスをしたこと。しかも、ひと晩で二人と……。

　僕はただ、グラーナ村まで歩いて帰ることにするとだけ言った。

「本気か？」

「ああ。明日はミラノに帰る日だから、少し歩きたいんだ」

「それもそうだな。じゃあ、俺はここで」

　山に別れの挨拶をするために、一人で森を散策する。それは、僕にとって夏の終わりの儀式だった。僕は、ブルーノがバイクに跨るのを見ていた。何度か試みたあと、ようやくタッタッタッという軽快な音とともにエンジンがかかり、マフラーから黒い煙があがる。ブルーノはバイカーとして独自のスタイルを持っていた。片手を挙げて挨拶をよこすと、アクセルを吹かした。僕も手を挙げて挨拶を返したが、彼はもう、こちらを見てはいなかった。

　そのときには知る由もなかったが、以来、僕らは何年も会うことはなかった。翌年の夏、十七歳になった僕は、グラーナ村にはほんの数日しか滞在せず、その次の年からはまったく行かなくなった。大人への道が、子ども時代を過ごしたその山から僕を遠ざけようとしていた。寂しくはあったけれど、避けがたく、また素敵なことでもあった。すでに僕は、そのことに気づいていた。ブルーノとバイクが森の奥へ消えてしまうと、僕はふりかえり、いま二人で下りてきたばかりの斜面を見あげた。そして雪の上に点々と続く僕らの長い足跡をしばらく見つめてから、ゆっくりと歩きだした。

第二部　和解の家

五

父が六十二歳で死んだとき、僕は三十一だった。葬儀の最中に初めて僕は、自分が生まれたときの父の年齢になっていることに気づいた。もっとも、僕の生きてきた三十一年は、父のそれとは似ても似つかなかった。僕は結婚もまだだし、メーカーに就職もしていないし、子どももいない。暮らしぶりはといえば、半分は大人の生活だったけれども、あとの半分は学生と大差なかった。ワンルームマンションで一人暮らしをしていて、それさえも、僕にしてみればやっとの思いで維持している贅沢だった。ドキュメンタリー作家として生活していけるだけの稼ぎを得たいと思いながらも、家賃を払うためには仕事を選ばず引き受けなければならなかった。ただし、ひとつだけ父との共通点があった。僕もまた「移民」だということだ。僕が両親から受け継いだのは、人は誰しも、若いときに自分の生まれ育った土地に別れを告げて、別の場所で大人になるべきだという考え方だった。そのため、二十三のとき、兵役を終えたばかりの僕は、彼女と暮らすためにトリノに移り住んだ。

彼女との関係は長続きしなかったが、トリノの街との付き合いはその後も続くことになる。古《いにしえ》から川が流れ、柱廊《ポルティコ》には老舗のカフェが軒を連ねる街に、僕はたちまち、ずっと前からそこに住んでいるような錯覚に陥ったのだった。当時の僕はヘミングウェイに傾倒し、金もないくせにあちこちに出入りして、新しい出会いや仕事のオファーなど、多種多様な可能性に心をひらいていようと努めていた。そんな移動祝祭日のように気ままな僕の生活の背景には、いつだって山があった。あれ以来、山を訪れることこそなかったものの、家を出るたびに視界に入ってくるその山が、僕を祝福しているように感じられた。

そうして、百二十キロにおよぶ田圃や畑が僕と父とのあいだを隔てることになった。大した距離ではないものの、会いに行こうという気は起こらなかった。その二年ほど前、僕は大学を中退し、父をひどく落胆させていた。数学では決まってトップの成績だった僕に対し、父は、将来、自分とおなじ道を歩むにちがいないと期待していた。そのため、中退なんかして人生を棒にふるつもりかと叱責し、僕は僕で、人生を棒にふったのは父さんのほうじゃないかと言い返した。以来、僕と父はまる一年、口を利かなかった。その間、僕は兵舎と実家のあいだを行き来していたが、兵役を終えるなり、ろくに挨拶もせずに家を出た。僕が自分の道を歩みだし、どこか別の土地で、父とは異なる生活を自分の力で築きあげていく。それは父にとっても僕にとっても望ましいことだった。そうして、ひとたび離れて暮らすようになると、父も僕もその距離を埋めるためになにかしようとは思わなかった。

母との関係は違っていた。電話では僕がほとんど喋らないものだから、母は手紙を書こうと思いたった。すると、思いがけず僕から返事が届くことを知った。夜、机に向かい、便箋とペンを取り出して、自分の身に起こった出来事を母に語るのが僕は好きだった。映画学校へ通うことに決めたと告げたのも、手紙を通してだった。トリノでの最初の友人は映画学校で知り合った仲間だ。僕はドキュメンタリー制作に興味を持っていた。自分には観察眼も人の話を聴く力もあるはずだと信じていた僕にとって、母からの返事は心の支えだった。「そうね、あなたは昔から、そういうことが得意だったものね」それを仕事にできるようになるまでには途轍もなく時間がかかるだろうことはわかっていたが、母は最初から応援してくれた。何年ものあいだ仕送りを続けてくれた母に、僕は自分で撮ったものをすべて送っていた。風景や人物の写真、街探索のビデオ、誰に観せるわけでもないけれど僕にとっては自慢のショートムービー。漠然とした形をとりはじめていたその暮らしが、僕は好きだった。母に幸せなのかと尋ねられて、僕はそう答えた。それ以外の質問——たとえば、数か月以上は続くことのない恋人についての質問——には言及を避けた。相手が誰だろうと、付き合いが真剣になりかけたとたん、決まって僕のほうから姿をくらますのだった。

「母さんは元気にやってる?」と僕は書いた。

「私は元気ですが、お父さんは仕事のしすぎで、身体を壊すのではと心配しています」母はそんな返事をよこした。手紙には、自分の話よりも父のことのほうが多く綴られていた。工場が経営難に陥っているようだけど、父はもう勤続三十年になるのだから、そのままじっと定年を待てばいいものを、仕事量を倍に増やした。車を運転して一人で長距離を移動することも多く、工場から別の工場まで数百キロという道のりを往復したあげく、疲れ切った形相で帰宅すると、食事を済ませてそのままベッドに倒れ込む。それでも睡眠は数時間しかとらず、夜中に起き出してはまた仕事を始める。どのみち心配事が多すぎて眠れないのだ。母の話によると、父の心配の種は工場のことだけではないらしかった。「昔から心配性でしたが、近頃は少し病的なほどです」父にしてみれば、仕事も気掛かりだったし、迫りつつある老後にも不安があった。母が風邪をひいたと言えばそれを心配し、僕のことも心配していた。夜中にいきなり跳ね起きたかと思うと、僕が体調を崩しているにちがいないと騒ぎだし、叩き起こしても構わないから、とにかくすぐに電話するよう母に言った。母は、あと何時間か待てば朝だからと父を説き伏せ、そのあいだに落ち着かせて、とにかく眠らせ、緊張をほぐそうと試みた。父は自分の体調に異変を感じていなかったわけではないが、それでも、いつもなにかに追われているような生き方しかできなかったのだ。父に心の平穏を保つよう強いるのは、誰と先を争うでもなく、いい空気を胸いっぱいに吸いながら、のんびりと山登りを楽しもうと言うのとおなじで、しょせんできない相談だった。

そんな母の文面から立ち現われる父は、一部は僕のよく見知った姿だったが、別人としか思えない部分もあった。その「もう一人の父」に、僕は興味を惹かれた。かつて父のなかにときおり垣間見られた、一種独特の脆さが僕の脳裏によみがえった。父はふとした瞬間、途方に暮れた表情を浮かべ、すぐに慌ててとりつくろうことがあった。たとえば、僕が岩壁から身を乗り出したときなど、父は反射的に僕のズボンのベルトをつかまずにはいられなかった。僕が氷河で高山病にかかれば、僕よりも父のほうがうろたえた。そんなもう一人の父は、いつだって近くにいたはずなのに、前面にはだかっていた父の存在感があまりに強すぎて気づかなかっただけなのかもしれないと僕は思った。そして、いつかまた、父と話せるようになる日が来るかもしれない、いや、話さなければと考えるようになっていた。

それなのに、その「いつか」は、そこに内包されたいくつもの可能性とともに消えてしまった。

二〇〇四年三月のある晩、母から電話があり、父が高速道路で心筋梗塞を起こしたと知らされたのだ。父の車は路側帯に停まっていた。事故の引き金になることもなく、几帳面にも非常時の手順がすべて踏まれていた。車を脇に寄せ、ハザードランプを点滅させ、ハンドブレーキもかけてあった。パンクか、さもなければガス欠を起こしたときのように。ただし、父を見限ったのはタイヤでもガソリンでもなく、心臓だった。ものすごい距離を日々高速で飛ばしながら、メンテナンスを怠ったのが原因だった。父は胸に鋭い痛みを覚え、自分の身体に起こった災難を悟ったにちがいない。路側帯でエンジンを止めた。そして、シートベルトを外すこともなく、運転席に座った状態で発見されたのだった。レースから脱落したドライバーさながらに。ハンドルを握りしめたままの父の脇を、ほかの車がつぎつぎと追い越していく。他人を追い越すことにこだわりつづけた父を、これほどまでに愚弄した最期がほかにあるだろうか。

その春、僕は何週間か、ミラノの母の許に帰った。片づけなければならないこともあったし、しばらく母のそばにいてあげたほうがいいと思ったからだ。葬儀を済ませるまでの慌ただしい日々のあとに訪れたひそやかな時間のなかで、父が自分の死後のことを考えていたという事実を発見し、僕は驚いた。父の机の抽斗《ひきだし》には、すべきことが列記されたメモがしまわれ、銀行口座の情報や、父の遺産を相続するうえで必要なことが全部まとめられていた。相続人は僕たち二人以外にいなかったため、正式な遺書を認めるまでもなかった。それでも、そのおなじ紙に、ミラノの自宅の父の持ち分をすべて母に譲ると書かれていて、僕宛てには、「ピエトロには〈グラーナの土地〉を相続して欲しい」とあった。仰々しい遺言や別れの言葉はなく、すべてが素っ気ないまでに事務的で、公証のようだった。

その土地のことは母もあまり詳しく知らなかった。誰しも、自分の両親は諸々の考えを共有して暮らしているものと思いがちだ。とりわけ親が老境に差し掛かっている場合、ついそんなふうに思いたくなる。ところが、父と母は、僕が一人暮らしを始めたあと、いろいろな意味において別々の生活を送っていたことを、僕は初めて知った。父は相変わらず仕事ひと筋で、出張にも頻繁に出掛けていた。母はいったん退職し、外国人専用の救急医療センターでボランティアの看護師をしたり、妊婦のための出産前講座の手伝いをしたりしながら、一日の大半を、父とではなく女友達と一緒に過ごしていた。その前の年、父が山の土地を安価で購入したことは母も知っていた。だが、父はその代金を支払う際に母の同意を求めなかったし、買った土地を見に連れていくこともなかった。そもそも、ずいぶん前から二人は一緒に山歩きをしなくなっていた。母も、土地の件は父の個人的な買い物と見做し、口を挿まなかった。

父の遺した書類のなかから、土地の売買契約書と登記用の地図が見つかったが、大した手掛かりにはならなかった。不規則な形をした土地の中央に、縦四メートル横七メートルの農作業用の小屋が建っている。地図は小さすぎて、その土地がどこにあるのかわからなかったし、おまけに僕が見慣れている地図とは異なっていた。標高も道も記載されておらず、土地の区画が書かれているばかりで、いくら眺めても、周囲が森なのか草原なのか、あるいは別のなにかなのか、まったく理解できなかった。

すると母が助け舟を出した。「ブルーノなら、どこの土地か知っているはずよ」

「ブルーノが？」

「よく二人で山を歩いていたから」

「あれ以来、ブルーノとは会っていないのかと思ってたよ」

「会わないわけがないでしょう。あの小さなグラーナ村にいたら、お互い会わないでいるほうが難しいと思わない？」

「いま彼はなにをしてるの？」僕はそう尋ねたけれども、本当に訊きたかったのは、元気でやっているか、僕のことを憶えているか、何年も会っていないけれど、そのあいだ僕が彼のことを思っていたのとおなじくらい彼も僕のことを思っていたか、といったことだった。それなのに僕は、本当に知りたいこととは別のことを尋ねるという、大人に特有の質問の仕方が身に染みついていた。

「石積み職人よ」母が答えた。

「ずっと村から出てないの？」

「ブルーノが？　どこへ行けと言うの？　グラーナ村はほとんど変わってないわよ。行けばわかるわ」


僕は、母の言葉を信用すべきか決めかねていた。というのも、そのあいだに僕のほうが変わってしまっていたからだ。子どものころに大好きだった場所へ大人になってから訪れると、まったく別の場所のように思えて愕然とすることがある。さもなければ、いまやすっかり変わってしまった自分を思い知り、無性に哀しくなる。僕は、そのどちらも体験する気にはなれなかった。それでも、相続すべき土地があるという事実と、その土地に対する好奇心のほうが最終的に勝《まさ》った。こうして僕は四月の終わりに、父の車を運転して、一人でグラーナ村へ向かった。到着したときにはすでに日が暮れていたため、渓谷を登っていくあいだ、ヘッドライトの光で照らし出される範囲しか見えなかったが、それでも様々な変化が目についた。道はところどころ幅が拡張され、舗装しなおされた箇所があり、急な斜面には崖崩れ防止用の金網が張られ、伐り倒された丸太が積まれていた。チロル様式の別荘を建てた者がいれば、川から砂や小石を掘り出した者もいる。かつて石や木々のあいだを流れていた川には、セメントの護岸が施されていた。建ち並ぶ別荘には灯りがなく、閑散期のせいか、あるいは廃業したのか、どの宿も閉まっていた。動く気配のないトラクターやアームを地面につけたままのショベルカーは、産業がすっかり廃れた印象を村に与えていた。施工主が倒産したために途中で放棄された工事現場とおなじように。

一連の変化にすっかり気落ちしかけていた僕は、なにかに強く惹かれた気がして、フロントガラスの前で身をかがめて上方を見た。夜空に浮かびあがった白い輪郭が、独特の仄明かりを放っていた。それが雲ではないとわかるまでに、しばらくの時間を要した。まだ雪を戴いた峰々だったのだ。四月なのだから、雪が残っていることぐらい予想できそうなものだが、都会では春ももう盛りを過ぎていたし、山の上に行くにつれて季節が逆戻りすることを僕はすっかり忘れていた。山の上に残る雪は、麓の集落の衰退ぶりに落胆しかけていた僕を慰めてくれた。

その瞬間、僕は、自分が父のよくしていた動作をなぞっていることに気づいた。運転している最中に、身をかがめて上目づかいに空を見る父の姿を、幾度となく見たことがあった。父はそうして雲行きを確かめることもあれば、山の斜面の状態を観察することも、ただ山容に見惚れていることもあった。ハンドルの上のほうをつかんだ手の上に、こめかみをもたせながら。僕は、もう一度その仕草を、今度は意識してくりかえした。自分が四十歳のころの父で、助手席に妻、後部座席には息子を乗せて渓谷に差しかかり、家族三人がそろって満足できる場所を探しているところを想像しながら。息子は後ろで眠っている。妻は窓越しに見える村や家を指差しながらしきりに話しかけ、僕は耳を傾けているふりをする。そのくせ妻がよその方向を見るなり、身をかがめて上目づかいに山を眺めるのだ。山頂から放たれる抗いがたい呼び声に身を委ねながら。頂が峻嶮で威嚇的であればあるほど、心は強く惹きつけられる。上に見える雪が期待を持てるなによりの証しだった。あの山の上には、間違いなく僕たち三人にふさわしい場所がある……。

グラーナ村へ分け入る道は、路面こそ舗装されていたものの、それ以外は、母の言葉どおりなにひとつ変わっていないようだった。打ち捨てられた廃屋は変わらずそこにあり、家畜小屋も、干し草小屋も、堆肥の山も、すべてあのころのままだった。僕は記憶をたぐり寄せながら車を駐め、暗い村へと徒歩で入っていった。水飲み場から聞こえてくる水音を頼りに、暗闇のなかでポーチの階段をのぼり、家の玄関ドアにたどりつき、鍵穴に差さっていた大きな鉄製の鍵を探りあてた。屋内に入るなり、時を隔てた湿気と、煙のにおいが僕を迎えた。台所へ行ってストーブの戸を開けてみると、炭火の山がまだ白くくすぶっていた。ストーブの脇に積まれていた乾いた薪を投げ入れ、炎がふたたび燃えあがるまで息を吹きかけた。

父の特製ドリンクもいつもの場所にあった。父はたいてい、白グラッパ《グラッパ・ビアンカ》を大瓶で購入し、小さな瓶に分けて、山で集めた果実や松の実、香草などで香りをつけていた。僕はそのなかから適当なのを一本選ぶと、グラスに二フィンガーほど注いで、身体を少し温めることにした。おそらく竜胆《りんどう》の根のグラッパだったのだろう、ひどく苦かった。僕はグラスを持ってストーブのかたわらに座り、煙草を巻くと、それをふかしながら、古い台所を見まわして記憶が浮かびあがってくるのを待った。

母は二十年をかけて実に見事な仕事をした。どこを見ても母の丹精をこめた手の跡が感じられた。家というものはどのようにしたら住み心地がよくなるのかを熟知した女性ならではの手だ。母は昔から、木の匙や銅の鍋が好きで、外の景色を見えなくしてしまうカーテンは大嫌いだった。母のお気に入りの出窓には、水差しに入ったドライフラワーの束と、一日じゅう聴いていたラジオ、それに一枚の写真が飾られていた。僕とブルーノが唐松の切り株で背中合わせに座っている写真で、場所はおそらくブルーノの伯父さんの高原牧場。二人とも胸もとで腕を組み、なにやら難しい顔をしている。いつ誰が撮ったものなのか僕の記憶にはなかったけれど、おそろいの服を着て、二人ともおなじ滑稽なポーズをとっているこの写真を見たら、誰もが兄弟のポートレートだと思うだろう。僕自身、いい写真だと感嘆せずにはいられなかった。僕は煙草を吸いおわると殻をストーブに投げ入れ、空になったグラスを持って、もう一杯注ごうと立ちあがった。そのとき、父の地図が目に入った。昔のまま画鋲で壁に留められていたものの、僕の記憶のなかの地図とはかなり異なっていた。

よく見ようと近づいた。すると、たちまち鮮やかなイメージが湧きあがった。昔は渓谷からの登山道が記されていたにすぎなかったはずのその地図が、いまではなにか別の、喩えるならば小説にも似たものに変化していた。いや、自伝とでもいうべきかもしれない。二十年ものあいだ山を歩きつづけたお蔭で、父のフェルトペンでたどられていない山頂や高原牧場、山小屋はひとつもなかった。網の目状の行程があまりに密に書き込まれているために、父以外の誰にも判読できない地図となっていたのだ。ひとつだけわかるのは、フェルトペンの色が黒一色ではないということ。おなじ黒の線でも、道によっては赤い線が伴走しているものもあるし、緑の線が伴走しているものもあった。それだけでなく、黒と赤と緑の線が三色並んだ道もあった。ただし、黒だけの線がいちばん多く、しかも長々と続いていた。そこにはなにか符号があるにちがいなく、僕はそれを解読しようとひとしきり地図を眺めていた。

しばらく考えていると、子どものころによく父に解かされていた謎かけのひとつのように思えてきた。僕は台所へ行ってグラスにグラッパを注ぎ、ふたたび地図の前に戻って解読を続けた。大学時代に学んだ暗号理論の問題だとしたら、まずは、もっとも頻発するものを探し出し、次にもっとも頻度の低いものはどれかを探るだろう。いちばん頻度が高いのは黒一色の線で、いちばん低いのは三色一緒の線だ。その三色の線が、謎を解く手掛かりとなった。昔、僕と父とブルーノの三人で氷河に登ったとき、引き返さざるを得なくなった地点をはっきりと憶えていたからだ。赤の線と緑の線はちょうどその地点で終わっていた。ところが黒は、その先まで続いている。つまり、その先の山頂へは、父がのちに独りで登ったことを意味していた。間違いなく黒の線は父がたどった行程だった。赤の線は、父と二人で制覇した四千メートル峰に黒の線と並んで引かれていることから判断するに、僕としか考えられなかった。そして緑は、消去法からブルーノということになる。そういえば、時々二人で山歩きに行っていたと母が話していた。よく見ると、黒と緑の線が引かれた山道は少なくなかった。むしろ黒と赤の線よりも多いくらいで、僕は軽い嫉妬を覚えた。同時に、その長い歳月、父が独りで山に登っていたわけではないことを知って嬉しくもあった。まわりくどい方法ではあるが、壁に貼られたその地図は、父から僕へのメッセージなのかもしれないと思った。

夜も更けてきたので、かつての自分の部屋へ入ってみたものの、そこで眠るにはあまりに寒すぎた。そこでベッドからマットを外して台所に運び込み、その上に寝袋を敷いた。手を伸ばせば届く位置にグラッパと煙草を置き、ストーブに薪をたっぷりくべてから、電気を消した。そうして僕は、いつまでも寝つけずに暗闇で薪の燃える音を聞いていた。

翌朝早く、ブルーノが迎えにきた。現われたのは、もはや僕の知らない男だったけれど、昔懐かしい少年の面影がどことなく潜んでいた。

「火を熾しておいてくれてありがとう」僕は礼を言った。

「別に大したことじゃない」ブルーノは答えた。

玄関ポーチで僕の手を握ると、ブルーノはお悔やみの言葉を口にした。僕は、その二か月のあいだに幾度となくその手の言葉を聞かされたせいで、聞き流すようになっていた。古い友人どうしならばそんな儀礼的な挨拶なんて無用のはずだが、僕とブルーノがいまどんな間柄なのか、正直なところわからなかった。言葉よりも、差し出された右手のほうに真心が感じられた。がさついていて、たこだらけで、節くれだったその手には漠とした奇妙な感触があった。ブルーノはそんな僕の戸惑いに勘づいたらしく、右手をひろげて見せた。いかにも石積み職人のものといったふうのその手は、人差し指と中指の第一関節から先がなかった。

「以前、祖父ちゃんの猟銃でへまをしてね。狐を狙ったつもりが、バン！　自分の指先を砕いちまったのさ」

「銃が手のなかで破裂したのか？」

「そうじゃなくて、引き金が故障してたんだ」

「想像を絶する痛さだろうな」

ブルーノは、生きていればもっとひどい目にだって遭うさとでもいうように、軽く肩をすくめた。

それから僕の顎に視線を移すと、尋ねた。「鬚はずっと伸ばしてるのか?」

「もう十年ぐらいになるかな」僕は鬚をさすりながら答えた。

「俺も一度伸ばしたことがあったけど、当時の彼女が……。わかるだろ?」

「鬚が嫌いだったのか?」

「そうなんだ。でも、おまえには似合ってる。親父さんにそっくりだ」

そう言いながら彼は微笑んだ。再会のぎこちなさをほぐすことが先決だったから、僕はその言葉にこめられた意味をあれこれ穿鑿《せんさく》せずに、微笑み返した。そして戸締りをすると、ブルーノのあとについて歩きだした。

山峡《やまかい》から見上げる空は低く、春の雲がずっしりと垂れこめていた。いましがた雨が止んだところらしく、いつまた降りだしてもおかしくなかった。煙突からの煙までが立ちのぼれずに、濡れた屋根を這いおり、雨どいでとぐろを巻いていた。そんなひえびえとした光のなか、村を出て歩きはじめると、バラックも、鶏小屋も、薪小屋も、なにもかもが昔の記憶のままにそこにあった。僕が最後に山を下りた日から、誰も、なにひとつ動かしていないかのように。ところが、しばらく歩いて最後の家々を通り越したあたりから様相が一変した。下を見ると、沢の幅が僕の記憶の倍ほどにひろがっていた。まるで巨大なトラクターで土を掘り返したばかりのようだった。石ころだらけの広い一帯を流れるその沢は、雪融けの季節だというのにどこか力なく見えた。

「見たか?」ブルーノが言った。

「どうしてこんなことに?」

「二〇〇〇年の豪雨だよ。憶えてないのか? 猛烈な鉄砲水が出て、俺たち住民はヘリコプターで救助されたんだ」

下のほうではショベルカーが盛んに動いていた。二〇〇〇年、僕はどこにいたのだったか。身も心もあまりに遠く離れていて、グラーナで豪雨があったなんて知らなかった。沢にはまだ、山から押し流されてきた倒木や梁、コンクリート片など、あらゆる種類の瓦礫が転がっていた。湾曲した部分の岸は深くえぐられ、むきだしの木の根が、そこにはない土を求めて宙に伸びていた。思い出の詰まった沢の変わり果てた姿に、胸が締めつけられた。

さらに上流の、粉挽き小屋のそばまで行ったところで、大きな白い石があるのが見えた。タイヤの形をした円い石が浅瀬に乗りあげている。それを見て、沈んでいた僕の心が弾んだ。

「あの石も鉄砲水に流されたのか?」と僕は尋ねた。

「いいや」とブルーノは言った。「あれは前に俺が転がしたんだ」

「いつ?」

「十八の誕生日を祝うためにね」

「どうやって?」

「車のジャッキを使った」

僕は思わず笑った。ジャッキを抱えて粉挽き小屋へ入っていくブルーノの姿と、しばらく間をおいて、今度は石臼が小屋から出て、ごろんごろん転がっていく光景が目に浮かんだのだ。僕もその場に立ち会いたかった。

「壮観だった?」

「ああ、最高だったね」

ブルーノも笑った。それから僕らは、例の土地を目指して歩きだした。

山道を登る僕の足取りは、かつてに較べるとかなりゆっくりだった。身体がすっかり鈍《なま》っていたうえに、前の晩に飲みすぎた。鉄砲水の爪痕が残り、かつては草原だった沢沿いまで土砂で埋めつくされた渓谷を登りながら、ブルーノは何度もふりかえっては、大きく後れをとった僕を見て驚き、立ち止まって待つのだった。僕は咳払いをしながら、「なんなら先に行ってくれ。すぐに追いつくから」と言った。

「いいや、待つよ」まるで自分には厳密な任務が与えられていて、それをきっちり果たさなければならないとでもいうように、ブルーノは答えた。

ブルーノの伯父さんの高原牧場も決してよい状態ではなかった。前を通りかかったときに、一棟の小屋の屋根が反りあがり、梁を支えている壁が外側に押し出されているのがわかった。あれでは、次に本格的な積雪があったらひとたまりもないだろう。ひっくり返った風呂桶が家畜小屋の外で放置されて錆びついているし、ドアは蝶番が外れて壁にぞんざいに押しつけられていた。ルイジ・グリエルミーナが予言したとおり、牧草地の至るところに唐松の若木が生えはじめていた。いったい何年でここまで荒れてしまったのだろう。ブルーノの伯父さんの身になにがあったのか。僕は訊きたかったけれど、ブルーノが立ち止まろうとしなかったので、そのまま牧場を通り越し、なにも言葉を交わさないまま歩きつづけた。

山小屋より奥は豪雨による被害がさらに深刻だった。上《かみ》のほうには、夏の盛りになると牛を放していた傾斜地があったはずだが、鉄砲水によって山の一部がそっくり抉りとられていた。斜面の崩壊とともに立ち木や岩までが押し流されたため、地盤の弱くなった不安定な山肌が続いていて、豪雨から四年が経ったいまもなお、ときおり足もとで崩れるのだった。ブルーノは相変わらず押し黙っていた。ぬかるみに登山靴が埋《うず》まるのもお構いなしに先を行き、岩から岩へと跳び移り、バランスをとりながら倒木の上を進み、ふりむこうともしない。僕はおいていかれないように小走りでついていくのが精一杯だった。土砂崩れの跡がようやく後方へ遠ざかり、ふたたび森の木々に包まれたところで、ブルーノが口をひらいた。

「このあたりは昔から人がほとんど入らなかったけど、道もふさがれたいま、俺以外、誰も来ないと思う」

「よく来るのか?」

「ああ、夕方にな」

「夕方?」

「仕事のあとで歩きたくなったときとか。途中で暗くなってもいいように、ヘッドランプを持ってくるんだ」

「普通、仕事帰りにはバールに行くんじゃないのか?」

「バールに通ってた時期もあったけど、飽きたよ。森のほうがいい」

続いて僕は、禁句を口にした。父との山登りでは決して許されなかった質問だ。「まだ遠いのか?」

「いいや、あと少しだ。ただし、この上は雪道だけどな」

これまでも岩陰にはところどころ雪が残っていた。ずいぶん前に積もった雪で、その上から雨が降り、ぬかるんでいた。ところが、顔をあげて上のほうを見ると、ガレ場のそこかしこが白く輝き、グレノン渓谷は広範囲にわたって雪に覆われていた。北側の斜面全体がまだ冬だったのだ。雪がまるでネガフィルムのように山の輪郭をなぞり、陽射しの届くところでは黒い岩が日向ぼっこをし、日陰では雪の白が残っていた。そんなことを考えながら歩いていると、不意に湖のほとりに出た。初めて訪れたときと同様、なんの前触れもなく湖水が目の前にひろがっていたのだ。

「ここを憶えてるか?」ブルーノが言った。

「憶えているとも」

「夏とは雰囲気が違うだろ?」

「ああ」

僕らの湖は、四月のその時期にはまだ、青い筋状の亀裂が入った白濁した氷の層で覆われ、磁器の表面を思わせた。ひび割れには幾何学的な法則はなく、明らかな割れ目もなかった。ところどころで氷の板が水に押されて浮きあがり、日向の湖岸沿いの氷は土色を帯びはじめている。まもなく夏が訪れようとしていた。

窪地をぐるりと見わたすと、二つの季節を一時《いちどき》に見ているようだった。こちら側には、ガレ場と、柏槙や石楠花のこんもりとした繁み、それにところどころ唐松の低木が生えているが、あちら側には森と雪がひろがるばかり。山崩れの跡は、むこうのほうからグレノンの斜面を伝って延び、湖のなかへ消えていた。ブルーノは、ほかでもなくその方角へ進んでいく。湖畔から離れて、雪の積もった傾斜地を登りはじめた。表面が凍結した残雪は、足をのせてもたいてい重みに耐えてくれたが、ときおり不意に砕けることがあった。すると、腿のあたりまでずぼりと雪のなかに沈むため、踏み誤るたびに、必死の思いで這いあがらなければならなかった。そんな道なき道を、足をひきずりながら三十分ばかり進んだところで、ようやくブルーノが休憩を許してくれた。彼は雪のなかから頭を出している石の壁を見つけてよじ登ると、靴と靴を打ちつけて底にこびりついた泥をはらった。僕は濡れている足を気にする余裕もなく、その場に座り込んだ。もう限界だった。一刻も早くストーブの前に戻って食事をし、眠りたかった。

「着いたぞ」とブルーノが言った。

「どこに？」

「どこって、おまえの家に決まってるだろう」

そう言われて、初めて僕は四方を見わたした。積もった雪のせいで形は定かでないものの、僕らのいる斜面が階段状の森になっていることがわかった。ひときわ白くて滑らかな高い天然の岩壁が、湖を望む台地の背後に屹立している。よく見ると、野面積みの石壁の残骸が三辺、雪から頭だけ出していた。そのうちの一辺が僕の座っている石壁で、どれもおなじ白い岩でできていた。両サイドが短く、前面には長い壁。長さはそれぞれ四メートルと七メートルで、登記簿の地図に記されていたとおりだ。そして、天然の岩壁が四辺目の壁の役割を果たしていた。つまり、その岩がほかの三辺の壁の材料を提供しただけでなく、建物全体を支える役割も果たしているわけだ。屋根は崩れて跡形もなかったが、その代わり、雪のあいだから若い這松が芽を出し、瓦礫を押しのけながら壁とおなじ高さまで伸びていた。これが僕の相続した土地か、と僕は思った。岩壁に雪、山積みになった四角い石、そして一本の松の木。

「俺たちが初めてここに来たのは、九月のことだった」とブルーノが語りだした。「おまえの親父さんは、見るなり言ったよ。この家だ、ってね。それまでにも何軒かの家を見てまわったんだ。そのしばらく前から彼の家探しに付き合っていてね。ともかく、ここは見た瞬間、気に入ったようだった」

「去年の話か？」

「いいや。じき三年になる。その後、持ち主を探し出して説得するのに時間がかかったんだ。このあたりじゃ、誰も土地を売りたがらないからな。廃屋をいつまでも放置するのは構わないが、余所者に土地を譲って有効活用をしてもらうのはご法度らしい」

「親父はこの土地をどうするつもりだったんだ？」

「そりゃあ、家を建てるんだよ」

「家？」

「もちろんだ」

「親父は昔から、家になんて興味がなかったはずだ」

「気でも変わったんだろう」

そのあいだに雨が降りだした。手の甲に雨粒が当たるのを感じ、見ると、雪がまじっていた。空までが冬と春のあいだで迷っているようだった。厚い雲が峰々を視界からさえぎり、すべてのものの奥行きを消していたが、そんな空模様の午前中でさえも、その場所がいかに美しいか知覚できた。内に秘めた過酷な美しさ。平穏を想起させるのではなく、力強さと同時に、幾許《いくばく》かの惧《おそ》れを呼び覚ますような、そんな倒錯した美しさだった。

「この場所には名前があるのか？」僕は訊いてみた。

「たぶんな。お袋の話によると、昔、この一帯はバルマ・ドローラと呼ばれていたそうだ。この手のことに関するお袋の記憶は確かだ。地名はひとつ残らず記憶してるからな」

「バルマというのは、あの岩のことか？」

「ああ、そうだ」

「で、ドローラは？」

「奇怪な、という意味だ」

「奇怪って、あまりに白いからか？」

「そうだと思う」

「奇岩《バルマ・ドローラ》か」その言葉の響きを確かめるために、僕は声に出して言ってみた。

しばらくその場に座って周囲を眺めながら、父がその土地を僕に遺した意味について思いをめぐらせた。ほかでもなく「家」という概念と向き合うことを生涯避けつづけた父が、この山奥に一軒の家を建てたいと願っていた。そして、実現こそできなかったものの、死を予期したとき、この土地を僕に託そうと考えた。父はいったい僕になにを求めていたのだろうか。

藪から棒にブルーノが言った。「俺はこの夏にはとりかかれるぞ」

「とりかかれるって、なにに？」

「仕事だよ」

まだ理解できずにいる僕に向かって、彼は説明した。「おまえの親父は、自分の建てたい家の図面を描いて、俺に建ててくれと言ったんだ。建てると約束したとき、親父さんは、ちょうどおまえがいまいる場所に座ってたよ」

前日から発見の連続だった。登山道の地図、そこに書き込まれた黒い線と、それに伴走する赤と緑の線。おそらくブルーノは、僕に話すべきことがまだ山ほどあるにちがいない。家を建てることに関しては、そんなふうに父がなにもかも準備していたのだとしたら、その遺志に逆らう理由は僕にはなかった。ただし、ひとつだけ問題があった。

「だけど、金がない」と僕は言った。遺産として受け取った金額は、惨憺たる状況だった僕の個人的な収支を立てなおすために使ってしまった。まだ幾らかは残っていたものの、家を一軒建てるにはとうてい足りない額だったし、そのために使い果たす気もなかった。これまでずっと先延ばしにしてきた、すべきことのリストが長々とあった。

ブルーノはうなずいた。その手の反論は予期していたらしい。「材料費さえ出せればいいんだ。それだって、その気になればずいぶん節約できる」

「おまえの手間賃はどうなるんだ？」

「俺のことは気にするな。もともと金を稼ぐための仕事じゃない」

なにが言いたいのか、ブルーノは説明しなかった。そこで、僕のほうから訊こうとしたところ、こう言い添えた。「ただし手伝いは要る。助っ人が一人いれば、三か月か四か月で完成する。どうだ、手伝うか？」

街なかでそんな話を持ち掛けられたら、確実に笑い飛ばしたことだろう。僕には大工仕事なんてできっこない。ぜんぜん使いものにならないよ、と。ところがそのとき僕は、標高二千メートルの結氷した湖の前にある、雪に埋もれた石壁に座っていた。そして、それが避けようのないめぐり合わせなのだと感じはじめていた。思いも及ばない理由で父に導かれ、僕はその場にいた。背後に奇岩が屹立する、土砂崩れに見舞われた山峡の平地《ひらち》で、かたわらにいる友と一緒に、その廃屋を建てなおすために。胸の内で僕はつぶやいた。わかったよ、父さん。これが父さんの最後の謎かけなんだね。どんな答えが用意されているのか見届けてやろうじゃないか。僕にはまだ学ぶべきことがあると言うわけか。

「三、四か月と言ったな？」僕は念を押した。

「ああ、そんなもんだ。簡素な造りだからな」

「いつから始めるつもりだ」

「雪が融けたらすぐに」ブルーノは答えた。そして石壁から飛び下りると、どのような手順で家を建てるつもりなのか説明しはじめた。

六

その年は、思いのほか早く雪が融けた。僕は六月の初めにグラーナ村へ戻った。ちょうど雪が一斉に融けだす季節で、川の水量が大幅にふくらむだけでなく、渓谷のそこここで、ふだんはない滝やその場かぎりの小川を形成しながら水が流れくだり、それまでに見たこともない光景がひろがっていた。山の上で融けて、千メートル下の地面まで苔のように軟らかくしてしまう雪が、足の裏に直接感じられた。連日の雨は気にしないことに決めた。月曜の朝、僕らは日の出とともにブルーノの家へ行き、スコップとつるはし、大きな斧とチェンソー、そしてタンク半分の混合燃料を運び出した。それらの道具を二人で手分けして担ぐと、バルマ——いつしか僕の土地をそう呼ぶようになっていた——まで登った。ブルーノのほうがはるかに多くの荷物を担いでいたにもかかわらず、十五分ごとに立ち止まって休まないと息が持たないのは僕のほうだった。僕はリュックを置いて地べたに座り込んだ。どちらも山登りのときには絶対にするなと、かつて父から禁じられていた行為だ。

そして、なるべくブルーノと目を合わせないようにしながら、胸の動悸が治まるまでそのまま静かに待った。

　バルマでは、雪が消えて泥や枯れ草が現われていた。お蔭で、前に来たときよりも正確に廃屋の状態を把握できた。壁は、二人で動かそうとしてもびくともしない隅石に支えられているため、一メートルほどの高さまでは堅固だった。ところが一メートルよりも上となると、長いほうの壁は、屋根の梁が崩れ落ちる際に押されたらしく、外側に飛び出していたし、短いほうの壁は全体的に石が乱れていて、人の背丈ほどの高さに積まれたいちばん上の段の石がいまにも崩れ落ちそうになっていた。ブルーノは、残っている壁もおそらく基礎の部分までとり壊す必要があるだろうと言った。歪んだ壁をまっすぐにするなんて時間の無駄だ。打ち壊して一から造りなおしたほうがはるかにいいというのが彼の意見だった。

　ただし、その前に作業スペースを確保しなければならない。廃屋に着いたのは朝の十時。僕らはただちに、内側に崩れ落ちた瓦礫をとり除く作業にとりかかった。大方が、かつて屋根のスレートに用いられていた板か、二階と一階のあいだに張られていた古い床板だった。そんな腐りかけた板切れの山にまじって、六、七メートルはありそうな梁が、いまだに壁に食い込んでいたり、地面に突き刺さったりしていた。なかには、水をかぶったにもかかわらず腐っていない梁もあり、ブルーノは再利用できるかどうか吟味していた。僕らは、まだ丈夫な梁を壁から取りはずして外へ引きずり出すのに、かなりの労力と時間を費やした。斜めに立てかけた二枚の板の上を転がしながら、壁を越える必要があったからだ。一方、傷んで使いものにならない梁は、適当な大きさに切って、薪として燃やせるように片隅に積みあげた。

二本の指の先がないために、ブルーノは左利き用のチェンソーを使っていた。丸太がずれないように足で押さえたうえで、靴底のすぐ近くで、チェーンの先端を木に当てるのだ。すると彼の背後におがくずが巻きあがり、焦げた木の芳香があたりに満ちる。瞬く間に切れて落ちる木片を、僕が拾って脇に積みあげた。

僕はすぐに疲れてしまった。足もだが、それに輪をかけて腕が鈍っていた。午《ひる》すぎになって廃屋から出てきたとき、僕らは全身おがくずと土埃にまみれていた。天然の大きな岩壁の前に、唐松の立派な丸太が四本横たわっている。一年前に伐り倒して、そのまま寝かせてあったらしい。然るべき時が来たら新しい屋根の梁になるはずだったが、当座のところは、そのうちの一本をベンチ代わりに利用することにした。

「もうへとへとだよ。まだ始めてもいないのに」僕は弱音を吐いた。

「いいや、もう始まってる」とブルーノ。

「これじゃあ、片付けるだけで優に一週間はかかる。壁を打ち壊し、建物のまわりにスペースを確保して……」

「そうかもしれんが、先のことはわからない」

喋りながらも、ブルーノは手際よく石を並べて火床《ほど》をつくり、木屑を集めて火を熾した。僕は汗だくだったので、焚き火の前で服が乾かせるのが心地よかった。ポケットを探って煙草の葉と紙を取り出すと、巻いた。ブルーノにも勧めたところ、こんな答えが返ってきた。「やり方がわからない。巻いてくれるなら一本もらうよ」

火を点けてやると、ブルーノは咳き込みそうになるのを堪えていた。吸い慣れていないようだった。

「昔から吸ってるのか？」ブルーノは尋ねた。

「夏、この村に来てたときに吸いはじめたんだ。たぶん十六か十七ぐらいだったと思う」

「嘘だろ？　おまえが煙草を吸ってるとこなんて、見たことがないぞ」

「隠れて吸ってたからな。誰にも見られないように森に行っていた。じゃなければ家の屋根の上とかな」

「誰の目が怖かったんだ？　お袋さんか？」

「わからない。とにかく、隠れて吸っていた」

ブルーノは二本の細い枝の先端をジャックナイフで尖らせた。そしてリュックから腸詰め《サルシッチャ》の塊を取り出すと、ブツ切りにしてその枝に刺し、火で炙りはじめた。パンも持ってきていた。黒い丸パンだ。厚めに二枚切ると、片方を僕に差し出した。

ブルーノは言った。「いいか、どれくらいの時間がかかるかなんて大した問題じゃない。この手の仕事をするときには先のことを考えるな。さもないと頭がおかしくなる」

「だったら、なにを考えればいいんだ？」

「今日のことだよ。見ろ、いい日和じゃないか」

僕は四方を見わたした。「いい日和」と定義するには、かなり寛容になる必要がありそうだ。晩春によくあるような、山では風が吹き荒れる、そんな天候だった。雲の群れが流れてきては太陽を覆ったかと思うと、去っていく。空気はまだ冷たく、まるで偏屈者の冬が場所を譲ってたまるかと言っているようだった。眼下の湖は黒い絹のような趣を呈し、吹きつける風によって襞が入っていた。いや、むしろその逆で、かじかんだ手のような風が、湖面を撫でては襞を伸ばしていた。僕は思わず自分の手を焚き火にかざし、しばらくそのまま温もりを分けてもらった。

瓦礫を運び出す作業を午後も続けたところ、ようやく廃屋の内部の様子がわかってきた。建物の特徴を雄弁に物語る間仕切りがあったのだ。長いほうの壁に沿って飼い葉桶が並び、中央には糞尿を流すための排水溝、間仕切りは指三本分ほどもある分厚い板で、牛や馬の鼻づらと蹄で長年こすられたために艶光りしていた。ブルーノは、きれいにすればなにかに再利用できると言って、つるはしを梃子にしながら板を持ちあげようとした。そのとき僕は、地面に落ちていたものを見つけて拾いあげた。動物の角に似た円錐形のすべすべの木片で、内側はくりぬかれていた。

「鎌石の容器だ」木片を見たブルーノは言った。

「鎌石？」

「鎌を砥ぐための石さ。たしか正式な名称があったはずだけど、忘れたよ。お袋に訊けばわかるかもしれない。たぶん川の石だと思う」

「川の？」

僕は、いちいち説明してもらわないとなにもわからない子どもになった気がした。一方のブルーノは、僕のそんな質問に対して無尽蔵の忍耐力を示した。僕の手から円錐形の木片を取ると、腰に当ててみせた。そして説明を続けた。「鎌石は丸くてすべすべで、黒に近い色をしてるんだ。水で濡らすと、よく砥げるのさ。だから、この容器に水と石を入れて腰に提げておく。そうすれば鎌で草を刈っているとき、切れ味が悪くなるたびに、石を濡らして刃が砥げるだろ？　こんなふうにね」

ブルーノはそう言うと、腕を大きくゆったりと動かして、頭上に半月の線を描いてみせた。その仕草を見ているうちに、鎌と、それを砥ぐ石の映像が僕の瞼の裏にくっきりと浮かびあがった。そのときになってようやく僕は、子どものころ夢中になった遊びを彼と一緒に再体験していることに思い至った。なぜもっと早く気づかなかったのか不思議だったが、僕らは昔、この手の廃屋をいくつも訪れた。崩れかけた壁の穴から空き家に入っては、ぐらつく床板の上を歩いてがらくたを盗み出し、宝物を手に入れたつもりになっていた。何年ものあいだ、僕らはそんな遊びに明け暮れていたではないか。

すると、乗りかかった船のようなその大仕事を、少し異なる視点から見られるようになった。それまでは、父のためだけに自分がそこにいるような気がしていた。父の遺志を継ぐことによって、自責の念をふりはらうために。ところが、空想上の鎌を砥いでみせるブルーノの身振りを見ているうちに、父から譲り受けた遺産というのは、いきなり途切れてしまった僕らの友情を修復し、やり直すためのチャンスのように思えてきたのだ。これこそ父が僕に贈りたかったものなのかもしれない。ブルーノはもう一度その円錐形の木片を見やると、焚き火用の木切れの山に投げ込んだ。僕は立ちあがってそれを拾いにいき、いつかなにかに使えるかもしれないと思って脇にのけておいた。

廃屋の内側に芽を出していた這松も、同様にのけておいた。五時をまわり、もうほかになにもできないほど疲れ切っていた僕は、這松の若木のまわりをつるはしでぐるりと掘って、根っこごと引き抜いた。瓦礫の下まで洩れるかすかな光しか浴びずに成長したため、幹は細く、よじれていた。そのうえ根まで地上に晒されたせいで、瀕死の病人のような風体だった。僕は急いで、少し離れた場所に植え替えてやった。平地《ひらち》のへりの、湖がよく見わたせる場所に穴を掘り、中央に這松をおいた。それから根に土をかぶせると、丁寧に押しつけた。ところが手を離したとたん、それまで慣れていなかったものだから、這松は風に煽られて前後左右に力なく揺れた。その姿は、長いこと岩に護られてきたのに、いきなり大自然のなかに放り出された、たいそうか弱い生き物のようだった。

「ここで根がつくと思う?」僕はブルーノに尋ねた。

「さあな」と彼は答えた。「這松は気まぐれな木だからね。自然に生えた場所で成長するときには丈夫でしぶといくせに、別のところに移すと、たちまち弱るんだ」

「植え替えたことがあるの?」

「ああ、何度かね」

「それで、どうなった?」

「枯れたよ」

ブルーノは、昔のことを思い出すときによくするように地面の一点をじっと見つめていたが、やがて言った。「むかし、伯父さんが家の前に這松を植えたいと言ったことがあったんだ。理由はわからない。ひょっとすると、這松が幸運をもたらすと信じてたのかもしれない。伯父さんはたしかに運が必要な人だったからね。それで俺は、頼まれて毎年のように森から若木を抜いてきたけれど、そのたびに牛たちに踏まれて駄目になったんだ。そのうちに、もう植えようとはしなくなった」

「このあたりの言葉ではなんていうんだっけ?」

「這松《チェンブロ》か? アルーラだ」

「そうだった。幸運をもたらす木なのか?」

「そういう言い伝えがある。信じてみたら、おまえのところにも幸運がやってくるかもしれないぞ」

幸運が訪れるかどうかはともかくとして、僕はその若木が愛おしくなっていた。脇に頑丈そうな添え木を立てて、何か所か紐で結んでやった。それから湖へ行って水筒に水を汲み、根もとに撒いた。作業現場に戻ると、ブルーノが岩壁の下に台のようなものを造っていた。屋根に使われていた二本の梁を地面に横たえ、その上に、廃屋から回収した板を何枚か打ちつける。次いでブルーノは、リュックからロープとビニールシートを取り出した。グラーナ村で、畑の干し草にかぶせるためによく使われているシートだ。小さな棒杭を器用に用いて、ビニールシートの二隅を岩の割れ目に固定し、残りの二隅を地面に固定した。そうやって確保したスペースに、彼はリュックと食料をしまった。


「その荷物はここへ置いて帰るのか?」と僕は尋ねた。

「いや、置いて帰るというより、俺もここに残るんだ」

「残るって?」

「ここに泊まるってことさ」

「ここに泊まる?」

今度ばかりはさすがのブルーノもいらついたようで、ぶっきらぼうに言った。「毎日、仕事の時間を四時間も無駄にできないよ。そうだろ? 石積み職人はみんな、月曜から土曜まで現場で寝泊まりするものさ。往復して荷物を運ぶのは、下働きと相場が決まっている」

僕は、ブルーノがこしらえた「野営地」をまじまじと見た。なぜ彼のリュックがはち切れそうだったのか、ようやく腑に落ちた。

「その下で四か月も野宿するつもりか？」

「三か月だろうが四か月だろうが、必要なだけ泊まる。夏だしな。土曜には山を下りてベッドで眠るさ」

「だったら、僕も泊まったほうがいいんじゃないのか？」

「いまはいい。下から運んでこなければならない建材がたくさんあるからな。ラバを借りておいた」

これから僕らを待ち受けている仕事について、ブルーノは長いこと考えをめぐらせてきたらしかった。僕は場当たり的に対処していたけれど、彼は違った。全工程を綿密に計画し、僕の役割と彼の役割を割りふり、必要な時間や動きを計算していた。どこに資材を準備してあるか、翌日僕が運ぶべきものはなにか、丁寧に説明してくれた。彼の母親が、ラバの背に荷物を積むコツを教えてくれるという。

ブルーノは言った。「毎朝、九時にここで待ってる。そして、夕方六時に仕事は終わりだ。むろん、おまえがそれでよければだけどな」

「いいに決まってるじゃないか」

「やれるか？」

「やれるとも」

「いいぞ。じゃあ、また明日な」

僕は腕時計を見た。六時半だった。ブルーノはタオルと石鹸をつかむと、山のほうへ歩いていった。どこか彼の知っている場所で身体を洗うのだろう。僕は廃屋を眺めた。外観は今朝見たときと変わらないが、内側は空になり、周囲には廃材が山と積まれていた。それを見て僕は、初日にしては上出来だと思った。そうしてリュックを背負い、這松の若木に別れを告げると、グラーナ村に向かって歩きはじめた。

六月という季節には、ほかのどんな時間よりも僕の好きな時間帯があって、それがちょうど一日の仕事を終えて一人で山から下りるときだった。朝は様子が異なった。急いでいたし、ラバは言うことを聞いてくれないし、頭のなかは、とにかく仕事場に着かなければという考えでいっぱいだった。それに対して、夕方帰るときには急ぐ理由などひとつもない。六時か、もしくは七時ごろに歩きはじめると、まだ峡谷の上のほうに太陽があった。その時期、あたりは十時近くまで明るく、家に帰ったからといって誰が待っているわけでもない。僕は、疲労のせいで思考が麻痺した状態で、ゆっくりと歩いた。ラバは声を掛けなくても僕のあとをついてくる。山崩れの跡から湖までの山の中腹には石楠花が咲き乱れていた。グリエルミーナ家の高原牧場では、人の気配のなくなった山小屋の近くで、放置された牧草地の草をむさぼるノロジカに出くわすこともあった。ノロジカは耳をぴんと立て、警戒の目をこちらに向けると、盗っ人のように森の奥へ逃げていった。ときおり僕はそこで足をとめて一服し、ラバに草を食ませながら、唐松の切り株に腰をかけた。窓辺に飾られた写真に写っていたのとおなじ切り株だ。牧場をぼんやりと眺めながら、人間の営みが荒廃していくさまと、力強く横溢する春との奇妙なコントラストに思いをめぐらせた。三棟の山小屋は崩壊寸前だった。老翁の腰のように曲がった壁と、雪の重みに耐えきれず、大きくたわんだ屋根。そのまわりでは草や花がいっせいに芽吹いていた。

いまごろブルーノはなにをしているのだろう、と僕は考えた。おそらく炉に火を熾しているか、一人で山を散策していることだろう。いや、暗くなるまで仕事を続けているのかもしれない。いろいろな意味で、ブルーノがあのような男に成長していたことに僕は驚きを禁じ得なかった。彼の父親の同類とは言わないまでも、従兄たちとおなじような大人か、あるいは昔、彼と一緒にバールに通っていた石積み職人たちのようになると思っていたからだ。ところが、目の前に現われたブルーノは、そういった人たちとは似ても似つかなかった。人生のある時点において他人と交わることを放棄し、世界の片隅に自分の居場所を見出し、そこに籠もることにした男とでも言えばいいのだろうか。どちらかというと彼の母親に通じるところがあった。朝、僕が荷物の準備をしていると、よく彼の母親が顔を出して、荷鞍の固定の仕方や、ラバの脇腹で道具や板を安定させるこつ、歩きたがらないラバを急き立てる方法などを教えてくれた。それでいて、僕が山に戻ってきた理由や、ブルーノと一緒にしている仕事についてはなにも尋ねようとしないのだ。僕は子どものころから、ブルーノの母親は、僕たちのしていることに少しも関心がないのだろうと思っていた。彼女は自分の場所にいられればそれでよく、ほかの人たちはみんな、まるで季節のようにかたわらを通過するだけなのだと。もしかするとまったく別の感情を押し隠しているのかもしれない、と疑問に思ったものだ。

一服終えると、僕は沢に沿って山道をふたたび下りていき、あたりがほとんど暗くなるころ、グラーナ村にたどり着いた。家の軒先にラバをつなぎ、ストーブに火を熾すと、その上に水を張った鍋をかけた。あらかじめ買い置きがしてある日には、ワインのボトルを開けることもできた。食料品の棚には、パスタとトマトピューレ、それに非常用の缶詰がいくつかあるだけだった。ワインを二杯も飲むと疲労が限界に達する。ときには鍋にパスタを放り込んだまま、茹《ゆだ》るのを待たずに眠ってしまうこともあった。夜中に目を覚ますと、火の消えたストーブと、半分だけ中身の空いたボトル、そして、もはや食べようにも食べられないどろどろの塊と化した夕飯があるのだった。そんなとき僕は、いんげん豆の水煮缶を開け、皿に移しもせずにスプーンで掻き込んだ。それからテーブルの下に敷いてあるマットレスの上に横になり、寝袋にくるまると、すぐにまた眠りに落ちた。

　六月の終わりには、母が女友達を連れてやってきた。夏のあいだ母を一人にしないために、何人かが交替で別荘に泊まりにくることになったらしい。僕には、母が慰めを必要としている未亡人には少しも見えなかった。それでも母自身が、誰かそばにいてくれるのはありがたいと言っていたし、母とその友人たちは無言の信頼関係で結ばれているのが感じとれた。僕の前ではあまり喋らず、目配せだけで通じ合えるらしかった。言葉よりも貴《とうと》い親密さでもって、この古い山の家での共同生活を楽しんでいるように思われた。ごく簡素な葬儀を済ませてからというもの、僕は父の孤独について長いこと思いをめぐらせてきた。父と、父以外の世界とのあいだに常に存在していた軋轢のようなものについて。車のなかで独り死んでいった父には、いなくなったことを悲しんでくれる友もなかった。それに対して、母の生活からは、まるでバルコニーの花のように丹精して人との関係を育みながら、長い生涯を送ってきた成果がうかがえた。あのような才能は、後天的に身につくものなのだろうか、それとも持って生まれたものなのだろうか。僕もその気になれば、いまからでも会得できるだろうか。

　こうして、僕が仕事を終えて山から下りてくると、二人もの女性がなにかと世話をやいてくれるようになった。食卓には料理が並べられ、ベッドには洗いたてのシーツが敷かれている。いんげん豆の水煮も寝袋も、もはや無用だった。食後は母とキッチンにとどまり、お喋りをした。母とならば無理なく話せた。ある晩、まるで何年も前に戻ったみたいだねと僕が言ったのをきっかけに、実は僕と母とでは、あの当時、一緒に過ごした夜の記憶が異なっていることがわかった。母の記憶のなかの僕は、終始むっつりと黙りこくっていたらしい。いつだって自分の世界に没入していて入り込む隙がなく、滅多に話してくれなかったと母は言った。だから母は、いまこうして、あのころの分まで挽回できることを喜んでいた。

バルマで、僕とブルーノは壁を積む作業にかかっていた。僕は母に、どんなふうに仕事をしているのか事細かに語ってきかせた。職人の目線からの様々な発見を話すと、母は熱心に耳を傾けていた。たとえば、壁というものはどれも、石を平行に二列に積みあげ、そのあいだに生じた隙間に小石を詰めた構造になっている。ときおり、両方に跨るようなかたちで大きな石を横向きに置いて、二本の列を結合する。セメントも用いるけれども、できるだけ節約した。環境のためではなく、二十五キロ入りの袋を現場まで運ぶのは僕の仕事だったからだ。セメントの粉末を湖の砂と混ぜて水で練ったものを、二列に積んだ石のあいだに注ぎ入れると、外側からはほとんど見えない。僕は、何日ものあいだバルマと湖を往復した。対岸にあるちょっとした砂浜まで行って、ラバの背負い袋を砂で満杯にするのだ。湖の砂が僕の家の壁を固めてくれていると思うと、無性に嬉しかった。

母は注意深く話を聴いてはいたけれど、大工仕事に興味があるわけではなかった。

「ブルーノとはうまくやってるの?」母は尋ねた。

「それが不思議な感覚なんだよね。ときどき、ずっと昔から一緒にいたような気がするのに、よく考えてみると彼のことをほとんど知らない」

「不思議って、どんなところが？」

「僕と話すときの態度とか。やたらと親切なんだ。いや、親切っていうより、優しいんだよね。僕の記憶のなかのブルーノは、あんなふうに優しくはなかった。僕には理解できないなにかが隠されているような気がする」

僕はストーブに木切れを投げ入れた。煙草が恋しかったのだが、母の前で吸うのはためらわれた。そんな子ども染みた秘めごとから自分を解き放ちたいと思いながらも、実行できずにいた。その代わり、グラッパを二フィンガーほどグラスに注ぎに立った。なぜか知らないが、グラッパならば母の前で飲むことにも抵抗はなかった。

戻ってきた僕に、母は言った。「ブルーノはね、ここ何年か、私たちのそばにいてくれたのよ。ときには毎晩のようにここに来ることもあった。お父さんもよく彼を助けていたわ」

「助けるって、なにを？」

「具体的なことじゃないの。どう説明したらいいのかしら。もちろん、ときにはお金を貸したこともあったわよ。でも、そういうことじゃないの。あの子はね、自分の父親と大喧嘩をした。それで、もう二度と一緒に仕事をするものかと言って、それっきり、おそらくもう何年も会っていないんじゃないかしら。だから、なにか助言が必要になると、ここへ来てた。うちのお父さんのことをとても信頼してたのよ」

「ちっとも知らなかった」

「あなたのことをよく訊かれたわ。元気にしてるのかとか、どんな仕事をしてるのかってね。そのたびに私は、あなたが手紙に書いてよこすことを話していた。それでブルーノは、あなたの近況をいつだって知っていたのよ」

「ちっとも知らなかった」僕はくりかえした。

そのとき僕は、去りゆく者にどのような定めが待ち受けているのかを思い知らされた。自分がいなくなっても、みんなはそれまでとおなじ暮らしを続けていくのだ。二十歳《はたち》から二十五歳ぐらいのブルーノが、僕の父と母に挟まれて過ごす夜を想像してみた。僕の代わりにブルーノが父の話し相手をしている。もし僕が両親の許にとどまったならば、おそらくそうはならなかっただろう。少なくとも、そうした時間を僕も分かち合ったはずだ。僕は、嫉妬というよりも、その場に自分がいなかったことに対して悔恨の念を覚えた。なにをしていたのかも憶えていないほど些末なことにかまけているあいだに、掛け替えのないものを失くした気がしたのだ。

壁が完成すると、いよいよ屋根にとりかかる段となった。すでに七月に入っていた。僕は村の鍛冶職人のところへ、あらかじめブルーノが発注していた鋼の補強材を八組、受け取りに行った。彼の指示どおりの角度に曲げられていて、掌の幅ほどの長さの拡張ネジが数十本ついていた。受け取った建材と、小型のモーター式発電機、燃料用のガソリン、そして以前に使っていたクライミング用具一式をラバの背に積んでバルマに向かった。現場まで運びおえると、さっそく天然の岩壁の先端に登った。その高さまで登るのは初めてだった。上には唐松が何本か生えていた。いちばん太い幹にロープを結びつけて安全を確保したうえで、ロープを二重にして岩壁の真ん中ぐらいの高さまで下りた。手には電気ドリルを持っている。その状態で僕はまる一日を過ごした。下からはブルーノの大声の指示がつぎつぎと飛び、発電機はぐるぐると唸り、岩を削るドリルは耳をつんざく轟音をあげる。

補強材を一組固定するのに必要なネジは四本。全部で八組あったので、合計三十二個のネジ穴をあけなければならない。ブルーノによると、その三十二個の穴こそが、今回の仕事全体の肝だということだった。というのも、冬のあいだ、雪の塊が岩壁の上から絶えず屋根に落ちてくる。その衝撃に耐え得る屋根を造るために、ブルーノは長いこと思索を重ねてきたのだった。彼の指示に従いながら、僕はロープを登りなおし、アンカーの位置を少しずらしては、また岩の中央に戻って穴をあけるという作業を何度もくりかえした。日暮れ近くになったころ、ようやく等間隔に並んだ八本の補強材が、四メートルほどの高さにすべて固定された。

一日の終わりにはビールが待っていた。毎朝、食料と一緒にリュックに入れて下から運んでいたのだ。僕らは炉の前に座ってビールを飲んだ。灰と消し炭とで黒ずんだ炉とは対照的に、僕は真っ白だった。全身が岩の粉にまみれ、電気ドリルのせいで両手は痺れていた。上を仰ぎ見ると、鋼のトラスが壁の上で夕陽を受けて輝いていた。ブルーノにその仕事を任されたことが、僕は誇らしかった。

「雪というのはね、どのくらいの重みに達するかまったく見当がつかないから、厄介なんだ」とブルーノは言った。「体積をもとに計算することもできるけど、念のためすべて倍にして考えたほうがいい」

「どうやって計算するんだい？」

「えっと……一立方メートルの水の重さは、一トンだったよな？　雪の場合には、空気がどれくらい含まれているかによって変わるけど、三百キロから七百キロぐらいなんだ。だから、屋根が二メートルの積雪に耐えるには、千四百キロの重量を支えなければならない計算になる。俺はそれを倍にして考えた」

「それにしても、昔の人たちはどうしてたんだ？」

「昔はあちこちにつっかえ棒を立ててたのさ。秋に山を下りるときに、補強のための支柱を家のなかに何本もかっておくんだ。ここに来たとき、太くて短い丸太があっただろ？　あれがそうだよ。ただ、それでも足りないくらい雪の降った冬があったんだろうね。あるいは、支柱を立て忘れたのかもしれない」

　僕は岩壁の先端を見あげた。そしてその上に雪がずんずん降り積もり、しだいに迫り出し、やがては下に落ちるところを想像した。かなりの落下距離だ。

「おまえの親父さんは、この手の議論がとにかく好きだったな」とブルーノが言った。

「そうなのか？」

「梁の太さはどれくらいで、一本いっぽんの間隔はどれくらいが理想か、どんな木材を使用するのが最適か。樅は駄目だ。軟らかすぎるからな。唐松のほうが硬い……。俺の意見を聞くだけじゃ納得せずに、ことごとく理由を知りたがった。たとえば、樅は日陰で育ち、唐松は日当たりのいい場所で育つ。材木を硬くするのは太陽の光だ。その反対に日陰と湿気は軟らかくするから、梁には適していない、とかな」

「たしかに親父の好みそうな話だ」

「本も買ってたよ。だから俺は言ってやったんだ。ジャンニ、本なんていいから、老練の石積み職人の話を聞きにいこう。そして、俺の昔の親方のところへ連れていったのさ。設計図持参で行ったんだけど、親父さんは親方の話をノートに逐一メモしていたよ。それでも、あとで本を読んで確認してたと思うよ。他人の言うことを鵜呑みにしない性質《たち》だったろ？」

「よくわからないけど……」僕は言った。「そんな気がする」

「ジャンニ」と、父が名前で呼ばれるのを聞いたのは、葬儀の日以来だった。ブルーノの口からその名が発せられたことに、僕は嬉しくなった。もっとも、僕の記憶に残る父と、ブルーノの口から語られる父は、別人のように感じられた。

「明日は梁を持ちあげるのか？」僕は尋ねた。

「その前に、寸法に合わせて切断して、補強材に当たる部分に刳《く》り形を入れておく必要がある。持ちあげるにはラバの力が要る。やってみないとわからないが……」

「時間がかかるのか？」

「さあな。とにかく、一つずつこなしていくしかないよ。いまはビールだ」

「了解。いまはビールだな」


しだいに僕は、以前の体力を回復していった。一か月、来る日も来る日も山を登るうちに、かつてと変わらぬペースで歩けるようになったのだ。道の両側にひろがる野山の葉むらが日ごとに濃くなり、沢を流れる水は穏やかになり、唐松の緑が深くなっていくのが見てとれた。森にとっての七月の訪れは、めまぐるしい思春期の終わりに似ていた。子どものころ、僕が毎年グラーナ村にやってきたのも、この季節だった。山は僕の目に馴染んだ趣をとりもどした。当時の僕は、それがあまりに見慣れた風景だったために、山の季節は一年じゅう変化せず、永遠に続く夏が待っていてくれるのだと思い込んでいた。グラーナ村では、家畜小屋の準備をし、トラクターで荷物を運ぶ酪農家の姿をちらほら見かけるようになった。あと数日もすれば牛や羊の群れがやってきて、峡谷の下のほうは賑わいをみせるだろう。

だが、そのさらに上まで登っていく者は誰もいなかった。湖の周辺には、僕が朝に夕に通る道からさほど離れていないところに、ほかに二軒の廃屋があった。そのうちの一軒は刺草がはびこり、春に初めて訪れたときの僕の家と似たり寄ったりの状態だった。といっても、屋根は比較的しっかりしていて、一部が崩れているだけだった。中をのぞいてみると、やはり悲惨なありさまだった。ひとつしかない部屋はめちゃめちゃに荒らされている。まるで持ち主が家を去るときに、惨めだった暮らしに対する鬱憤を晴らしたかのように。さもなければ、空き家となった建物に何者かが忍び込み、金目のものを漁ったけれど、なにも見つからなかったのかもしれない。ともかく、テーブルと傾《かし》いだスツールが一つずつと、ゴミのあいだに散乱した食器、それにストーブがあるだけだった。ストーブはまだ使えそうだったので、家の崩壊がさらに進んで完全に埋もれてしまわないうちに持ち出そうと僕は思った。一方、もう一軒の廃墟はそれよりもはるかに古い時代のもので、入り組んだ構造物の、もはや残骸でしかなかった。一軒目の建物は百年も経っていないが、二軒目は少なくとも三百年は前のものだろう。単なる家畜小屋ではなく、複数の棟が一体になった大規模な高原牧場で、ちょっとした村といえるほどだった。石造りの外階段があり、威風堂々とした棟木には神秘的な趣すら感じられた。数百メートル下の低地でなければ、木はあんな太さにまで育たない。いったいどのようにして上まで運んできたのか、僕には想像もできなかった。屋内にはなにも残っておらず、崩れて雨ざらしになった壁と、鉛製のかすがいがあるばかりだった。周辺でよく見かける山小屋とは異なり、その廃墟は、そこに高貴な文化が根づいていたものの、衰退期に財力を使い果たし、しまいには滅亡したことを物語っていた。

仕事場に向かう途中、湖のほとりでしばらく足をとめるのが僕は好きだった。かがんで水面を撫でると、掌からじかに水温が伝わってくる。朝陽はグレノンの山頂を照らしているものの、窪地まではは届いておらず、湖はまだ夜の気品を保ったままだった。夜の闇と朝の薄明かりのあわいに空があるかのように。僕は、自分がなぜ山から遠ざかっていたのか思い出せなかった。山への情熱が冷めていたあいだ、なにに夢中になっていたのかも。けれど、毎朝一人で山に登っているうちに、少しずつ山と和解できていくような気がした。

そのころ、バルマの仕事場は製材所のような様相を呈していた。何度かに分けて板を運びあげ、平地は足の踏み場もないほど材木が積まれていた。まだ白くて樹脂の芳香を放つ二メートルの長さの樅の板もあった。天然の岩壁から長いほうの石積みの壁まで、三十度の傾斜をつけて渡らせた八本の梁は、鋼の補強材で固定され、中央を長い唐松の丸太によって支えられていた。屋根の小屋組みができあがったいま、完成した家の姿が目に浮かぶようだった。西側にドアがあり、北側には、まるで湖を見つめる目のような二つの洒落た窓があった。ブルーノはその窓をアーチ形にすることにこだわり、鑿と金槌を駆使して何日もかけて石を細工した。屋内には部屋が二つできる予定だった。各部屋に窓がひとつずつ。かつてあった家は二階建て——一階が家畜小屋で二階がチーズ加工場——だったけれど、僕らは天井が高くて広々とした平屋にすることにした。窓から陽光が射し込む光景を何度か思い描こうとしたものの、僕の乏しい想像力ではとうてい及ばなかった。

朝、仕事場に着くと、僕はまず炉の炭を熾し、枯れ枝を何本か投げ入れた。そして鍋いっぱいに水を汲み、火にかける。次いでリュックから焼きたてのパンと、トマトをひとつ取り出した。ブルーノの母親は、千三百メートルの高地で奇跡的にトマトを実らせることができた。コーヒーを探そうとブルーノの塒《ねぐら》をのぞくと、すでに寝袋は空っぽで、板には蠟燭の燃え滓がこびりつき、本が一冊ひらいたままになっていた。表紙にコンラッドと書かれているのを見て、僕は思わず微笑んだ。子どものころ母に教わったことのうち、海洋冒険小説への情熱だけはいまだにブルーノのなかで息づいているらしい。

焚き火のにおいが漂いはじめると、ようやくブルーノは家から出てきた。奥で、屋根に葺くための板の寸法を測っては切っていたのだ。月日が経つにつれ、ブルーノの風貌はますます野性味を帯びていった。たとえ日付の感覚を失っても、彼の鬚を見れば何月何日かわかるほどに。ブルーノは九時にはとっくに仕事を始めていて、なにやら考えごとに没頭しているらしく、僕が来たことにも気づかないのだった。

「ああ」と彼は言った。「来てたのか」

指先のないほうの手を挙げて、独特の挨拶をよこす。そうして、僕と一緒に朝ご飯を食べた。彼はナイフでパンとチーズを切り分け、トマトは塩もかけずに丸ごとかじった。そのあいだにも現場の隅々に目を配り、その日の仕事の手順を頭のなかで組み立てていた。

七

それは帰郷と和解の季節だった。夏が過ぎていくあいだ、僕はよくこの二つの言葉について考えた。ある晩のこと、母が、父と母と山にかかわる話をしてくれた。二人がどのようにして出会い、結婚することになったのか。それはすなわち、僕らの家族がどのようにして誕生したのか、ひいては僕がどのようにして生まれたのかという話なわけだから、いまごろになってようやく知るというのも妙な感覚だった。もっとも、子どものときの僕はこの手の話を聞くには幼すぎたし、成長してからの僕は話を聞こうともしなかった。二十歳のころには、家族の思い出話なんて勘弁してくれと、両手で耳をふさいだことだろう。その晩も、僕の最初のリアクションは拒絶だった。僕のなかのどこかで、真実を知らずにいる自分に愛着があったのかもしれない。母の昔語りを聞きながら、僕は窓の外に目をやり、夜の九時の頼りなげな明かりに浮かぶ、峡谷のむこう側の斜面を眺めていた。そのあたりは、樅の木が密生する途切れのない森が谷底を流れる沢まで一直線に延びていた。その森を突っ切るものはただ、周囲より明るい色の、長い岩溝《ルンゼ》だけだった。僕が目をやっていたのはちょうどそのあたりだった。

母の話を聞いているうちに、僕のなかに別の感情が湧きあがった。こんなふうに思ったのだ。待てよ、僕はこの話を知っているぞ……。僕なりの形ではあるものの、たしかに知っていた。子どものころから何年もかけて、あちらこちらで断片を拾い集めていたのだ。あたかもページがばらばらになった一冊の本を持っていて、それを順不同でくりかえし読んできたかのように。写真を見たことがあったし、会話の端々を聞いていた。父と母を観察し、二人のすることを見てきた。二人が不意に黙り込んでしまう話題がなにかもわかっていたし、どんな話題になると口論が始まるかもわかっていた。過去にかかわるどの名前を口にするときに、二人に悲しみや動揺がこみあげるかも知っていた。僕はその話のすべてのピースを持っていたにもかかわらず、これまで一度も全体を組み立てられずにいた。

しばらく外を見ていると、むかいの斜面に牝鹿の群れが見えた。僕はその姿を待っていたのだ。岩溝《ルンゼ》には細い水の流れがあるらしく、あたりが暗くなりはじめると決まって鹿たちが森から現われて、喉の渇きをうるおしに来るのだった。その距離からだと水は見えなかったけれど、鹿が水の存在を教えてくれた。鹿たちは鹿道《ししみち》を伝ってやって来ては、また帰っていく。僕は暗くてなにも見えなくなるまでその動きを観察していた。

母がしてくれたのはこんな話だった。五〇年代、父は、母の弟——つまり僕の叔父ピエロ——の無二の親友だった。二人とも一九四二年生まれで、母よりも五歳年下だった。二人は子どものころ、村の司祭が引率するキャンプで知り合った。毎年、夏休みのまる一か月をドロミーティ渓谷で過ごしていた。テントで寝泊まりし、森を思いきり遊びまわり、山登りの訓練をし、なんにでも自力で対処できる能力を身につけようというものだ。そんな生活を共にすることで、二人は本当に仲のいい友達となった。あなただったらわかるでしょ、と母は言った。たしかに、二人の関係を僕は難なく想像できた。

ピエロは学校の成績がよく、父はどちらかというと脚力があり、気も強かった。いや、そうとも言い切れない。父にはピエロより傷つきやすい部分もあった。それでも、周囲を巻き込む情熱を持っていたし、空想癖があって、どこか落ち着きに欠けていた。一緒にいるだけでその場が明るくなる性格だけでなく、寄宿舎暮らしという境遇もあって、父が母の家で家族同然の扱いを受けるようになるまでにそれほど時間はかからなかった。母の目には、エネルギーがあり余り、誰よりもたくさん駆けずりまわって、体力を使い果たさずにはいられない子どもと映っていたらしい。孤児という身の上も、当時はべつだんめずらしくはなかった。戦後すぐのことだから、そんな子はたくさんいたし、余所の家の子を家族の一員として迎えることもよくあった。たとえば二親を亡くした親戚の子だとか、親がどこかへ出稼ぎに行ってしまった子だとか。酪農場にはスペースならいくらでもあったし、仕事にも事欠かなかった。

とはいえ、父は物理的な住居を必要としていたわけではない。雨露を凌ぐ屋根が欲しかったのではなく、父が求めていたのは家庭だった。こうして十六、七になっても、相変わらず父は土曜と日曜を母の家で過ごし、夏になると毎日、穫り入れや葡萄の圧搾、秣刈りや森の下草払いといった農場の手伝いをしていた。勉強は好きだったが、戸外で身体を動かすことも好きだった。母は、当時の父とピエロ叔父さんの様子を話してくれた。互いに競い合うように数百キロの葡萄を足で踏んで搾ったときのこと、まだ少年だった二人が初めてワインを飲んだときのこと、泥酔状態で地下貯蔵庫に隠れているのを発見されたときのこと……。そんなエピソードはいくらでもあるけれど、ひとつだけあなたにわかってほしいことがある、と母は言った。そんな二人の友情は偶然に生まれたわけじゃなくて、陰にはそれなりの配慮があったの。何年も前から村の少年少女をキャンプに引率していた山の司祭が実は僕の祖父の友人で、父の境遇を気にかけていたものだから、母の家族と親しくなることを望んでいたらしい。祖父は祖父で、孤児だった父を家族の一員として迎えることに積極的だった。そんなふうに、父はみんなに見守られて成長したのだ。

ピエロはあなたに似ていたわ、と母は言った。口数が少なくて、内省的。繊細だから人の気持ちがよくわかるけれど、その反面、自分より気の強い人に対して、どこか無防備なところがあった。大学に進学する歳になったとき、ピエロは進路に迷わなかった。子どものころからずっと、なによりも医者になりたかったのよ。きっといいお医者さんになったでしょうね、と母は言った。いい医者になるために必要な資質をすべて備えていたもの。人の話に耳を傾けることもできたし、共感する力もあった。それに対してあなたのお父さんは、生身の人間よりも、物質に惹かれていたわ。土とか、火とか、空気とか、水といったものね。この世界を造っている物質のなかに手をうずめて、それがどんなふうになっているのか発見することに喜びを見出していたの。それを聞いて、そうだ、と僕は思った。父はたしかにそういう人だった。僕の記憶のなかの父もそうだった。細かな砂粒や氷の結晶には夢中になるけれど、人にはまったく無関心だった。十九歳だった父が、どれほどの情熱を持って化学の勉強に打ち込んだかは、想像に難くなかった。

そのうちに父とピエロは二人で山に登るようになった。六月から九月にかけて、土曜はほぼ毎週、バスに乗ってトレントやベッルーノに向かい、そこからさらにヒッチハイクで渓谷を登った。夜はたいてい牧草地で野宿をし、場合によっては干し草小屋で眠ることもあった。二人ともお金がなかったから、なにも買わずに過ごした。当時、山登りをするような人は誰もお金なんて持ってなかったわ、と母は語った。アルプスは貧しい者たちにとって恰好の冒険の舞台だった。二人のような若者にしてみれば、北極や太平洋横断に匹敵するものだったのだろう。二人のうち、前もって地図を研究し、新たな挑戦の計画を立てるのは父のほうだった。ピエロは父よりも慎重なくせに、強情なところがあった。ひとつのことに得心がいくまで時間がかかったけれども、いったん納得すると、滅多なことでは引き下がらなかった。だからこそ、思うように行かないことがあると意気消沈してしまう傾向のあった父にとっては、理想の仲間だったのだ。

やがて、二人の人生に分岐点が訪れる。化学部は卒業に必要な年数が医学部よりも少ないため、父のほうが先に大学を卒業し、一九六七年には兵役に就いた。山岳砲兵隊に配属され、大砲や迫撃砲を引きずって第一次世界大戦のときに使われた獣道を歩いた。大学卒業資格を持っていた父には、自動的に下士官の階級が与えられた。「ラバの軍曹」といったところだけどね、と父は言っていたらしい。その年、父はあまり兵舎で過ごすことはなかった。一年の大半を、所属する中隊とともに渓谷から渓谷へと歩きまわっていたのだ。そして、そんな生活が少しもいやでないことに気づいた。兵役を終えて帰ってきた父は、兵役につく前の彼自身よりも、そのあいだも毎日書物に囲まれて過ごしていたピエロよりも、ずいぶん老けたように感じられた。より過酷でリアルな生をひと足早く味わい、それがすっかり肌に馴染んでしまったとでも言えばいいのだろうか。酩酊するほどグラッパを飲んだこともあれば、雪の降り積もる野山を延々と行軍したこともあった。休暇で帰ってくるたびに父がピエロに話して聞かせたのは、雪のことだった。雪の結晶の形や、その変化に富んだ性質、そして雪の持つ言葉について。若かりし頃の父が抱いていた化学者としての情熱でもって、それまで馴染みのなかった元素である雪に心を奪われていた。冬山は完全な別世界で、いつか二人で一緒に行くべきだとピエロに熱っぽく語っていた。

こうして六八年のクリスマス、父の兵役が解除になって間もなくのこと、父とピエロは初めての冬山シーズンを迎えた。知り合いからスキーの板と、板に貼るシールを借りてきた二人は、夏に歩き慣れた場所から踏査を始めた。さすがに星空の下で野宿するわけにはいかないので、宿代を払って山小屋に泊まった。父の身体は鍛え抜かれていたが、ピエロはそういうわけにはいかなかった。その年はずっと卒業論文の執筆に専念していたからだ。とはいえ、ピエロも新しい冒険に夢中だった。宿泊代と食事代を捻出するのがやっとという状況だったから、当然、山岳ガイドを雇うような余裕もないし、冬山登山の技術などないに等しかった。どのみち……、と父は言っていた。登りは脚力が勝負だし、下りはなんとかなるものさ。そんなふうにして何度か雪山に挑むうちに、独自のスタイルらしきものまで練りあげていった。そうして三月、二人はサッソルンゴの鞍部を目指しながら、午後の陽射しが降り注ぐ斜面を横切っていた。

母の口から語られる光景を、僕は鮮明に思い浮かべることができた。その話を、母はいったい何度聞いたことだろう。少し先を歩いていた父が、ビンディングを調整するために片方のスキー板を外した瞬間、足下の地面が不意にたわむのを感じた。同時に、砂の上を引いていく波音に似た、さらさらという音が聞こえたかと思うと、いま横断してきたばかりの斜面がごっそり、まさに引き波のように下方へ滑りだしたのだ。はじめ、その動きは信じがたいほどゆっくりだった。父は一メートルほど下に流されたものの、必死の思いで横に飛びのき、岩にしがみついた。外したスキー板がそのまま下へ流されるのが見えた。より傾斜が険しくて滑りやすい斜面にいたピエロも流されていく。バランスを失ったピエロがうつぶせに倒れ、頭だけ持ちあげて山の上をにらみながら落ちていくのが見えた。つかめるものを求めて伸ばした両腕が、むなしく宙を掻いた。滑り落ちていく板状の雪がみるみるうちに勢いと嵩を増した。真冬の粉雪ならば雪煙を巻きあげながら落下するが、あいにく水分を多く含んだ春の雪で、雪玉のように転がりながら落ちていった。途中に障害物があればそれも巻き込んで一緒に転がる。こうしてピエロも、下敷きになったわけでも押しつぶされたわけでもなく、雪崩に呑み込まれ、そのまま一気に斜面を流れくだった。二百メートルほど下に、傾斜がなだらかになる場所があり、雪崩はそこまで行ってようやく止まった。

まだ完全には治まっていないうちから、父は慌ててその場へ向かったものの、友を見つけ出すことはできなかった。雪は落下の勢いでしっかりと圧縮され、重くて固い塊と化していた。父は大声でピエロの名を呼びながら、崩れ落ちた雪の周囲を歩いた。動くものの気配がないか目を凝らして隈なく見たけれど、雪崩が起こってから一分と経たないうちに、雪の塊はふたたびぴくりとも動かなくなっていた。それから何か月ものあいだ、父はそのときの光景をこんなふうに語っていたという。まるで眠りを妨げられた巨大な獣《けだもの》が、短い唸り声をあげて邪魔ものを払いのけるなり、心地のよい場所に移動してふたたび寝そべったかと思ったら、そのまま寝入ってしまったみたいだった。

山にしてみればなんでもないことだったのだ。
父は、雪に呑まれたピエロのまわりにエアポケットが形成され、呼吸が確保されている可能性——稀にあることだ——に一縷の望みを託した。とはいえ、スコップを持っていなかったので、そのような状況下で唯一賢明だと思われる判断をした。前の晩に泊まった山小屋を目指して下山を始めたのだ。ところが、少し進むと雪が軟らかくなり、一歩踏み出すたびに足が沈んでしまう。仕方なくまた上に戻り、流されずに残っていた片方のスキー板を靴に装着すると、それでどうにか下りはじめた。少し滑っては転び、少し滑ってはまた転びだったが、一歩ごとに足が深く沈み込むよりはましだった。ようやく小屋に着いて救助を要請したのは夕方近く。救助隊が現場に到着したときはすでに辺りが暗くなっていて、叔父は翌朝、一メートルの深さの雪崩に埋もれて遺体で発見された。死因は雪による窒息死だった。

責任は父にあると誰もが口をそろえた。さもなければ誰が悪いというのだろう。二人が冬山を甘く見ていたことは、二つの事実から明らかだった。装備が不十分だったこと、そして悪条件だったにもかかわらず登山を続けたこと。直前に降雪があったうえ、雪の積もった斜面を横切るには気温が高すぎた。二人のうち経験が豊富なのは父だったのだから、父がそれを把握し、トラバースを避けて、早いうちに引き返すべきだったのだ。祖父は、父の過ちを許しがたいものと捉えた。その悲憤は、時とともに薄らぐどころか、祖父の心の内に深く根を張った。門前払いにこそしなかったものの、会いたがらず、父が訪ねてくると途端に表情を強張らせた。そのうちに、どこか別の部屋へ行ってしまうようになった。一周忌の追悼ミサのとき、父の姿を見た祖父は、これ見よがしに立ちあがり、教会の反対側の席に座りなおした。しまいには父もあきらめて、祖父を避けるようになった。

ここで、母がこの話に登場することになる。むろん、脇役としては母も最初からいた。母も子どものころから父を知っていたが、最初は弟の友達としか見ていなかった。それが成長するにつれ、父は母の友達にもなっていった。いつもそばにいて、何度も一緒に歌い、飲み明かし、山を歩き、葡萄の収穫をした。そんな間柄だったから、事故のあと、二人で会って話し込むようになった。当時、父は精神的にかなり参っていて、母にはそんな父が不当な仕打ちを受けているように思えてならなかった。責任はすべて父にあると決めつけて、その苦しみを独りで背負わせることなどできなかった。いつしか二人は心を通わせるようになり、それから一年後、結婚した。母の家族は全員、式への出席を拒絶した。結局、二人は親戚が一人もいないまま山の教会で結婚式を挙げ、そのままミラノへと発っていった。二人の生活を一から築くために。新しい家に、新しい仕事、新しい友人、新しい山々。新しいことだらけの二人の暮らしに僕も加わった。というよりも、母の言葉によると、僕こそがなによりも新しく、ほかのすべてに存在意義を与えてくれるものだった。過去に結びついた、いまは亡き家族の名前を継ぐ僕こそが。

それですべてだった。母が話しおえたとき、僕の脳裏に氷河の光景がよみがえった。父が氷河のことをどんなふうに語っていたかを思い出したのだ。父は滅多なことでは引き返さない性分だったし、過ぎ去った悲しい日々を嘆くのも好きではなかった。それでもときおり、山にいると、それが初めて訪れる山で、友を亡くした場所とは無関係だったとしても、氷河を見つめる父の記憶によみがえるものがあったのだろう。父はこんなふうに言っていた。夏は、雪を融かすのとおなじように記憶も消してしまうけれど、氷河というのは、はるか昔の冬に降った雪だ。つまり、忘れ去られるのを拒否している冬の記憶なのさ。いまになってようやく僕は、父のその言葉にどんな思いが込められていたのか理解できた気がした。そして、僕にはやはり二人の父がいたのだと思った。一人は、ミラノという都会で二十年間一緒に暮らしたものの、その後の十年はすっかり疎遠になっていた、他人同然の父。もう一人は山にいるときの父で、僕はその姿を垣間見ることしかなかったけれども、それでも都会にいるときの父よりはよく知っていた。僕の一歩後ろから山道を登り、氷河をこよなく愛する父。その山の父が、廃墟のあった土地を僕に遺し、新しい家を建てろと言っている。ならば……、と僕は心に決めた。都会の父との確執は忘れ、山の父を記憶にとどめるために、託された仕事をやり遂げようではないか。

八

八月、家の屋根が完成した。金属板と断熱材をあいだに挟んだ二層の板張りだ。外側の層は、唐松の板を一枚ずつずらしながら重ねたもので、排水が容易なように何本もの溝を施した。内側の層は樅の集成材。唐松は雨から家を護ってくれ、樅は熱を保ってくれる。屋根に孔をあけたくなかったので、明かり採りは断念した。そのせいで、夏の真昼でも屋内は薄暗かった。北向きの窓からは陽光が直接射すことはないものの、外を見ると、湖のむこう岸に屹立する山が正面に見え、白に近い輝きを放っていた。その時間帯、とりわけ岩肌やガレ場は眩しいほどだった。窓から射し込む光は、山が鏡となって跳ね返した陽光だ。家を北向きに建てる場合、そんなふうにして光を採り入れるのだった。

僕は家の前の平地《ひらち》に出て、光を一身に浴びたその山を眺めた。それから、ふりかえって自分たちのいる山を仰ぎ見た。グレノンの頂が空を覆っている。あの頂上まで登って、上からこのバルマを眺めたらどんな景色なのか見てみたくなった。この二か月というもの、毎日あの頂が頭上にそびえていたはずなのに、そんなことを考えたのは初めてだった。そのような願望を抱かせたのは、おそらく僕の脚と、夏の暑さだったのだと思う。昔のようなたくましさを回復した脚はうずうずしていたし、夏が山の高みへと僕を誘《いざな》った。

屋根の上で根気のいる作業を続けていたブルーノも、下りてきた。天然の岩壁と屋根の接続部分に鉛板を張って、雨の季節に岩壁を伝う水が家のなかに滴り落ちないようにしていたのだ。金槌を使って鉛板を少しずつ曲げていく。岩壁の出っ張りやへこみの一つひとつに沿わせるようにして、隙間なく張らなければならなかった。鉛は軟らかいので、丹念に作業を続けたところ、最終的にはくすんだ色の筋をじかに岩壁へ溶接したようになった。お蔭で屋根と岩壁がひとつの層となって、なめらかにつながった。

グレノンの山頂まで登るには、どの道を行けばいいのかブルーノに尋ねてみた。すると彼は、湖のほとりから山の斜面を横切って上へと続く道を指し示した。その道は、榛の木が繁る林のなかにいったん消えるものの、湿地帯を抜けたあたりでふたたび現われ、草の生えた急斜面を上っていく。あそこの、尾根のように見えるあたりの裏手が実は窪地になっていて、ここよりも小さな湖があるんだ。湖から先はずっとガレ場だよ。きちんとした登山道もない。おそらく、積み石《ケルン》がところどころにあるのと、カモシカの通り道がわかる程度だと思う。とにかく……とブルーノは、頂上の稜線沿いの、万年雪がひときわ目立つ岩の割れ目を指差して言った。あの万年雪を目指していけば、道を間違える心配はないさ。あそこを越えたら稜線に出るから、あとは頂上までわけなく行けるはずだ。

「一度、登ってみたいんだ」僕は言った。「土曜か日曜、晴れたら行ってみようと思ってる」

「なら、いま行ってこいよ」ブルーノが答えた。「この仕事は俺一人でもできる」

「本当か？」

「ああ。休暇をやる。行ってこい」


上の湖の趣は、僕らの湖とはぜんぜん違っていた。斜面を登るにつれて、小ぶりの這松や唐松、そして柳や榛の木の低木も見られなくなり、尾根を越えたあたりからは、高山の薄い空気が吹きつけていた。湖といっても緑がかった水たまりのようなもので、周囲には痩せた牧草地がひろがり、酢の木が地面を這っているだけだった。世話をする者のいなくなった山羊が二十頭ほど廃墟のまわりで寝そべっていたが、僕のことなどほとんど無視していた。登山道はそこで途切れ、獣のつけた紛らわしい跡がいくつかあるだけだった。そのあたりから上は、まばらに生えていた草もなくなり、大きな石がごろごろと転がるガレ場だった。頂上付近の万年雪がすぐ近くに見えたので、僕は父から教わった山登りの決まりごとを思い出し、自分のいる場所と万年雪を直線で結んで歩きはじめた。まっすぐだ、そこを登っていけ、という父の声を耳の奥で聞きながら。

もう長いこと僕は、樹木帯より上を歩いていなかったし、その高さまで一人で登るのも初めてだった。それでも身体はしっかりと憶えているらしく、苦労もせずにガレ場を歩くことができた。上方の積み石《ケルン》が目に入ったので、ひとまずそれを目指して、石から石へと跳び移るようにして登っていく。ぐらついている石は足がほぼ反射的に避け、大きくて安定感のある石を選んでいた。僕は石には弾力性があると感じていた。踏み出した一歩を土や草のように吸収するのではなく、石の内部に溜め込まれた力を脚に伝え返し、次の一歩を踏み出すエネルギーを僕の身体に与えてくれるのだ。そのため、ひとつの石の上に片足をのせて、前方斜め上に身体の重みを押し出すと、もう片方の足はさらに遠くへ伸びる。いつしか僕はガレ場を自在に駆け、跳ねまわっていた。僕は足の動きを頭で制御するのをやめて、自由に動くに任せていた。自分の足は信用に足る存在で、おそらく踏み誤ることはないだろうと思えた。草の生える標高を越え、石と岩だけの世界に足を踏み入れると、父の全身から喜びがあふれたことを僕は思い出していた。それはおそらく、そのときの僕が全身で味わっていたのとおなじ喜びだった。

最初の万年雪のあるところにたどり着いたとき、僕はあまりに速足で登ったものだから、息を切らしていた。足を止めて、八月になってもなお残るその雪にさわってみた。ものすごく冷たくてざらざらで、爪でひっかかないと削れないほど固く圧縮されていた。掌一杯分の雪をかろうじて削り取ると、額や首すじにこすりつけて涼んだ。それから雪の塊に口をつけ、唇が痺れるまで啜った。その後、稜線までの道のりを一気に登る。するとグレノンの反対側の斜面が一望できた。太陽に面した側だ。足もとに帯状の岩場があり、その先にはなだらかな草原が、数軒の山小屋の建っているあたりまで続いていた。山小屋の周囲の牧草は、牝牛たちにかじられてところどころはげている。僕は、千メートルほど下の世界にいきなり戻ったような気がした。さもなければ違う季節に迷い込んだのかもしれない。目の前には夏の光があふれ、生命力に満ちた動物たちの立てる音がする。ところが後ろをふりかえると、そこは、湿った岩場と点在する万年雪からなる、薄暗くて陰鬱な秋だった。眼下に見える二つの湖は、遠近の差によって大きさの違いが相殺されて、双子のように見えた。ブルーノと二人で建てている家を探してみたけれど、僕のいる場所が高すぎるのか、あるいは、山の材料で造られた家が周囲の景色にうまく溶け込んでいるせいか、見分けられなかった。積み石《ケルン》は、稜線よりも数メートル下にある見事な岩棚に沿って続いていた。でも僕は、岩塊を登ってみたくなった。行く手にそれほど大きな困難があるようには思えなかったからだ。そこで、そのまま稜線伝いに登ることにした。何年かぶりに岩の表面を両手でつかみ、足掛かりとなるホールドを探し、身体を引きあげる。クライミングとしてはごく初歩的な岩塊だったけれども、久しぶりのその動作に、僕は全身の神経を集中させなければならなかった。一歩進むごとに手でどこをつかみ、足をどこに置くのか考え、力ではなく、平衡感覚を研ぎ澄ませて、できるかぎり身軽に動く。僕はたちまち時間の感覚を失った。周囲の峰々の存在も忘れ、足もとにひろがる互いに相容れない二つの世界のことも忘れていた。目の前にそそり立つ巨大な岩と、僕の両手両足が存在するだけだった。ようやく、それよりも上には行かれないところまで登りつめ、僕は頂上を極めたことに気づいたのだった。

それで、どうする？と僕は思った。頂上には石が積まれていた。その原始的なモニュメントの背後に、天に向かって氷河を掲げているモンテ・ローザの威容が現われた。ビールでも持ってきて、祝杯を挙げるべきだったのかもしれない。とはいえ、とりたてて喜びも達成感もなかった。煙草を一本吸うだけの時間そこにとどまると、父の愛したモンテ・ローザに別れを告げ、下りることにした。

僕はいまだにモンテ・ローザの峰々をすべて識別できた。煙草をくゆらせながら、東から西へと一峰ずつ順に眺めていくと、記憶の底からそれぞれの名前が浮かんでくる。いま自分は何メートルぐらいの高さにいるのだろうと僕は考えた。三千メートルは越えているはずなのに、胃がむかつくこともなかったからだ。周囲を見渡して、どこかに標高が記されていないか探してみた。すると、積まれた石のあいだに嵌め込まれた金属の箱が目についた。中になにが入っているのかすぐにわかった。案の定、蓋を開けるとノートが出てきた。ビニール袋にしまわれていたにもかかわらず、水が浸みるのを完全には防げなかったらしく、罫線の入ったページは、濡れた紙が乾いたときの手触りだった。二本のペンも一緒にしまわれていて、たまに訪れる登山者が感想を書き留められるようになっていた。なかには名前と日付しか書かない人もいる。いちばん最近の書き込みでも、一か月以上前の日付だった。ページをめくると、登山道も整備されておらず、殺伐とした山巓《さんてん》には──そのころには、自分の家を日陰にしてしまうその頂も、なんだか僕の一部のような気がしていた──一年に十人あまりの人が登るだけだとわかった。そのため、一冊のノートでずいぶん昔の書き込みまでたどることができた。僕は、さして意味のない名前や記述をいくつも読んでいった。どの書き込みも、たいそう苦労して頂上までたどり着いたものの、その瞬間にこみあげる思いを言葉にする術《すべ》を持ち合わせていないらしく、たまに陳腐な詩的表現や精神論が見られる程度だった。そんな人間たちに対していささかうんざりしながら、僕は後ろからページを繰っていった。そして、ある書き込みが目に入った瞬間、自分がなにを探していたのか理解したのだった。一九九七年八月の二行の書き込み。それは、よく見慣れた筆跡だった。行間からにじみ出る気質にも憶えがあった。こう書かれていた。「グラーナ村から三時間と五十八分で登りきる。私の体力もまだまだ捨てたものではないぞ！　ジョヴァンニ・グアスティ」

僕は父の筆跡を長いこと見つめていた。水でインクが滲んでいたため、サインは、その上に書かれた二つの文章よりも判読しづらくなっていた。それはサインをし慣れた者の、名前を書いているというよりも、手が勝手に動いているといった類の筆跡だった。文末に添えられた感嘆符は、その日、父が上機嫌だったことの表われだ。父は一人で登山していた（少なくともその書き込みからは、そううかがえた）。ということは、僕とおなじように、ガレ場の続く斜面を登り、稜線に出たのだろう。きっと時計を気にしながら登り、父のことだから、頂上の手前で急ぎ足になったに決まっている。なにがなんでも四時間未満で登頂しようと決めていたはずだ。そして目標を達成できた父は、ご機嫌だった。自分の脚力が誇らしかったし、光にあふれたお気に入りの山、モンテ・ローザとも再会できた。ふと、そのページを破いて持ち帰りたいという思いが僕の頭をよぎった。けれども、それは山の頂上から石を持ち去るのと変わらない冒瀆のような気がして、思いとどまった。僕はしっかりとノートをビニール袋に包みなおし、箱にしまうと、元あった場所に戻した。

それからの数週間、僕はほかでも父の記述を見つけた。父の地図で登山道を確認しては、どちらかというと地味で、人々から忘れ去られたようなプレアルプスの頂へ、父の残した書き込みを探しに出掛けた。モンテ・ローザでは、聖母被昇天《フェッラゴスト》の祝日のころになると、氷河にはいくつもの隊列がはりつき、世界各地から登山客が山小屋という山小屋に押し寄せるというのに、僕が行く山では人に会うこともほとんどなく、たまに、父とおなじくらいか、あるいは父より上の年代の、単独行の登山客を見かけるぐらいだった。そんな登山客を追い越すとき、僕はなんだか父に会ったような気がするのだった。おそらく彼らも、息子に会ったような気がしていたのだろう。近づいてくる僕を見ると、「若いもんは、どうぞお先に！」と言って脇によけてくれた。そのうちに、立ち止まって話しかけると喜んでくれることがわかってきたので、僕はなるべくそうするようになった。ときには、ついでにひと休みして軽食を分け合うこともあった。どの人も、おなじ山に三十年、四十年、五十年と通いつづけていて、僕とおなじように、登山家たちがあまり顧みない山や、永遠におなじ姿でそこに佇んでいるかに見える忘れ去られた峡谷を好んでいた。

白い口髭をたくわえた初老の紳士は、山に登ることは自分にとって人生をふりかえる手段なのだと話してくれた。年に一度、通い慣れたおなじ山道にこだわって登ることによって、思い出に深く分け入り、己の記憶の道筋をさかのぼるようなものだ、と。父と同様、農村の出身だったが、その老紳士の故郷はノヴァーラとヴェルチェッリのあいだの米作地帯だった。生まれ育った家からは、なだらかに連なる田畑の上にモンテ・ローザの山脈《やまなみ》が見え、水はあの上で生まれるのだと幼いころから教わっていたそうだ。飲み水も、川の水も、田圃に張る水も、そのあたりで使用する水はすべて、あの山の上からやってくる。山脈のむこうで氷河が輝いているかぎり、渇水の心配はなかった。僕はその紳士に好感を抱いた。数年前に連れ合いに先立たれ、寂しさがどうしても埋められないと言っていた。髪のなくなった頭には陽焼けの染みがあり、話をしながら、手に持っていたパイプに煙草の葉を詰める。そのうちにリュックから水筒を取り出すと、角砂糖に二滴のグラッパを垂らして僕に差し出した。

「これを舐めれば、列車のようにぐんぐん進めるぞ」と言いながら。それから、やや間をおいて、「そうなんだ。思い出に浸りたかったら、山よりふさわしい場所はほかにないね」とつけくわえた。僕もそのことを少しずつ実感しはじめていた。

頂上には、たいてい傾きかけた十字の山頂標が立っていた。ときにはそれすらないこともあった。アイベックスの群れは、僕が近づくと迷惑顔で移動するものの、本気で逃げる気配はなかった。牡は、僕の存在に対するありったけの不快感をこめて荒い鼻息を吹きつけ、牝と子どもたちはその背後で安心しきっていた。

運がいいと、十字の山頂標の下や石の隙間から、金属の箱が見つかった。どのノートにも必ず父のサインが残されていた。たいがいが簡潔な、どこか強がったところのある文章だった。ときには、「この山も制覇した。ジョヴァンニ・グアスティ」というたった一行を探しあてるために、十年分の書き込みを遡ることもあった。あるいは、ことのほかコンディションがよく、感動を書きとめておきたかったのだろう、「アイベックスに鷲、おまけに新雪。さながら第二の青春だ」という文章もあった。ほかにも、「山頂までひたすら濃い霧。古い歌を口ずさみながら登る。素晴らしい心象風景だ」というものもあった。そうした歌を、僕はどれも知っていた。霧のなかで口ずさむ父のそばにいたかった。一年前に登ったばかりの山に残されていた別の書き込みは、憂愁に閉ざされていた。「ここに登ったのは何年ぶりだろう。誰とも会わず、麓まで下りることもなく、みんなで山にいられたら、どんなに素晴らしいだろう」

みんなって誰のことだろうと僕は自問した。その日、僕はどこにいたのだろう。もしかすると父は、このときすでに心臓の不調を感じていたのかもしれない。あるいは、弱音を吐かずにはいられないことが、なにかほかにあったのだろうか。そこに記された「麓まで下りることもなく」という感傷から、容易にたどり着くことのできない、人里離れた山奥に家を建てて、世の中から隔絶された暮らしを送りたいと夢見たのだろう。僕は、元あった場所にノートをしまう前に、日付と文章を手帳に書き写した。山頂のノートに僕自身の文章を加えることはなかった。

もしかすると僕とブルーノは、本当に父の夢のなかで生きていたのかもしれない。僕ら二人はそれぞれの人生において、立ち止まるべき時期にあった。ある年代に終わりを告げて次のステージに移る前の、中休みとでもいえばいいのだろうか。もっとも、それに気づいたのは後のことだった。バルマでは、眼下で隼が円を描いて舞い、巣穴の縁で警戒するアルプスマーモットに出くわした。たまに湖で釣りをする人の姿を一人か二人見かけることもあったし、トレッキングをしている人たちもいた。けれども、彼らが視線をあげて僕らのほうを見ることはなく、僕らも下まで行って挨拶することはなかった。八月の午後には、みんなが行ってしまうのを待って、僕らはひと泳ぎした。湖の水は凍えるほど冷たかったけれど、二人でどちらが長く潜っていられるか競争した。我慢できなくなると外に飛び出して、血がふたたび血管をめぐりだすまで、草むらを駆けまわった。棒に糸を結んだだけの簡素なものだったが、僕らも釣り竿を持っていて、ときおりイナゴを餌に魚が釣れることもあった。そんな日の夕飯は、焚き火で炙った鱒に赤ワインだ。焚火の前で、あたりが暗くなるまで僕らはワインを飲み交わした。

そのころには、僕も現場で寝泊まりするようになっていた。建築途中の家の、窓のすぐ下で、寝袋にくるまって寝た。最初の晩は寝袋のなかから長いこと星を眺め、風の音に耳を傾けていた。寝返りを打って窓とは反対側を向くと、暗闇にもかかわらず、岩壁がそこにあるのを感じた。まるで磁力を帯びているか、引力を放っているかのようだった。額の前に手をかざされると、目を閉じていても手の存在が知覚できるのと似ているかもしれない。しだいに、山の体内に掘られた洞窟で眠っているような心地になるのだった。

まるでブルーノに倣うかのように、僕はたちまち文明から遠ざかっていった。一週間に一度、買い物をするときだけ、しぶしぶ村まで下りるのだけれど、そのたびに、二時間歩いただけだというのにまわりが車だらけで驚くのだった。店の人たちは僕のことを、少し風変わりなところがあるとは思いながらも、普通の観光客として扱ってくれた。僕にはそれがありがたかった。用事を済ませて山道を登りはじめると、本来の自分をとりもどした気分になった。サラミにチーズ、そしてワインをラバの背に積んで、お尻を軽く叩いてやると、ラバは目隠しをしていても歩けるほど通い慣れた道を、ひとりで登りはじめた。たしかに、僕らはあのままずっと山奥で暮らすこともできたかもしれない。それでもきっと、誰も気づかなかっただろう。

やがて八月の終わりの雨の季節がめぐってきた。その雨も、僕にとっては懐かしい思い出だった。この雨が山に秋を運んでくるらしく、ふたたび太陽が顔を出したとき、それはもう以前のような熱い太陽ではなく、陽光は斜めから射し、影も長くなっていた。峰々は、形もなく動きも緩慢な厚ぼったい雲に呑み込まれていたが、それは少年時代の僕に、都会に帰るときが来たよと告げた、あの雲とおなじだった。僕は毎年、どうして夏がもう終わってしまったの、まだ始まったばかりなのに……と空に抗議したものだ。ひと夏がそれほど早く過ぎてしまったなんて信じられなかった。

バルマの草木はそぼ降る雨に頭を垂れ、湖面には無数の波紋が浮かんでは消えた。雨粒が僕らの家の屋根を叩き、そのぱちぱちと弾ける音が、ストーブの火の音と混じり合っていた。僕らは廃屋から回収してきたストーブで暖をとりながら、片方の部屋の壁に樅の板を張っていた。ストーブは岩壁の前に据えつけた。すぐ後ろにある岩壁が徐々に暖まり、やがて部屋全体に熱を発散する。壁に張った樅の板が、その熱を保つ働きをするはずだった。といっても、それはあくまで予定であり、まだドア板も窓ガラスも入っていなかったため、首すじに風が吹きつけ、窓の孔からは雨が斜めに吹き込んだ。それでも、一日の仕事を終えたあと、廃材を利用した薪をくべながら家のなかで過ごすのは心地よかった。

ある晩ブルーノが、それまで胸の内で温めていたプロジェクトについて話してくれた。彼は、伯父さんの高原牧場を買い取るつもりだった。そのために、ずいぶん前から少しずつ貯金もしていた。従兄たちは、いやな思い出しかない牧場から解放されると大喜びで、相場よりも安く譲ると言ってくれた。ブルーノは、貯めていた額をすべて前払い金として渡し、残りは銀行から借りるつもりだった。バルマでの数か月は、彼にとって予行演習のようなものだった。そしていま、十分にやれるという確信を得ていた。すべてが予定どおりに運べば、来年もまた、ひと夏かけて家を建てることになる。山小屋を改築し、家畜を何頭か購入し、二年ほどかけて牧場を再開する。

「素晴らしい計画じゃないか」と僕は言った。

「最近は、乳牛もかなり安く手に入るようになったからな」と彼は言い添えた。

「それで、利益は出るのか?」

「いや、大して出ない。それでも構わないんだ。金を稼ぐためだけなら、石積み職人を続けるほうがいいに決まってる」

「石積みの仕事がいやになったのか?」

「いいや、この仕事は好きだよ。でも、一生続ける仕事じゃないと思ってる。たまたま身に着けた技能があったからやってきたけど、俺はこの仕事をするために生まれてきたわけじゃない」

「じゃあ、なにをするために生まれてきたんだ?」

「山男だよ」

そう口にしたとき、ブルーノの面持ちは真剣そのものだった。「山男」という言葉は、祖先の話をするブルーノの口から二、三度聞いただけだった。子どものころから探険を続けてきた森や、元の荒地に戻ってしまった田畑、倒壊しかかっている廃屋などを介して、ブルーノがその生活ぶりを知るに至った、昔ながらの山の民だ。かつてはブルーノも、自分を待ち受ける唯一の定めは渓谷に住むほかの男たちのそれとおなじだと思い込み、山がそんなふうに荒廃していくのも仕方ないと考えていた。彼自身も金や仕事のある平野しか見えておらず、荒れた土地と廃墟ばかりの山を顧みることはなかった。ここ何年か、伯父さんは高原牧場にいっさい手を入れなくなったとブルーノは嘆いていた。椅子が壊れればストーブで燃やしてしまうし、牧草地に雑草が生えていても、かがんで抜こうとはしなかった。親父さんは親父さんで、高原牧場の話をするだけで悪態をつきだし、牛なんぞ猟銃で撃ち殺してやると喚く。そして、牧場が崩壊寸前にあると考えるだけで、その顔に残忍な笑いが浮かぶのだった。

ところがブルーノは、自分はそんな二人とは違うと感じていた。彼は、父親とも、伯父や従兄たちとも違っていた。あるときふと、自分が誰に似ているのか、胸の内で聞こえる山の呼び声がどこから来るものなのか、悟ったのだった。

「お袋さんだな」と僕は口を挿んだ。以前からそのことに気づいていたわけではない。ブルーノの話を聞いているうちに思い当たっただけだった。

「ああ」とブルーノは言った。「俺は、お袋にそっくりだ」

ブルーノは、その発言の重みを僕がじゅうぶん受けとめられるように、間をおいた。そのうえで、こうつけくわえた。「問題は、お袋が女だってことだ。俺が森で一人籠もっていても、誰にもなにも言われない。だが女が一人で森にいると、魔女だのなんだのと後ろ指を差される。俺がずっと黙っていてもなんの問題もないが、女がなにも喋らずにいると頭がイカれてると噂されるんだ」

実際、ブルーノの母親はみんなからそう思われていた。僕自身、毎夏を山で過ごしていた当時も、彼女とは二言三言ぐらいしか言葉を交わしたことがなかった。それはいまでも大して変わらず、グラーナ村に荷物を取りに行き、彼女からバルマへ運ぶジャガイモやトマトやチーズを受け取ることはあっても、会話を交わすことはなかった。昔よりも心なしか腰が曲がり、前にも増して痩せてはいたものの、僕が子どものころから上の畑で見かけていたのとおなじ、いっぷう変わった存在だった。

ブルーノは続けた。「もしお袋が男だったら、思うがままに生きていけたはずだ。お袋は結婚には向いていなかった。少なくとも親父のような男の嫁にはな。これまでのお袋の人生で唯一幸運だったのは、親父から自由になれたことだよ」

「自由になれたって、どうやって？」

「口をつぐむことでさ。お袋はいつだって上の畑で雌鶏たちと一緒に過ごしてた。お袋みたいな女に文句を言っても無駄だから、そのうちに好きにさせるしかないと親父もあきらめたんだ」

「お袋さんがそんなふうに話していたのか？」

「いいや。でも、もしかすると、なんらかの形で聞かされてたのかもしれない。お袋が言ったかどうかは別として、自ずといろいろわかるようになった」

ブルーノの言っていることはもっともだと僕は思った。僕にしてみても、両親についてのそうした経緯《いきさつ》はいつのまにか自分で理解するようになっていた。ブルーノが口にした、「これまでのお袋の人生で唯一幸運だったのは、親父から自由になれたことだ」という言葉が、僕の頭のなかでぐるぐるとまわっていた。そして、同様のことが母についても言えるのだろうかと胸の内で問いかけた。僕の知っている母の性分からすると、そうかもしれないという気がした。幸運とまでは言わないまでも、安堵ではあったにちがいない。父はいつだって手のかかる男だった。しかも自分勝手で、厄介だった。父がその場にいると、父だけが唯一絶対の存在となった。そのせいで僕たちは、すべてにおいて父を中心にしてまわる生活を強いられた。

「それで、おまえは？」やや間をおいて、ブルーノが尋ねた。

「僕がどうしたって？」

「これからどうするつもりだ」

「旅に出ようと思う。できたらな」

「どこへ？」

「アジアかな。まだ決めてない」

旅をしたいと思っていることは、以前にもブルーノに話していた。旅への憧れもあって、僕はかつかつの生活を続けることにうんざりしていた。ここ何年ものあいだ、月末までなんとか遣り繰りするので精一杯だった。物がなくてもとくに不満を感じなかったが、世界をめぐる自由がないことには耐えられなかった。父の遺してくれたささやかな財産で借金を返済できたいま、僕は故郷から遠く離れたところへ行きたいと考えていた。飛行機に乗って、決められた予定もないままに、数か月間ふらりと旅をする。そうして、なにか他人に話せるような物語が見つかるかどうか試してみるつもりだった。これまで、そんな旅は一度もしたことがなかった。

「そんなふうに旅に出られたら素敵だろうな」ブルーノが言った。

「一緒に来ないか？」僕は冗談めかして誘ったが、そこには本音も混じっていた。家がほぼ完成しつつあることに、僕は寂しさを覚えていた。長い時間を誰かと一緒に過ごして、これほど居心地がよかったことはなかった。

「いいや。俺は旅には向いていない」と彼は言った。「おまえは、出掛けてはまた帰ってくるが、俺は一か所にとどまり続ける。これまでもずっとそうだったじゃないか」


家が完成したのは九月のこと。できあがった家は、一部屋が板張りで、一部屋が石壁だった。板張りの部屋のほうが広くて暖かく、ストーブにテーブル、二脚のスツール、収納箱を兼ねた長椅子、そして食器棚があった。家具のうちのいくつかは、周辺の廃屋に放置されていたのを運んできては、僕が苦労して紙やすりで磨きあげたものだ。それ以外は、古い家の仕切り板を再利用してブルーノが造った。天井のすぐ下の、天然の岩壁に面した位置にロフトがあり、梯子であがれるようになっていた。そこが家のなかでいちばん暖かくて、ほかとは隔てられた空間だった。テーブルは窓辺に置いて、座ると外の景色が見えるようにした。一方、石壁の部屋は小ぢんまりとして涼しく、貯蔵庫や作業場、あるいは物置きとして使うつもりだった。家を建てるために使った道具の大半と、残った材木をその部屋にしまった。トイレも風呂も、水道も電気もない。それでも窓には分厚いガラスを入れ、入り口には頑丈なドアをつけた。ドアには掛け金があったけれど、錠はつけなかった。石壁の部屋にだけ鍵が掛かるようにしたのだ。道具が盗まれたら困るので鍵は必要だったが、板張りの部屋には誰でも自由に出入りできるようにした。登山者用の山小屋と同様、冬のあいだ、周辺で誰かが遭難しかけた場合、いつでも利用できるようにするためだ。いまや家の周囲の草は庭園のようにきれいに刈り込んであったし、燃料用の薪も軒下の乾いたところに積んでおいた。僕のひねくれた這松は、植え替えたときと変わらずひ弱で元気がなさそうだったけれど、それでも湖を向いて立っていた。

最終日、僕はグラーナ村へ母を迎えに行った。母は革の登山靴の紐を結んで待っていた。僕の小さかったころから愛用しているもので、母はほかに登山靴を持っていなかった。僕は、果たして母が山道を歩けるのか心配だったけれど、母のペースに合わせてゆっくり行ったところ、途中で一度も休むことなく登り切った。僕は後ろから、母が歩く様子を見守った。母はゆったりとした一定のペースを、二時間あまりも崩すことなく保ちつづけた。その足取りには、バランスを崩すことも足を滑らすこともないだろうと思わせる安定感があった。

僕とブルーノとで完成させた家を見た母は、心の底から嬉しそうだった。空の晴れわたった九月のことで、沢にはわずかしか水が流れておらず、放牧地の草は枯れはじめ、あたりの空気はもはや八月の暖かなものではなかった。ブルーノがストーブを焚いて待っていてくれたので、家のなかは心地よく、僕らは窓辺のテーブルで紅茶を啜った。母はその窓がよほど気に入ったらしく、僕とブルーノが村に持ち帰る道具をまとめているあいだ、長いことそこに座って外を眺めていた。しばらくすると家の前の平地《ひらち》に出て、記憶に刻むために一つひとつのものを丁寧に見てまわった。湖、ガレ場、グレノンの頂、家の外観……。なかでも、その前の日、僕が鑿と金槌を使って岩壁に刻んだ文字を、母はいつまでも見つめていた。上から黒いペンキを塗って仕上げたその碑文には、こう書いてあった。

ジョヴァンニ・グアスティ
一九四二―二〇〇四
もっとも美しい隠れ家である思い出のなかに

それから母は僕らを呼び、一緒に歌わないかと言った。山を愛する人が死んだときの歌で、あの世に行ってからも、どうか山歩きを続けさせてあげてと神に乞う内容だった。ブルーノも僕もその歌を知っていた。すべてが完璧だ、と僕は思った。思っていたとおりの家が出来あがった。ただし、ひとつだけ伝えておくべきことがあった。しばらく前から考えていたのだけれど、僕はその場で言うことにした。そうすれば、一緒に聞いている母の記憶にもとどまり、証人となってくれるはずだ。僕はブルーノに言った。これは僕の家じゃない、僕らの家だ。僕の家でもあり、ブルーノの家でもある。僕ら二人の家なんだ。父もそれを望んでいたはずだという確信が僕にはあった。父が僕ら二人に遺した家だ。なによりも、僕自身がそれを望んでいた。二人で建てた家なのだから。いまこの瞬間から、ここを自分の家だと思ってほしいと僕は言った。僕がここを自分の家だと思っているのとおなじように。

「本気なのか?」とブルーノが尋ねた。

「ああ、僕は本気だ」

「だったらそうさせてもらうよ。ありがとう」

それからブルーノは、ストーブから薪の燃えかすを取り出して、外に投げ捨てた。僕は家の戸締りをして、ラバの端綱を握ると、先頭を歩くように母をうながした。そうして三人と一頭は、母のペースでグラーナ村を目指して出発した。

第三部　友の冬

九

のちに八つの山の話をしてくれたのは、年老いたネパール人だった。彼は鶏を何羽も背負ってエベレストの渓谷を歩いていた。どこかの山小屋へと運ばれ、登山客用のチキンカレーの材料になるのだろう。十あまりの小部屋に仕切られた大きな鳥籠のようなもののなかで、生きた雌鶏がぎゃあぎゃあ騒いでいた。そんな風変わりな道具を、僕はそれまで見たことがなかった。西欧人好みのチョコレートやクラッカー、粉乳、ビールやウイスキーやコカコーラの瓶などをぎっしり詰めた背負子《しょいこ》を担いで、ネパールの山道を行く歩荷《ぼっか》の姿は見かけたことがあったけれど、移動式の鶏小屋は初めてだった。写真を撮ってもいいかと老人に尋ねたところ、彼は背負子を石垣の上に置き、荷物を固定するために額に引っかけていた紐を外すと、鶏の隣でにんまりとポーズをとった。

彼がそこでしばらく息を整えているあいだ、僕らは少し話をした。老人は、僕も訪れたことのある地方の出身で、行ったことがあると話すと驚いていた。いくつかの短文ならネパール語で話す僕を、行きずりの登山客ではなさそうだと判断したらしく、どうしてそれほどヒマラヤに興味があるのかと尋ねてきた。その手の質問に対して、僕はあらかじめ答えを用意してあった。子ども時代を過ごした山が、僕にとっては掛け替えのない存在となっている。それで、世界でもっとも美しいと言われている遠くの山々も見てみたくなったのだ。

「なるほど」と彼は言った。「要するに、おまえさんは八つの山をめぐっているんだな」

「八つの山?」

老人は小枝を拾いあげると、地面に円を描いた。描き慣れているらしく、ほぼ完璧な円だった。続いて円の内側に直径を表わす線を引いた。それから最初の線に直角に交わる線をもう一本引き、さらに直角を二等分するように三本目と四本目の線を引くと、八本のスポークがある車輪を思わせる図ができあがった。僕は内心、おなじ図形を描くために、自分だったらまず十字を描くだろうなと考えていた。円から描きはじめるというのはアジア人らしい発想だ。

「こんな図を見たことがあるかい?」と彼は尋ねた。

「ある」と僕は答えた。「曼荼羅でね」

「そのとおり。世界の中心には須弥山《スメール》という、ものすごく高い山がそびえていると我々は考えている。須弥山《スメール》を囲むようにして、八つの山と八つの海がある。我々はこの世界をそんなふうに捉えているんだ」

彼はそう説明しながら、車輪の外側に、直線一本ずつと対応させて小さな山頂の絵を描き、次いで山頂と山頂のあいだに小さな波を描いた。八つの山と八つの海だ。最後に、車輪の中心に冠のようなものを描いた。冠雪した須弥山《スメール》の頂かもしれない、と僕は思った。老人は自分の絵をしばらく見定めてから、何度も描いたことがあるはずなのだけれど、ここのところめっきり腕が落ちたとでも言いたげに、首を横にふった。出来はさておき、小枝で輪の中心を指して言った。「そのうえで、八つの山をめぐる者と、須弥山《スメール》の頂上を極める者、どちらがより多くを学ぶのだろうかと問うのさ」

鶏を運んでいる男は、僕の顔をじっと見つめて微笑んだ。僕も微笑みかえした。男の話はおもしろかったし、よくわかる気がした。男は手で土を均して絵を消してしまったが、僕はその絵を一生忘れないだろうと思った。そうだ、この話をブルーノに聞かせてやろう。そう胸の内でつぶやいた。

そのころの僕にとっての世界の中心は、ブルーノと一緒に建てた山の家だった。僕らは毎年、六月から十月までの長い期間を山の家で過ごした。ときおり連れていく友達は誰もがたちまち家の虜となり、いつしか、都会ではいつも一人だった僕も、山にならば仲間がいるようになった。週日はたいてい一人で本を読んだり、ものを書いたり、薪割りをしたり、歩き慣れた山道を散策したりして過ごした。しだいに孤独が僕の肌に染みついた。心地よくはあるが、満たされない部分もどこかで感じながら。それが夏の土曜ともなると、決まって誰かしら訪ねてきた。すると、山の家は隠遁者が籠もる庵《いおり》の風情を失い、かつて父とよく行っていた登山道にある山小屋のにぎわいを見せた。テーブルにはワインのボトルが置かれ、ストーブが赤々と燃えるなか、友たちが夜更けまで語り合う。世の中から遠く隔てられた距離が、僕らをひと晩かぎりの兄弟にするのだった。その親しさから生じる炎によって暖められた家は、友が訪れ、次にまた友が訪れるまでのあいだ、大切に種火を保っているかのようだった。

ブルーノもバルマの温もりに引き寄せられた。日が沈んで暗くなりだすころ、チーズの塊とワインのボトルを抱えた彼が山道から姿を現わし、家のドアを叩いた。まるで標高二千メートルの家に、夜、近所の者を訪ねるのがごく自然なことのように。家に誰かが来ているときには、ブルーノも進んで食卓を囲んだ。そんなときの彼は普段よりも饒舌になった。あまりに長いあいだ人と話さずにいたために、喋りたいことがたくさんあるというように。グラーナ村でのブルーノは、家と本、森の散策、無言の思索からなる世界に閉じ籠もりがちだった。建築現場で一日の仕事を終えたあと、疲労と眠気が蓄積しているにもかかわらず、急いでシャワーを浴びて服を着替え、湖への道をたどらずにはいられない彼の気持ちが、僕にはわかる気がした。

家に集まってくる友人たちとは、一緒に山で共同生活をしようとよく話していた。マレイ・ブクチン（米国のエコロジスト）の本を読んでは、住む者のいなくなった村を環境運動の牙城にして、僕たちなりの理想の社会を実現しようと夢みていたのだ。あるいは夢を見るふりをしていただけなのかもしれない。それは山でなければできないことだった。山でならば誰にも邪魔はされない。アルプスの山々には、そうした実験的な集落がほかにもいくつかあった。ただし、いずれも長続きせず、失敗に終わっていた。でも、だからこそ議論の種は尽きなかったし、空想はますます膨らむのだった。食料はどのように手に入れるのか、発電はどうするか、家はどのように建てるのか、そのために必要な資金はどのように捻出するのか、子どもたちの学校はどうするのか、そもそも学校に通わせたいのか、家庭の問題はどうするのか。家庭こそが、あらゆる共同体の実践を阻害するものであり、所有や権力よりもはるかに手強い敵だった。

要するに僕らは、毎晩ユートピアごっこをしていたのだった。自分の理想の村を実際に造っていたブルーノは、僕たちの考えを論破して愉快がっていた。セメントを使わなければ家は崩れてしまうとか、肥料をやらなければ放牧地に草も生えないとか、ガソリンを使わずにどうやって木を伐るつもりなのかなどと彼は指摘した。冬のあいだじゅう年寄りのようにポレンタとジャガイモだけ食うのか？　「自然」なんて呼ぶのは、おまえら都会の人間だけだ、とも言っていた。都会人の頭のなかではあまりに抽象的な存在だから、名称まで抽象的になってしまう。俺たち山の人間は、「森」「放牧地」「渓流」「岩」と、指で示せるものの名前しか口にしない。どれも実際に使えるものばかりだ。使えないものは役に立たないから、名前なんて不要なのさ。

僕は、そんなブルーノの話を聞いているのが好きだった。僕たちが世界の各地から集めてくる様々な理念を耳にして、夢中になっているブルーノを見るのも好きだった。それらを実現できる能力を持っているのは、彼だけだった。ある年は、湖に流れ込む細い川から五十メートルあまりにわたって管を敷き、唐松の切り株をチェンソーでくりぬくと、家の前に給水場を造った。お蔭で飲み水も身体を洗うための水も確保できるようになったわけだけれど、彼の真の目的はそれではなかった。噴き出す水の下に、僕がドイツから取り寄せた水力発電用のタービンを設置したのだ。プラスチック製で、幅三十センチほどの、風車《かざぐるま》に似た装置だ。

「おい、ベリオ、憶えてるか？」僕らの水車が回転しはじめると、ブルーノは言った。

「ああ、憶えてるとも」

その装置がバッテリーに溜める電力で、家ではラジオと電灯一つを夜のあいだずっと点けておけるようになった。水車は昼夜の別なく動きつづけた。太陽光パネルや風力発電のように天候に左右されることはなく、お金もかからないし、燃料もいっさい消費しない。グレノンの頂から湖に流れ込む水が、さらに下へと流れる途中で我が家に立ち寄り、夕べのひと時に灯りと音楽を提供してくれるのだった。

二〇〇七年の夏、僕は一人の女友達を連れて山の家へ行った。名前はラーラ。僕と彼女は、その二か月ほど前から付き合っていた。普通のカップルならば付き合いが始まったばかりの時期だが、僕たちの関係は早くも終わりを迎えていた。例のごとく、僕のほうから距離をおいて彼女を避けるようになった。近々姿を消すつもりだったのだ。そうすれば、別れがつらくなる前に、彼女のほうからあきらめてくれるだろう。それは僕にとって実証済みの別れ方だったのだけれど、それを見抜いたラーラは言葉で説明することを僕に求めた。そしてひと晩ひどく悲しんでいたものの、翌日にはふっきれた様子だった。

一緒に過ごすのは最後だとお互いに割り切ると、それはそれで楽しい日々となった。山の家、湖、ガレ場、グレノンの稜線、ラーラはすべてに魅了され、家のまわりの山道を一人で長いこと散策していた。彼女の歩きっぷりには目を見張るものがあった。足腰が丈夫で、山奥での厳しい暮らしにも動じなかった。こうして僕は、都会でベッドを共にしていた二か月よりも、バルマでのわずか数日で、よほど深く彼女を知ることができた。私も、子どものころはこんなふうに冷たい水で顔を洗って、暖炉の前で乾かしてたわ、と彼女は言った。別の山間部の出身で、何年も前に進学を機に家を出たらしく、故郷を懐かしがっていた。だからといって、都会へ出たことを後悔しているわけでもなかった。まるでトリノの町と恋に落ちたかのように、街並み、人々、夜、就いた仕事、住んでいた家、なにもかも大好きだったはずなのに、長くて素敵な恋もそろそろ冷めかけていたのだ。

僕は、その気持ちがよくわかるとラーラに言った。僕も似たような経験をしていたからだ。彼女は、非難と悔恨の入りまじった眼差しを僕に向けた。その日の午後、ラーラは湖へ下りていき、岸辺で全裸になると、水に入り、岩礁にも似たあの大きな岩のところまで泳いでいった。それを見た僕は、一瞬、そんなにも早く彼女との別れを決めたことを悔いた。それでも、誰かと付き合っているときの自分の精神状態を思い起こし、悔やむのはやめにした。

その晩、僕はブルーノを夕食に招いた。彼は、融資の手続きや諸々の許可の取得に手間取ったせいで、予定よりも一年ほど遅れてはいたものの、高原牧場の改築をほぼ終えつつあり、そのことで頭がいっぱいだった。三年ものあいだ、銀行員や役所の職員を相手に戦いながら、冬は仕事を二つ掛け持ちして、夏に使う改築費用を捻出していたのだ。僕が見習いとなって一緒に家を建てていたあの夏の日々と同様、ブルーノは完全にとり憑かれていた。夜更けまで、法規制に適った厩舎や、チーズを製造するための工房、熟成用の地下倉、銅や鋼でできた道具類、かつての山小屋の床に敷かれていた水洗いできるタイルのことなどについて熱弁をふるった。僕にしてみれば、何度も聞かされて暗唱できるほどだったけれど、ラーラにとっては初めての話ばかりだった。彼の語り口がそれほど熱を帯びていたのは、少なからず彼女の気を惹くためもあったのだろう。幼馴染みのブルーノのそんな態度が、僕にはおかしかった。女の気を惹こうとしている彼を見るのは初めてだったからだ。普段よりも小難しい言葉をあえて選び、大袈裟な身振りを交えながら、横目でちらちらと彼女の顔をうかがって、反応を確かめていた。

「君に惚れたようだね」ブルーノが帰ると、僕はラーラに言った。

「なんでわかるの？」

「あいつとは二十年の付き合いだぞ。僕らは親友なんだ」

「あなたに友達がいるなんて信じられない」ラーラはそう返した。「友達になれそうな気配を察したとたん、逃げ出すタイプかと思ってた」

僕は反論しなかった。皮肉ぐらいで済むのならいくらでも甘んじて受けるつもりだった。別れにも様々なスタイルがあるけれど、ラーラは後腐れのない別れ方を心得ていた。

その年の秋、仕事が見つかった僕は、トリノで旅支度をしていた。ブルーノから電話があったのはそんなときだ。初めてのヒマラヤ滞在を目前に控えて気もそぞろだった僕は、電話口からブルーノの声が聞こえたので驚いた。二人とも電話という道具は使い慣れていなかったし、僕の頭はすでにヒマラヤの彼方にあったからだ。

ブルーノはいきなり本題に入った。実はこのあいだラーラが会いに来てね。ラーラが？と僕は思った。彼女とは、あのとき山で一緒に過ごしたきり会っていなかった。ブルーノによると、彼女一人で山にやってきて、高原牧場を訪れ、彼の計画を詳しく知りたがったらしい。彼は、春に牧場をオープンするつもりだと話した。乳牛を三十頭ほど購入し、牛乳は余所へは売らずに、自分のところでチーズに加工する。そのためには当然ながら人手が要る。ラーラが期待していたのはそこだった。山に魅了されていたし、子どものころから牛に囲まれて育った。だから、自分を雇ってほしいとその場で申し出たのだった。

ブルーノは彼女の申し出が心の底から嬉しかった反面、不安も覚えた。自分の牧場に女性が住み込むなんて想定していなかったからだ。意見を求められて、僕は言った。「彼女だったら十分やっていけると思うよ。一度決めたことは意地でもやり抜くタイプだ」

「それは俺もわかってる」ブルーノは言った。

「だったらなにが問題なんだ？」

「俺が知りたかったのは、おまえたち二人の関係だ」

「ああ」と僕は言った。「そうだなあ、この二か月、一度も会ってない」

「喧嘩でもしたのか？」

「いいや。ラーラと僕は特別な関係じゃないよ。彼女がおまえのところで働くのは、僕も大歓迎だ」

「本当か？」

「もちろんだ。気にするな」

「だったらよかった」


ブルーノは、よい旅をと言って電話を切った。どこまで昔気質な男なんだ、と僕は思った。いまどき、そんなことでいちいち友達の許可を求める奴がどこにいるというのだろう。電話を切ったあと、僕はこれから起こるだろうことをすべて読めた気がした。ブルーノのことを思うと素直に嬉しかったし、ラーラのためにも喜ばしいことだと思った。ほどなく僕は、ブルーノのこともラーラのことも、ほかの誰のことも考えるのはやめにして、ヒマラヤへ持っていくリュックの準備に専念した。

生まれて初めてのネパール旅行は、僕にとっては時空を旅するようなものだった。カトマンズから車を一日走らせ、喧噪から二百キロ弱ほど離れると、両側を山に挟まれた、木々が鬱蒼と生い繁る険しい峡谷に入る。底のほうから響いてくる音で川が流れていることがわかるのだが、その姿は見えなかった。家々は、そこから千メートルも上の、断崖が心持ちなだらかになったあたりの日向に建っていた。激しい起伏の続く山道が集落まで延び、谷の斜面を刃物のように削る急流には、頼りなげなロープの橋が吊られていた。集落のまわりは山全体に棚田が整備されていて、稲作がおこなわれていた。横から見ると、丸みを帯びた段々からなる階段のように見えた。野面積みの石垣で一段いちだん縁取られ、いくつもの区画に区切られている。十月は収穫の季節で、僕は山道を登りながら、農作業に勤しむ人々を観察した。女衆は田圃で腰をかがめて穂を刈り、男衆は脱穀場で稲穂を叩き、茎と籾米を分ける作業をしていた。籾米は布の上で乾かしたうえで、刈り入れをしていた女衆よりも年輩の女たちが、丹念に篩にかけていた。至るところに子どもたちの姿があった。遊び半分に、痩せ細った二頭の牛を二人組になって大声でけしかけ、棒で叩きながら犂《すき》で田を耕している子らもいた。それを見て僕は、初めて会ったときにブルーノが持っていた黄色い棒を思い出した。彼もきっとネパールが好きになるにちがいない。ここではまだ、犂は木製だし、鎌を砥ぐには「川の石」が、ものを運ぶには籐の背負子が使われている。たしかに農民たちは運動靴を履き、バラックのような家からはラジオやテレビの音が洩れてくるけれども、僕らの村ではすっかり途絶えてしまった山の暮らしが、ここには連綿と息づいているように思われた。現に、道すがら廃屋など一軒も見かけない。

僕は、アンナプルナ山群を目指す四人のイタリア人登山家と一緒に峡谷を登っていた。数週間、撮影用のカメラを携えて彼らと行動を共にし、テントで寝泊まりする。実入りもよく、話を聞いたときからこれほどラッキーな仕事はないと思っていた。アルピニズムについてのドキュメンタリーを撮ること自体にも、四人の男たちが極限状態におかれたとき、どのような行動に出るのかにも興味があった。けれども、ベースキャンプへ向かう途中で見た周囲の風景は、僕をなによりも魅了した。撮影が終わったら一人でここに残り、標高の低い一帯を独りでめぐってみようとすでに心に決めていた。

歩きはじめて二日目、渓谷のむこうにヒマラヤの山脈《やまなみ》が出現した。それは、世界の黎明期の山々の姿だった。いましがた創造主によって彫られたばかりのように峰々が鋭利に尖り、時の経過による摩耗が微塵も感じられなかった。頂を覆う雪が、六、七千メートルの高さから渓谷を照らしている。絶壁を流れ落ちる滝が岩肌を穿ち、斜面から削られた赤土が渦を巻きながら川に流れ出ていた。はるか上では、そんな騒ぎをものともせず、氷河が万物を見守っていた。あの高みから水が流れてくるのだと、白い髭の老紳士が話していたのを僕は思い出した。自分たちの山を「豊穣の女神《アンナプルナ》」と名付けたからには、ネパールでもそれをよくわかっているにちがいない。道沿いにはそこかしこに豊かな水があった。渓流、水飲み場、用水路、女たちが洗濯をする洗い場……。僕は、棚田に水が張られ、渓谷が無数の鏡となって輝く春に、その水を見てみたかった。

一緒に登っていた登山家たちがそうした光景に気づいていたか、はなはだ疑問だった。彼らは一刻も早く集落を通り抜けて、上方で輝く氷河にピッケルやアイゼンを打ち込みたくてうずうずしていた。でも、僕は違った。なるべく歩荷たちのかたわらを歩き、次から次へと質問をぶつけていた。畑ではどのような作物が栽培されているのか、ストーブの薪に使うのはどんな木か、途中で見かけた祠には誰が祀られているのか……。森には樅も唐松もなく、枝の捻じれた風変わりな木が生えているばかりだった。最初、僕はそれがなんの木かわからずにいた。すると一人の男が石楠花だと教えてくれた。石楠花か！　母のいちばん好きな木だ。初夏の数日だけ花を咲かせ、真紅や紫やスミレ色に山を染めあげる。ネパールの石楠花は五、六メートルの大木となり、樹皮は黒くて鱗状に剝がれ、葉は月桂樹のような油を含んでいた。そこからさらに上方へ歩みを進め、森林が途切れるあたりまで行くと、柳や柏槙の代わりに竹藪が現われた。竹か！　僕は驚いた。三千メートルの高地に竹藪があるなんて思ってもみなかった。束ねた竹竿を肩に担いでゆさゆさとたわませながら通りすぎる子どもたちもいた。集落では、竹竿を縦に半分に割って、凹面と凸面を互い違いに重ねながら屋根を葺く。モンスーンの季節に大量に降る雨がうまく捌けるようにだ。壁は、石を積んで泥で塗り固めたものだった。僕はこのあたりの家の構造にすっかり詳しくなっていた。

歩荷たちは祠を見るたびに、森で摘んだ新芽や石を供え、僕にもおなじことをするように促した。そこから先は神聖な領域となるため、生き物を殺すことも食べることも禁じられている。そのため、集落のまわりにはもう、鶏も、放し飼いの山羊も見られなかった。その代わり、そそり立つ斜面で草を食む野生の動物がいた。地面まで引きずりそうな毛を持つバーラルで、「ヒマラヤの青い羊」と呼ばれているそうだ。この山には「青い羊」と、竹藪で見かけたヒヒに似た猿が棲み、空では哀愁を帯びた禿鷹のシルエットがゆったりと旋回している。それでも僕は、自分の家にいるような感覚だった。ネパールでもやはり、樹木帯を越え、草原と岩場ばかりの標高まで登ると、我が家に帰ってきた気持ちになった。ここここそが僕の属する山で、どこよりも居心地のいい場所なのだ。そんなことを考えながら、僕は最初の雪を踏みしめていた。

翌年、バルマに戻った僕は、ネパールから持ち帰った祈禱旗を二本の唐松のあいだに張って、家の窓から見えるようにした。青、白、赤、緑、黄色の五色――青は天、白は風、赤は火、緑は水、黄色は地を表現する――の旗は、薄暗い森の木陰でひときわ目を惹いた。午《ひる》さがり、アルプスの峰々から吹き下りる風とたわむれながら、木々の梢のあいだで踊る旗を僕はよく眺めていた。僕にとってのネパールの思い出は、その色とりどりの布地に似て、鮮やかで温もりがあった。そんなとき、昔懐かしい僕の山々がいつになく陰鬱に感じられた。森へ散策に行っても、目につくのは空き家や廃墟ばかりだった。

それでも、グラーナ村にもなにかが新しく芽吹いていた。ブルーノとラーラが一緒に暮らしだしてから、かなりの月日が経っていた。どのような経緯《いきさつ》があったかは、あえて訊く必要もなかった。ブルーノは以前にも増して生真面目になったようだった。生活のなかに女が入り込むと、往々にして男たちがそうなるように。その反対にラーラは、幸せいっぱいの変身を遂げた。都会の暮らしで溜まった埃と一緒に、以前にまとっていた悲観的な雰囲気までふりはらったらしく、その面影すらなくなっていた。弾けるような笑い声をあげ、戸外で過ごす生活に、肌までが健康そうな赤味を帯びていた。ブルーノは彼女が愛しくてたまらない様子だった。それは、僕の知らなかった友の一面だった。村に戻った日の晩、三人で食卓を囲みながら、僕が旅先であったことを話しているあいだ、ブルーノは終始ラーラの身体に触れたり撫でたりしていた。なにかと機会を見つけては彼女の腿や肩に手を置き、僕と話しながらも、絶えず彼女との触れ合いを求めるのだ。ラーラはといえば、ブルーノのように不安げな様子はなく、ずっと彼がそばにいることを少しも疑っていないようだった。彼女が見せるなにげない仕草や眼差しでブルーノは安心するらしく、何度もくりかえし尋ねていた。

どこへも行かない？　ええ、行かないわ。本当？　そばにいるって言ってるでしょ。まったく、始末に負えない恋人たちめ、と僕は内心で思っていた。この世に恋人たちが存在するのは素晴らしいことだけれど、ひとつの部屋に三人でいると、いつだって自分が邪魔者に思えてくる。

その年の冬は積雪が少なかったので、ブルーノは、六月の第一土曜日に、高原牧場——彼は単に「山」と呼んでいた——へ行くと決めた。その日は僕も手伝うことになった。彼は二十八頭の乳牛を買った。グラーナ村の広場で家畜運搬用のトラックから降ろされた牛たちは、どれもみんな妊娠していた。慣れない移動で気が立っているらしく、唸り声をあげ、互いに角を突き合わせながら猛烈な勢いでスロープを下りてきた。ブルーノと彼の母親、ラーラ、そして僕の四人がかりで広場を取り囲み、必死で抑えつけてなだめなかったら、どこかへ逃げ出していたにちがいない。牛たちを降ろすと、トラックは走り去った。グラーナ村の牧羊犬の血筋をひく二頭の黒い犬と一緒に、僕たちは山道を登りはじめた。ブルーノが、「おーい、おーい、おー。へーい、へーい、へー」と呼び声をあげながら先頭に立ち、彼の母親とラーラは牛の列の脇を歩いていく。僕はしんがりで、とくになにをするでもなくその光景を楽しんでいた。二頭の犬は自分たちの役割を完璧に心得ていて、列から後れる牛を追いかけては、吠えたてたり脇腹を軽く咬んだりして群れに戻るようにうながす。犬の吠え声と、牛のあげる抗議の唸り声、そして騒々しい鐘の音が、ほかのあらゆる音を掻き消し、謝肉祭か復活祭のパレードを見ているようだった。牛の群れは、朽ちかけた山小屋や、はびこる茨で分断された石垣、唐松の灰色の切り株などの点在する渓谷を、久しぶりに体内をめぐる血液さながらに登っていき、山に活力をみなぎらせた。森のなかから一部始終をじっとうかがっているにちがいない狐やノロジカも、彼らなりにこの祝祭に参加しているのかもしれない。僕はそんなふうに感じていた。

上り坂の途中で、ラーラが僕のそばに来た。僕たちはそれまで二人きりで話す機会を持てておらず、二人ともその必要性を感じていた。もっとも、なぜ彼女がほかでもなくそのときを選んだのかはわからない。土埃が舞うなか、大声を張りあげなければ言葉が伝わらない状況だったにもかかわらず、彼女は笑みを浮かべて言った。

「こんなふうになるなんて、一年前には誰も想像してなかったよね」

一年前、僕たちはどこにいただろうかと僕は考えた。そうだ。たぶんトリノのバールにいたんだ。いいや、ラーラの家のベッドだったかな……。

「いまの生活に満足してる？」僕は尋ねた。

「ええ、とても」彼女はそう答えると、ふたたび微笑んだ。

「それならよかった」僕はそう言った。そして、もうこの話題に触れることはないだろうと思った。

その季節、草原にはタンポポが咲いていた。早朝に花が一斉にひらくと、まるで太陽が自ら絵筆で山をひと塗りしているかのように、鮮やかな黄色が満ちるのだった。タンポポの甘い花が好物の牛たちは、高原に着くなり、ご馳走の並んだテーブルを前にしたかのように思い思いに散っていった。前の年の秋のうちに、ブルーノが牧草地に繁った灌木を根こそぎ抜いておいたので、美しい庭園の趣がよみがえっていた。

「電線で囲わないのかい？」ブルーノの母親が尋ねた。

「囲うのは明日にする」と彼は答えた。「今日は自由に祝宴だ」

「でも、草が台無しになる」と彼女は反論した。

「大丈夫」とブルーノは言った。「台無しになったりはしないさ。心配するな」

ブルーノの母親は不満げに頭をふった。その日に彼女が発した言葉は、知り合ってから何年ものあいだに僕が彼女の口から聞いた言葉を全部合わせた数よりも多かった。硬直した片足を心持ち引きずりながら山道を登っていたけれども、足どりは軽やかだった。見た目からは、どれだけ痩せているのか見当もつかなかった。だぶだぶの服の下に隠れてしまいそうなほど小さな身体であちこちに目を配り、確認し、すべてが滞りなく進むよう、助言や小言を口にしていた。

三棟の山小屋は、新たな人生を歩みだしていた。一棟は住まいへ、一棟は家畜小屋へ、そしてもう一棟は壁も屋根も石でできた貯蔵庫へと見事に改築され、建物の内側はいかにも現代的な農場となっていた。貯蔵庫に入っていったブルーノは、白ワインのボトルを小脇に抱えて戻ってきた。それを見た僕は、彼の伯父さんが何年も前におなじことをしていたのを思い出した。いまやこの農場の主《あるじ》はブルーノだった。あいにく外には座れるような場所がなかった。ラーラが、戸外で食事ができるように素敵なテーブルを造る予定だと言っていたが、とりあえずは家畜小屋の入り口の前で立ったまま、山に馴染みはじめた牛たちを眺めながら、乾杯することにした。

十

ブルーノは牛の乳を手で搾ることにこだわった。ちょっとしたことで驚き、神経質になる繊細な牛たちには、手搾り以外あり得ないと考えていたのだ。一頭の牛から、五分ほどで五リットルの牛乳を搾れる。かなりのスピードだが、それでも一時間で十二頭がせいぜいで、全頭分を搾るには二時間半かかった。おまけに朝の乳搾りは、外がまだ暗いうちにベッドから起き出してやらなければならない。高原牧場には土曜も日曜もなかった。彼は、遅くまでまどろむ快楽や、シーツにくるまって恋人とたわむれる喜びがどのようなものだったか、すっかり忘れてしまった。それでも、いまや儀式となった乳搾りが大好きで、ほかの人にやらせる気は毛頭なかった。夜が朝に場をゆずる時間帯、ほんのりと暖かな厩舎で作業をしているうちに、寝ぼけた頭にかかる靄が少しずつ晴れていく。牛の乳を手で搾る作業は、一頭ずつ優しく撫でながら起こしていくようなもので、そうしているうちに、牛たちは草原から漂ってくる芳香を嗅ぎつけ、小鳥の囀りを聞き、そわそわと足踏みを始めるのだった。

七時になると、エスプレッソとクッキーを持ってラーラも厩舎にやってきた。一日に二回、牛の群れを牧草地に連れていくのは彼女の役目だった。ブルーノは、朝搾った百五十リットルの牛乳と、前の日の夕方に搾った百五十リットルを大鍋に注ぎ入れる。前日の牛乳は、夜のあいだにクリーム状の成分が分離して浮きはじめていた。大鍋を火にかけて凝乳酵素を加えると、九時をまわるころには鍋の中身が煮詰まって、布で濾せる状態になる。濾して水分を取り除いたものを木の型に詰め、圧力をかけるのだ。全部で五個か六個の塊ができる。三百リットルの牛乳から、三十キロのトーマ・チーズができればいいほうだった。

ブルーノにとってそれは神秘的な過程であり、どのような結果になるのか、いつも確信を持てなかった。トーマ・チーズが出来あがるか否か、旨味が増すか否かは、なかば錬金術のようなもので、それを決める力は彼にはないように思われた。できることといえば、牛たちにたっぷりの愛情を注ぎ、一つひとつの工程を教えられたとおり丁寧にこなすだけだ。生クリームはバターに加工する。それが済むと、大鍋や牛乳缶、バケツなどをすべて洗浄し、作業場もきれいに洗う。その後、厩舎の窓を開け放ち、糞尿を排水溝に流して掃除をした。

一連の作業を終えるころには正午をとうにまわっている。ブルーノは軽く昼食を済ませると、一時間ほどベッドで横になった。見る夢はといえば、放牧地に秣が生えないだとか、牛の乳が出ないだとか、牛乳が凝固しないだとかいったものばかりで、仔牛たちを囲っておく柵を造らなければとか、雨が降るとぬかるむ牧草地に排水溝を掘らなければといった考えとともに目を覚ます。四時には牛たちを厩舎に連れて戻り、二度目の搾乳をおこなう。七時になると、ラーラが牛たちをふたたび外に連れ出してくれ、あとはすべて彼女に任せておけばよかった。仕事がおおかた片付くころ、高原牧場での時間の流れはようやく緩慢になり、夕暮れ時の静寂が訪れた。

ブルーノが僕にいろいろな話をしてくれるのは、そんな時間帯だった。僕らは外に出て座り、半リットルの赤ワインとともに、待つとはなしに夕焼けを待っていた。かつて二人で一緒に山羊を探しに行った山腹にある、痩せた牧草地を眺めながら。日が暮れはじめると、谷底から冷たい風が吹きあがり、気温がたちまち数度ほど下がった。風に運ばれてくる苔や湿った土のにおいのなかに、おそらく森の縁をうろついているのだろう、ノロジカのにおいも混じっていた。犬がそれを嗅ぎつけ、牛の群れから離れて探しに行くのだけれども、行くのは決まって一頭だけで、しかもいつもおなじ犬というわけではなかった。まるで二頭のあいだで、ノロジカを狩る役と群れの見張りをする役とが交替で定められているかのように。その時間帯、牛たちはのんびりとしていた。鐘の音も間遠になり、しだいに低音になっていった。

僕といるときのブルーノは、現実的な問題から逃避する傾向にあった。借金や請求書、税金、ローンなどのことは話したがらず、夢ばかり語りたがった。そうでなければ、牛の乳を搾っている最中に感じる身体的な一体感や、凝固の不思議について。

「凝乳酵素というのは、仔牛の胃の一部から採るんだ」とブルーノは説明した。「考えてもみろよ。母牛の乳を消化するうえで仔牛にとって欠かせない胃を、俺たち人間が取り出して、チーズを作るために利用するんだ。すごいと思わないか？　だけど、恐ろしいことでもある。仔牛の胃のその部分がないと、チーズは作れないんだ」

「そんなこと、誰が最初に発見したんだろう」僕は言った。

「野生人だよ」

「野生人？」

「かつて森で暮らしていた古代人を、俺たちはそう呼んでるんだ。髪も鬚も伸び放題、木の葉で全身を覆っていた。ときおり集落にやってくるものだから、村人たちは怖がっていたけれど、それでも欠かさず彼のために食べものを家の外に置いてやっていた。凝乳酵素の使い方を教えてくれたお礼にね」

「樹木のようだったという言い伝えの人か？」

「獣のようでもあり、人のようでもあり、樹木のようでもあった」

「このあたりの言葉ではなんて言うんだ？」

「野生人《オモ・セルヴァッソ》」

やがて夜の九時になった。牧草地にいる牛はもはやほとんど影しか見えず、ラーラも羊毛のマントにくるまれたシルエットと化していた。彼女はそこに佇み、じっと牛の群れを見守っていた。一頭の牛が群れから離れると、ラーラがその名前を呼ぶ。すると命令も待たずに犬が駆けていき、牛を連れ戻すのだった。

「野生人には女もいるのかい？」と僕は尋ねた。

ブルーノは僕の思考を読んだらしく、こう答えた。「ラーラは優秀だよ。芯が強いし、疲れを知らない。俺だって一緒に過ごす時間が思うようにとれなくて申し訳ないと思ってる。とにかく仕事が山のようにあってね。毎朝四時起きだから、夜なんて夕食の皿に突っ伏して居眠りする始末だよ」

「愛は冬に育めばいい」と僕は言った。

するとブルーノが相好を崩した。「そういうことだ。山の民には春生まれはほとんどいない。仔牛と一緒で、みんな秋に生まれるのさ」

遠まわしにとはいえ、ブルーノの口からセックスに対する言及を聞いたのは、後にも先にもそのときだけだった。

「それで、いつ結婚するつもりだ？」と僕は尋ねた。

「俺はすぐにでもと思っているけど、彼女が結婚の話をしたがらないんだ。教会でも、市役所でも、それ以外のところでも、とにかく式は挙げたくないらしい。おまえら都会人の考えることは、俺にはさっぱり理解できないね」

ワインを飲みおえた僕らは立ち上がり、完全な闇が訪れる前に厩舎へ向かった。ラーラが犬と協力しながら牛の群れを集めていた。すると、ノロジカを追いかけていた犬も、鐘の音で本来の役割を思い出したのだろう、どこからともなく戻ってきて仕事に就いた。牛たちは急ぐふうでもなく、一列に並んで牧草地を登りはじめ、水飲み場でいったん足をとめた。それから厩舎に入ると、それぞれの寝場所へと戻っていった。ブルーノは首輪に鎖をつなぎ、僕は、牛たちが寝ているあいだに尻尾を汚さないよう、上のほうから垂れ下がっている紐で尾を結んだ。指でくるりと紐をまわして素早く結び目を作れるようになっていた。それから厩舎の戸を閉めると、暗闇のなかで反芻をはじめた牛たちを残し、三人で夕飯を食べに住まいへ戻った。

食事を終えてしばらくすると、僕はヘッドランプの明かりを頼りにバルマの家へ帰った。牧場には僕が泊まれるスペースも十分にあったし、ブルーノもラーラもそのたびに泊まっていけと言ってくれたが、なにかが僕に、二人と別れを告げて、湖畔の家への道をたどるように仕向けるのだった。言ってみれば、彼ら「家族」とのあいだに適切な距離をおこうとしているかのような、そうやって距離を保つことこそが二人に対する敬意の表われであり、僕自身を護ることにもつながっているかのような、そんな感覚だった。

僕が護らなければならなかったのは、独りでいられる力だった。僕はずいぶんと時間をかけて孤独に慣れ、ようやくそこに居心地のよさを見出し、くつろげるようになっていた。それでもなお、僕と孤独の関係はいつだって一筋縄ではいかなかった。そのため、僕にとっては家に帰る道のりが、孤独との信頼関係をとりもどす過程となった。空が曇っていなければ、歩きはじめてすぐにヘッドランプを消す。三日月か星が瞬いていれば、唐松林のあいだを縫う小道をわけなくたどることができた。その時間帯、自分の足音と、森が寝静まってからもさらさらこぽこぽと音を立てて流れつづける渓流以外、なにひとつ動くものの気配はなかった。ひっそりと静まりかえった夜、渓流の声はひときわ明瞭になり、その音色から、蛇行部なのか早瀬なのか滝なのか手にとるようにわかるだけでなく、草木の密生する場所ではくぐもった音へ、岩場ではしだいに尖った音へと変化するのも聞きとれた。

山の上まで来ると渓流も声を潜め、そこから先は、水が岩と岩の隙間に浸み込んで、地中を流れていく。すると、はるか下のほうから響く音が耳につくようになる。窪地を吹き抜ける風の音だった。湖面は、絶え間なく揺れ動く夜空のようだった。風が、一方の岸から反対側の岸へと小波《さざなみ》の連なりを追い立てる。すると、流線に沿って黒い湖面に並んでいた星々の光が消えたかと思うと、今度は別の方向から光るのだった。僕は身じろぎもせずに、そこに描き出される模様に見入っていた。人がいないときにしか見せない山の営みを垣間見たような気がした。決して邪魔することのない僕を、山は客人として快く受け容れてくれた。だから僕も、山と一緒ならば孤独を感じることもないだろうと改めて思うのだった。

七月終わりのある朝、僕はラーラと一緒に村へ下りた。僕はしばらくトリノに戻ることになっていて、彼女は六週間の熟成を終えたトーマ・チーズの初の完成品を村へ売りにいくところだった。チーズを運ぶためにブルーノが新しく用意したラバと一緒だった。何年も前に僕らのセメント運びを手伝ってくれた灰色の牡のラバではなく、毛がふさふさしていて黒っぽい、高地での生活に適した小型の牝のラバだった。ブルーノは、このラバのために木製の荷鞍をこしらえ、その上に十二個のチーズの塊を積みあげた。全部で六十キロほどの重さになるそのチーズは、最初に山裾の村に運ばれる貴重な荷物だった。

ブルーノにとっても、僕とラーラにとっても、それは歴史的な瞬間だった。荷鞍をしっかり固定すると、彼はラーラに口づけし、ラバの脇腹をぽんと叩いた。それから僕にこう言って手振りをした。「ベリオ、道はわかっているな」そうして僕たちを送り出すと、厩舎の掃除をしに行ってしまった。バルマの家を建てていたときと同様、運搬は自分の仕事ではないと決めているようだった。山男は山に籠もり、村を往復して荷を運ぶのは女衆に任せる。彼は、冬になって高原牧場を閉じるときまで山を下りないつもりだった。

僕たちは一列に並んで山道を歩きはじめた。先頭が僕、その後ろにラバを曳いたラーラが続き、年がら年じゅうラーラのあとを歩いている二頭の犬のうちの一頭が最後尾。最初のうち、重い荷物に慣れていなかったラバは、覚束ない足どりで進んでいた。ラバと一緒のときには、登りよりも下りに注意が必要だった。荷鞍が前肢のほうへずり落ちてくるので、坂の急なところでは、首に結んである端綱をぎゅっと引っ張ってやらなければならない。やがて牧草地が終わり、沢を渡ったあたりから、坂はいくぶん緩やかになる。そこはかつて、バイクで遠ざかっていくブルーノの後ろ姿を見送った場所で、あの日を境に、僕らは何年ものあいだ疎遠になっていたのだった。そこから下は、僕とラーラが横に並んで歩けるだけの道幅があった。犬は野生の生き物を追いかけて、森に入ったり出たりをくりかえしながら、ラバは僕たちの一歩後ろを、それぞれついてくる。背後に感じるラバの息遣いと蹄の音が、僕たちの心を穏やかにしてくれた。

「あの人があなたをあんなふうに呼ぶときは、なにか意味があるの？」ラーラが尋ねた。

「あんなふうって？」

「ベリオって呼んだでしょ」

「ああ、きっと、なにか昔のことを思い出させたいんだと思う。子どものころにつけてくれた綽名だから」

「なにを思い出させたいの？」

「この道のことじゃないかな。まったく、どれだけ往復したことか。八月になると、僕は毎日のようにグラーナ村から高原牧場まで通ってたんだ。僕が行くと、ブルーノは牛たちを放っておいて、一緒に遊んだものだ。あとで決まって伯父さんに何度も叩かれるんだけど、あいつはどこ吹く風だった。二十年も前のことだよ。それがいま、こうしてあいつの作ったチーズを運んでいるわけだからな。なにもかも変わったようでいて、実はなにも変わっちゃいないのかもしれない」

「いちばん変わったのはなんだと思う？」

「まちがいなく牧場だね。それと沢の様子もずいぶん変わったな。昔は流れがいまとは違った。ブルーノとしょっちゅう沢に下りて、一緒に遊んでたんだ。聞いてるだろ？」

「ええ、聞いたわ」ラーラが答えた。「沢登りでしょ」

それからしばらく、僕たちはお互いに無言で歩いた。山道に思いを馳せているうちに、僕は父と一緒に初めてこの道をたどり、ブルーノの伯父さんに会いにいった日のことを思い出した。すると、並んで道を下っている僕とラーラの前に、過去の世界から、父親の一歩前を歩く少年がすっと現われるのを見た気がした。赤のセーターにニッカーボッカーズ姿の父親は、鞴《ふいご》のように息を弾ませながら、息子を急き立てていた。「こんにちは！」僕は、その父親に挨拶している自分を想像した。「息子さん、足が速いですね！」ラバと犬を連れ、若い女と一緒にチーズの塊を運ぶ、未来からやってきた男に対して、父は足を止めて挨拶を返しただろうか。

「ブルーノがあなたのことを心配しているみたい」ラーラが言った。

「僕のことを？」

「いつも独りでいるのは、よくないんじゃないかって」

僕は思わず噴き出した。「へえ、あいつとそういう話をするんだ」

「たまにね」

「で、きみはどう思う？」

「そうねえ……」

ラーラはひとしきり考えたあげく、答えを導き出した。「あなたが自分で選んだ結果だと思う。そのうち独りでいることに飽きて、誰か見つけるんじゃないのかしら。どちらにしても、自分で選んだ生き方なんだから、それでいいんじゃないの」

「そのとおりだな」僕は言った。

それから、笑い話として終わらせるために、こう言い添えた。「あいつ、僕にはなんて言ったと思う？　きみに結婚を申し込んだけれど、相手にしてもらえなかったってぼやいてたよ」

「あんな頭のおかしな人と結婚なんて」彼女は笑いながら答えた。「死んでもお断りよ」

「どうして？」

「山から一歩も下りたがらない男と誰が結婚するものですか。あの人、あんな山奥に籠もってチーズ作りをするために、全財産を使い果たしてしまったのよ」

「そんなに悪いこととも思えないけど……」僕は反論した。

「考えてもみてよ。二人して一か月半働いて、やっと出来あがったのがこれだけなんだから」背後のロバの荷を指して、ラーラが言った。

すると、彼女の表情が曇った。なにか気に掛かることがあるらしく、しばらく押し黙って考え込んでいたが、もうすぐ村に着くというところで、ようやく口をひらいた。

「私は、いまの暮らしがとても好きよ。朝からずっと雨で、濡れながら牛の放牧に出なければならないときだって、いやだなんて思ったことはない。気持ちが落ち着くし、物事をじっくり考えられる。お蔭でいままでの悩みも、実はほとんどが些細なことだったんだって思えるようになった。たしかに金銭的な観点ではとても正気とは思えないけど、いまのところは別の暮らしをしたいとは思わない。ここの生活がいいの」

村の広場には、トラクターやコンクリートミキサー車、一か月前から停めたままにしてある僕の車にまじって、白のミニバンが停まっていた。二人の職人が道路脇で排水溝を掘っている。山で家畜たちと何日も過ごしたあとに、車やバイク、アスファルト、小ぎれいな服といったものを目にするのは、妙な気分だった。

僕たちを待っていたのは、一度も見かけたことのない顔だった。とりたてて特徴のない、五十がらみの男だ。僕は、ラーラを手伝って荷鞍からトーマ・チーズを降ろした。男は、外皮を触ったり、においを嗅いだり、内側に気泡が入っていないか指の関節で叩いてみたりしながら一つひとつ吟味していたが、最終的には満足したようだ。ミニバンに積んであった秤にチーズをのせると、手帳に目方をメモした。次いで受領書に金額を書き込み、ラーラに渡した。そこには二人の初めての収入が記されていた。僕は、数字を見つめる彼女の横顔をそれとなくうかがってみたけれど、特別な感情は読みとれなかった。大役を果たした彼女は、車のむこうから僕に挨拶をすると、ラバと犬を連れて、来た道をたどりはじめ、やがて森のなかへと姿を消した。もしかすると森が、自分の子どもでもあるかのように、ラバと彼女を取り返したのかもしれない。


トリノに帰った僕は、十年暮らしたアパートを引き払った。ここのところほとんど使っていなかったので、借りたままにしておくのももったいないと考えてのことだ。それでも、引き払うのはどこか寂しかった。トリノの街には将来の約束が満ちあふれていると思っていた当時の僕にとっては、そのアパートに住むこと自体が大きな意味を持っていた。僕が勝手な幻想を抱いていたのか、あるいはトリノという街が約束を反故にしたのか、どちらかは定かでなかったが、何年もかけて少しずつ物を運んでいっぱいにしたアパートから、手当たり次第に荷物を運び出し、たった一日で空っぽにしてしまうのは、婚約指輪を返して退散するようなものだった。

今後もトリノで過ごすこともあるだろうからと、友達が部屋を安く貸してくれた。その部屋に入りきらない段ボール箱は、車に積んで、母の住むミラノのアパートメントへ運んだ。高速道路から見るモンテ・ローザは、蜃気楼のように靄の上に浮かんでいた。猛暑のせいでアスファルトが溶け出している街なかで、僕は一つの場所からまた別の場所へと徒に荷物を運んでいるだけのような気がした。前世でどんな罪を犯したのかわからないけれど、それを償うために、階段を何段も上り下りさせられているのかもしれなかった。

その時期、母はグラーナの山の家に行っていたため、僕は昔懐かしい実家で一か月あまりを一人で過ごした。昼間は付き合いのある制作会社のオフィスをまわり、夜は行き交う車を窓から眺めながら、道路の下に埋まっている息も絶え絶えの川に思いを馳せていた。そこには僕のだと思えるものはなにひとつ存在せず、また僕自身がその一部だと感じられるものもなかった。僕はヒマラヤについてのドキュメンタリーをシリーズで撮らせてくれる制作会社を探していた。そうすれば遠く離れた土地で長いこと暮らせる。せっかくとったアポが何度も徒労に終わったあげく、ようやく僕を信じて仕事を任せてくれる人が見つかった。かろうじて旅費を賄える程度の前金を渡されただけだったけれど、僕にしてみればそれで十分だった。

僕がふたたびグラーナを訪れたのは九月になってからで、風は冷たく、村では煙をたなびかせている煙突がちらほら見受けられた。車を降りると、自分の身体に染みついたにおいが我慢ならなかった。そこで、山道へ入ってすぐのところで沢に下り、顔と首すじを洗った。それから森で唐松の緑の枝に両手をこすりつけた。それは自己流の儀式だったけれど、それでも何日かのあいだは僕の身体から都会の空気を抜くことができた。

峡谷の斜面にある牧草地は黄色く枯れはじめていた。ブルーノの土地はといえば、板を渡しただけの橋を越えた沢沿いは、牛たちの蹄で踏み荒らされていた。そこから上は草がすっかり刈りとられ、早くも堆肥が撒かれていた。ところどころ土が掘り返されているのは、悪天候が続いたとき、嵐の気配を察して不安になった牛が掘りちらかしたものだろう。その日も、鼻をつく堆肥のにおいと、ブルーノの山小屋から立ちのぼる煙に混じって、嵐の気配がかすかに感じられた。その時間、ブルーノはチーズ作りに専念しているはずだったので、僕はそのまま通りすぎ、彼にはまた日を改めて会いにくることにした。

厩舎を通りすぎたところで鐘の音がした。見あげると、道から離れた草のわずかに残った斜面で、牛たちを放牧しているラーラの姿が見えた。僕が軽く片手を挙げて挨拶すると、ずいぶん前から僕に気づいていたらしい彼女は、閉じた傘を持ちあげて挨拶を返した。ぽつぽつと雨が降りだしていた。夏のあいだ、トリノで蒸し暑く寝苦しい夜を過ごしたせいで疲労がたまっていた僕は、とにかく早くバルマの家にたどり着き、ストーブに火を熾して眠りたかった。山の懐に抱かれたお気に入りの塒《ねぐら》で眠りをむさぼることほど、精気を回復する良薬はなかった。

その日から三日連続で深い霧がたちこめ、僕は家からほとんど出なかった。窓辺にへばりついたまま、山峡《やまかい》から雲が湧き起こり、森へ忍び込んでいくさまを観察していた。唐松の梢をすり抜けて、祈禱旗の色をくすませたかと思うと、しまいには旗を完全に呑み込んでしまうのだ。家のなかでは気圧が低いためにストーブの火が消えてしまい、書きものをしたり本を読んだりしていた僕は、煙に燻《いぶ》し出された。仕方なく霧の漂う戸外で伸びをすると、湖のほとりまで下りた。石を投げると無のなかへ消えていき、ややあって、ぽちゃんという水音だけが見えないところから響いてくるのだった。僕は、石のまわりに群がる好奇心旺盛の小魚たちを想像していた。夜にはスイスのラジオ局の放送を聴きながら、僕を待ち受けている一年に思いをめぐらせた。その数日は僕にとって、大きな挑戦を控えて力を養うための休息期間だった。

三日目、ドアを叩く音がして、ブルーノが訪ねてきた。僕の顔を見るなり彼は言った。「帰ってきてるというのは本当だったんだな。一緒に山へ行かないか？」

「いまからか？」外は霧で真っ白だったので、僕は尋ね返した。おそらく正午近くだったのではないかと思うけれど、何時であってもおかしくないような薄明かりだった。

「いいだろ？　見せたいものがあるんだ」

「牛の世話は？」

「放っておくさ。死ぬわけでもあるまい」

こうして僕らは、上の湖へと続く小道をたどりながら斜面を登っていった。ブルーノはゴム製の長靴を履き、腿のあたりまで堆肥で汚れていた。ここに来る直前、霧のせいで肥溜めに落ちた牛を引っ張り出すために、自分も腿まで浸かったのだと言って、笑った。彼が速足でずんずん進むので、僕はついていくのに必死だった。犬が蝮に咬まれてね、とブルーノは別の話を始めた。喉がひりひりするらしく、何度も給水場に行って水を飲んでるから、変だなと思って調べたら、腫れあがった腹に、蝮の毒牙の跡が見つかったんだ。見るも哀れな恰好で体を引きずってるものだから、ラーラがラバの背に乗せて、医者へ連れていこうとした。するとお袋が、好きなだけ牛乳を飲ませれば元気になるって教えてくれた。水も食べ物も与えずに、牛乳だけ飲ませろってね。そうしたら本当に持ちなおして、いまは少しずつ元気を回復してるよ。

「動物を相手にしてると、新しい発見が尽きないね」ブルーノはそう言った。そして頭をふると、またしても僕を疲労困憊させるペースで歩きはじめた。上の湖に着くまで、牛や牛乳、堆肥や牧草のことなどをのべつ幕なしに喋っていた。僕がいないあいだに起こった様々なことを逐一報告したかったのだ。彼は近い将来、兎や雌鶏も牧場で飼おうと思っているけれど、あのあたりには狐がうろついているから、頑丈な囲いを設置しなければならないとも言った。それに鷲もいる。意外に思うかもしれないけど、家禽類にとって、鷲は狐よりも残忍な敵なんだ。

トリノとミラノでの僕の用事がうまく片付いたかどうかは尋ねなかった。八月のあいだ僕がなにをしていたか、彼は知ろうともしなかった。狐や鷲や兎や雌鶏のことばかり話し、いつものごとく、都会なんてこの世に存在しないかのように、僕にはここから遠く離れた場所に別の人生があることに気づいていないかのように振る舞うのだった。僕らの友情はあの山奥を住み処としていて、都会での出来事の介入を許さなかった。

「牧場はうまくいってるのか?」小さな湖のほとりに着くと、乱れた息を整えながら僕は尋ねた。

ブルーノは肩をすくめた。「順調だよ」

「収支はどうなんだい?」

彼は渋面をつくり、面倒な話題を持ち出して一日を台無しにしやがってとでも言いたげに、僕を見た。それから、こう言った。「会計はラーラに任せてある。最初のうちは俺がやってたんだけど、どうも向いてないらしい」

深い霧を縫って僕らはガレ場を登っていった。そのあたりは登山道もなかったので、互いに思い思いの場所を歩いていた。積み石《ケルン》を目じるしに登ろうにも、視界が悪すぎて間もなく見失った。そこで、勾配の状態や勘、石の並び具合から感じられるルートを頼りに登っていった。ほとんど手探りの状態で、ときおりブルーノの足もとで崩れる石の音が、上方から、あるいは下方から聞こえてくるだけだった。僕は、かろうじて見分けられる彼の影を追いながら歩いていた。二人のあいだがあまりに離れてしまうと、どちらからともなく「おーい」と呼びかけ、もう一方が「おー」と返す。そうやって、濃霧のなかの二艘の舟のように針路を修正し合った。

そのうちに、明るさが変化したことに僕は気づいた。目の前の岩に影が差している。視線をあげると、しだいに稀薄になる湿気を含んだ空気のなかに、青い色調が感じられた。さらに何歩か進んだところ、僕は霧の外に出ていた。いきなり見通しが利くようになったかと思うと、陽射しがさんさんと降りそそぎ、頭上には九月の澄んだ空、足もとには白い雲の塊があった。標高二千五百メートルを優に越えていた。その高さまでそびえる峰々はそれほど多くなかったが、雲海に沈んだ稜線が、ところどころ列島のように頭を突き出していた。

どうやら僕らは、グレノンの頂上に出るルートから逸れてしまったらしかった。少なくとも通常の登山道ではなかった。ガレ場を横切って鞍部まで戻ることもできたが、そうはせずに、頭上の尾根に出て、そこから登頂を目指そうと考えた。さほど困難なルートでもなさそうだ。登りながら、僕はそれが完全なる初登攀で、山岳協会の記録に、登攀者の名前とともに記されるのではあるまいかと夢想した。「グレノンの北西尾根、初の単独登攀。二〇〇八年ピエトロ・グアスティ」と。ところが、少し先に行ったところで、岩棚の上に錆びた空き缶が打ち捨てられていた。肉か、あるいはオイルサーディンだろう。昔の登山者は、山に平気でゴミを捨てていったものだ。お蔭で、そのルートも先人が踏破していたことを思い知らされた。

僕がたどった尾根と通常の登山道は、上に行くにつれて切り込みが深くなる一本の岩溝《ルンゼ》で隔てられていた。ブルーノはその岩溝《ルンゼ》伝いに登っていた。見ていると、まったく自己流の方法で切り立った斜面を登っていく。両手両足を斜面について、四つ足でよじ登るのだ。手足の置く位置を本能的に選び、一か所に体重をかけることなく素早く進む。ときおり足や手をついた場所の石が落ちることもあったが、ブルーノは構わず先へ進んでいて、落ちた石は、彼が通過したことを記録するかのように、小さな土砂崩れを起こすのだった。まさに野生人《オモ・セルヴァゾ》だ、と僕は思った。ひと足早く頂上に到達していた僕は、彼の生み出した独自のスタイルを、驚嘆とともに山頂から眺めていた。

「そんな登り方、誰に教わったんだ？」僕は尋ねた。

「カモシカを真似たのさ。前にカモシカを観察していたときに思ったんだ。今度、俺もやってみようってね」

「登りやすい？」

「さあ、どうかな。もう少し改良の余地はあると思う」

「雲の上に出られることは、登る前からわかってたのか？」

「出られればいいなとは思ってた」

僕らは積み石《ケルン》を背にして座った。そこは以前、僕が一人で来たときに父の書き込みを見つけた場所だ。澄んだ陽射しが岩肌のあらゆる突起や窪みを際立たせていると同時に、ブルーノの顔にもおなじ効果をもたらしていた。眼のまわりにはこれまでになかった皺が寄り、頬骨の下には陰が生じ、見憶えのない窪みまであった。高原牧場の一年目の夏は、彼にとってかなり過酷だったにちがいない。

僕はよい機会だと思い、旅のことをブルーノに話した。少なくとも一年はむこうに滞在できるだけの資金がミラノで集まったと伝えたのだ。僕はネパールの各州をまわり、山の民の暮らしぶりを記録したかった。ヒマラヤの渓谷には、それぞれ異なる風習を持ついくつもの山岳民族が生活していた。モンスーンの季節が終わる十月に出発する予定でいた。資金は十分とは言えなかったが、むこうで仕事をしている人との伝手《つて》はたくさんあるから、なにかと助けてもらえるだろうし、泊まる場所も提供してもらえるはずだった。トリノのアパートを引き払ったことも話した。だから、もうトリノには僕の家はなく、とくに必要だとも思っていない。ネパールでの仕事が軌道に乗れば、予定よりも長く滞在できるだろう……。

ブルーノは黙って聞いていた。僕が話しおえると、言外に含まれている意味についてしばらく考えているようだった。やがてモンテ・ローザの山脈《やまなみ》を見つめながら言った。「おまえの親父さんと山に登ったときのことを憶えてるか？」

「憶えてるとも」

「俺は、ときどきあのときのことを考えるんだ。あの日に見た氷は、谷底まで行き着いたと思うか？」

「いや、まだだろう。きっとまだ旅の途中じゃないのか？」

「俺もそう思う」

それから尋ねた。「ヒマラヤの山は、ここに少し似てるのか？」

「いいや」と僕は答えた。「全然似ていない」

なぜ似ていないのか言葉で説明するのは難しかったが、僕はなんとか彼に伝えたくて、こう言い添えた。「ローマやアテネに、巨大な建造物の遺跡があるだろう。円柱がかろうじて何本か残っていて、あとは崩れた壁の石が地面に散らばっているだけの古代の神殿だとかね。ヒマラヤは、喩えるならばそんな神殿の当時のままの姿なんだ。生まれてこの方、廃墟しか見たことがなかったけれど、ようやくその全体像を目にしたような、そんな感覚だ」

僕は、すぐさま自分の持ち出した比喩を後悔した。ブルーノは押し黙り、雲の上にある氷河を凝視していた。僕はそれを見ながら、これから先、何か月ものあいだ、瓦礫の山の守り番のような彼のその姿を思い出すのだろうと思った。

やがて彼は立ちあがって言った。「搾乳の時間だ。おまえも一緒に下りるかい？」

「僕はもう少しここにいる」

「それがいい。下に戻りたい奴なんていないさ」

ブルーノは、登ってきた岩溝《ルンゼ》を伝い、岩のあいだへと消えていった。数分後、百メートルほど下の地点にふたたび姿を現わした。そこから北へ移動したところに、氷舌が伸びている。彼は、ガレ場を横切って氷舌のほうに歩いていき、いちばん高い地点に立つと、足で雪の感触を確かめていた。それから僕のほうを仰ぎ見るなり、手をふった。僕も、遠くからでもよく見えるように大きく手をふって応えた。雪はしっかりと凍っていたらしく、ブルーノは氷舌の上に乗ると、勢いよく滑りはじめた。股をひらき加減にして、作業用のゴム長をスキー靴代わりに、両腕で宙を掻いてバランスをとりながら。そして次の瞬間、霧に呑み込まれた。

十一

アニータが生まれたのは、山の民にふさわしく秋だった。

その年、僕はグラーナにはいなかった。ネパールで非政府組織《NGO》とかかわるようになり、いくつかの団体と一緒に仕事をしていたのだ。NGOが学校や病院を建設したり、農業や女性の仕事に関するプロジェクトを始動させたり、場合によってはチベットからの避難民を受け容れるキャンプを設営したりしている村に一緒に入り、記録映像を撮っていた。納得のいかないこともなかにはあった。カトマンズの活動家は、キャリア官僚となんら変わらなかった。それでも、山へ行けばいろいろな人と出会えた。昔ながらのヒッピーから、各国のシビル・サービスの学生やボランティアの医師、遠征の合間に石積み職人をしているという登山家までいた。彼らもまた、野心や功名心と完全に無縁とは言えなかったけれども、それぞれに理想をしっかり持っていた。僕は理想主義者と一緒にいるのが嫌いではなかった。

六月、僕はチベットとの国境沿いにあるムスタンにいた。一帯は乾燥した高原で、赤茶けた岩場に白い家がへばりついていた。そこへ母からの手紙が舞い込んだ。このあいだグラーナ村へ行ったら、ラーラが五か月の身重だとわかったと知らせてきたのだ。母は自分の出番だと思ったらしい。夏のあいだ、医療報告書を思わせる手紙をたびたび送ってきた。六月、ラーラは放牧をしている最中に足首を捻挫し、何日も足を引きずって歩いていた。七月、あんな色白の柔肌で干し草を刈っていたものだから、日射病にかかって熱を出した。八月、足がむくんで腰に痛みもあるというのに、相変わらず一週間に二回、ラバを曳いてチーズを村まで運んでいる。母が仕事を休むように命じても、ラーラは言うことを聞かなかった。ブルーノが代わりの人を雇おうと提案しても、彼女は、牛だってみんな妊娠してるのに、不平も言わずに毎日を送っている、いつも穏やかな牛を見ていると自分も心が安らぐのだと言って、受けつけなかった。

僕はそのころ、カトマンズにいた。モンスーンの盛りの季節で、毎日、午後になると叩きつけるような雨が街を襲った。すると、街路にあふれていたおびただしい数のバイクや自転車の動きが止まり、野良犬の群れは軒下に避難し、道路は泥水とゴミの濁流に乗っ取られ、僕は街角の公衆電話コーナーで雨宿りしながら、おんぼろのパソコンでニュースやメールに目を通すのだった。母の行動力に僕は驚いた。あんな高地で初産に臨もうとしているラーラも驚嘆に値するが、七十にもなって徒歩で山を登り、ラーラの様子を見にいくだけでなく、月に一度は病院への検診にも付き添う母も、負けてはいなかった。八月の超音波検査で女の子だということがわかった。その後もラーラは牛の群れを連れて草原まで歩き、木陰に座って眺めているのがやっとなほどに大きく迫り出したお腹で、放牧を続けていた。

そうして九月の最終日曜日、きれいにブラッシングされた艶やかな毛並みに、飾りたてた革の首輪と祝祭用の鐘をつけた牛たちは、季節の終わりを告げる荘厳な行列をなして山を下りた。ブルーノは越冬のために借りた家畜小屋に牛を入れてやった。それが済むと、あとは待つだけだ。おそらく山の民ならではの計算をしていたのだろう。それから数日後にラーラは出産した。それもまた、季節労働のひとつであるかのように。

母から報せが届いたとき、どこにいたのか僕はよく憶えている。ドルポ地方の低地にある湖のほとりにいた。アルプスの湖に驚くほど似た風情で、周囲は唐檜の森に囲まれ、そこここに仏塔が点在していた。僕はカトマンズで知り合った女性と一緒だった。彼女は首都の児童養護施設で働いていたのだけれど、そのときは休暇をとって、二人で山に登っていた。標高三千五百メートルの地点の山小屋にはストーブもなく、壁も、木の板を張り合わせて青のペンキで塗っただけの簡素なものだった。僕たちは寝袋を二つつなぎ合わせ、身を寄せ合って眠った。彼女が眠っているあいだ、僕は窓から満天の星と唐檜の樹冠を眺めていた。やがて月が昇りはじめた。僕は、父親になった友、ブルーノのことを思いながら、いつまでも寝つけずにいた。

二〇一〇年に久しぶりに帰国すると、イタリアは醜怪なまでの経済危機に沈んでいた。ミラノの空港は一部が閉鎖され、数キロにおよぶ滑走路には航空機が四機しかなかったし、もぬけの殻の展示場では、オートクチュールのブランドのショーウインドーがむなしくきらめいていた。都心へと向かう、震えあがりそうなほど冷房を効かせた七月の夜の電車の窓からは、更地や工事中の現場、アームを高々と掲げたままのクレーン、奇抜な輪郭で視界を遮る超高層ビル群などがそこかしこで目についた。もはや金を使い果たしたと各紙が書き立てているというのに、なぜミラノでもトリノでも黄金時代を思わせる建築熱が目につくのか、僕には理解できなかった。昔馴染みを訪ねて歩くのは、まるで病院の大部屋をまわるようなものだった。かつて僕自身が一緒に仕事をしたことのある制作会社も、広告代理店も、テレビ局も、倒産して事務所を閉めていた。昔の仲間の大半が所在なげにソファーに座っていた。四十近くにもなって、単発のアルバイトで日銭を稼ぐしかなく、年金暮らしの親の脛をかじっていたのだ。外を見てごらんよ。そんな仲間の一人がぼやいた。そこらじゅうに高層ビルがつぎつぎと建っているだろう。俺たちが手にするはずだった金を横取りしてるのは誰なんだ？　どこへ行っても、この手の落胆と憤慨や、世代間格差への不満が蔓延していた。僕にしてみれば、チベットへ戻る航空券をポケットに忍ばせていることが、せめてもの救いだった。

数日後、僕は山へ向かうバスに乗った。渓谷の入り口で別のバスに乗り換え、昔、母と公衆電話をかけに通ったバールの前で降りた。もっとも、僕らが使っていた赤の電話ボックスは、ずいぶん前に撤去されていた。あのころとおなじように、僕は山道を歩いて登った。つづら折りの舗装道路を突っ切ってまっすぐ登る古いラバ道も、少し行くと茨や落ち葉に呑み込まれてしまい、僕は道をたどるというより、記憶を頼りに森に分け入った。森が途切れたところで、塔の廃墟の脇に、携帯電話の電波塔が建っているのが目についた。V字谷を見下ろすと、コンクリートの砂防堰堤が沢の流れを遮断している。その人工的な貯水槽は、雪融け水が運んできた泥をいっぱいに溜め込んでいた。一台のショベルカーが、水底から泥を掘り出しては岸にぶちまけ、子どものころにブルーノが牛を放牧していた草原を、キャタピラーの跡と水を大量に含んだ土砂とでめちゃくちゃにしていた。

グラーナ村を通りすぎると、いつものことながら、僕は身体に染みついた毒をすべて下界に置いてきたような気がした。ちょうど、アンナプルナの聖なる渓谷に足を踏み入れるときのように。もっとも、このあたりには宗教的な戒律があるわけではない。単なる忘却から、あらゆるものが手つかずの状態に放置されていた。子どものころ、僕とブルーノが「製材所」と呼んでいた空き地に出くわした。そこには、いつの時代のものか定かではないけれど、建築用の木材を伐り出すための二本のレールとトロッコが放置されていたのだ。その隣は、伐り出した木材を高地へ運び出すロープウェイの発着所になっていたらしく、唐松の木のまわりに鋼のケーブルが巻きつけられていたが、そのまま樹皮に覆われつつあった。僕が幼少期を過ごした山には商業的な価値がなく、忘れ去られたのだろう。まあ、山にとっては幸いだったのかもしれない。僕は歩みを緩めた。ネパールの歩荷たちが、標高の高い地点まで行くといつも、歩みを緩めろ《ビスターレ》、歩みを緩めろ《ビスターレ》とつぶやいていたのを思い出したからだ。時間があまりに早く過ぎていくのが惜しかった。山に戻ってくるたびに、ありのままの自分でいられる場所へ、僕が僕でいられる場所へ帰ってきた気がして、心が落ち着くのだった。

　高原牧場では、昼食の支度をして待っていてくれた。ブルーノとラーラ、牧草地の真ん中にひろげた敷物の上で遊ぶ、一歳にもならない小さなアニータ、そして、そんなアニータから片時も目を離さない母。僕の姿をみとめるなり母は言った。「ピエトロおじさんが来たわよ！　アニータ、ほら！」そして彼女を抱きあげると、仲良くなれるように僕のところへ連れてきた。アニータは、最初は疑るような目つきで僕をじっと見ていたけれど、鬚に興味を持ったらしく、つかんで引っ張った。そして僕には理解できない声を発しながら、その新しい発見に笑った。僕がネパールに出発するときに、行ってくるよと告げたときの母はいかにも老婆然としていたのに、いまや見違えたように若返っていた。母だけでなく、牧場全体が僕の記憶よりもはるかに活気に満ちたものとなっていた。雌鶏に兎、ラバ、乳牛、犬でにぎわい、竈の上ではポレンタとシチューがぐつぐつと音を立て、戸外では皿の並んだ食卓がみんなを待っていた。

ブルーノは再会がさぞ嬉しかったらしく、僕を抱擁した。そんなふうに挨拶する習慣を僕らは持ち合わせていなかったので、抱擁されているあいだ僕は、彼になにか変化が生じたのだろうかと考えていた。抱擁を解かれると、僕は彼の顔をまじまじと見つめ、皺や白髪、加齢による輪郭のたるみなどを探した。彼もきっと僕の顔におなじような徴候を探しているにちがいないと思いながら。僕らは昔と変わらぬ僕らなのだろうか。ブルーノは僕を主賓席に座らせ、ワインを注いでくれた。帰郷を祝うために、四つのグラスに赤ワインがなみなみと注がれた。

僕はワインも肉もしばらく口にしていなかったので、ほどなくその両方に酔いしれ、とめどなく喋りだした。ラーラと母は、交替で席を立ってアニータの様子を見にいった。やがて赤ん坊は眠くなったらしく、二人のあいだで合図が交わされたのか、あるいは暗黙の了解があったのか、母がアニータを抱きあげ、あやしながらどこかへ行ってしまった。僕はお土産に、ティーポットとカップ、黒茶のティーバッグを持ってきていたので、食事のあと、バターと塩を加えたチベット茶を淹れることにした。ただしブルーノの牧場のバターは、ヤクのバターとはちがって特有の臭みも酸味もなかった。僕は材料を攪拌しながら、チベットではあらゆる用途でバターが用いられるのだと話した。ランプの燃料にもなるし、整髪料として女性が髪に塗ることもあるし、鳥葬の際、砕いた骨を捏ねるのにも用いられるんだ……。

「鳥葬？」とブルーノが訊き返した。

そこで僕は、チベットの山岳地帯では遺体を燃やすのに十分な薪が確保できないものだから、人が死ぬと、遺体の皮を剝いで丘の上に晒し、禿鷲に食べさせる風習があるのだと説明した。数日して丘に戻ると、骨だけになっている。頭蓋骨や身体の骨を拾って細かく砕き、バターと小麦粉で練り合わせる。すると、それも鳥が食べてくれるのだ。

「なんておぞましい」とつぶやくラーラに、ブルーノが反論した。

「どうしてだ？」

「考えてもみてよ。地面に横たえられた亡骸を禿鷲が少しずつ引きちぎってむさぼるだなんて」

「そうは言うけど、地中に掘った穴で起こっていることも大差ないんじゃないのか」と僕は言った。

「どのみち、なにかに食われることに変わりはない」

「でも、少なくともその過程は目に見えないでしょ」

「俺は憧れるな」ブルーノが口を挿んだ。「鳥の餌になるなんて」

もっとも、さすがのブルーノもバター茶には閉口したらしく、自分のカップだけでなく、僕たちのカップに残っていたお茶まで捨ててしまい、代わりに大瓶からグラッパを注いだ。その時点ですでに、僕たちは三人ともほろ酔い加減だった。ブルーノは、ラーラの肩に腕をまわすと言った。

「で、ヒマラヤの女はどうなんだ？　アルプスの女みたいな美女は見つかったのか？」

僕は覚えず深刻な表情になり、答えにならない言葉をつぶやいた。

「まさか、仏僧にでもなるつもりじゃないだろうな」ブルーノがからかった。一方のラーラは、僕のつぶやきに込められた意味を汲み取ったらしく、僕の代わりに答えた。「そうじゃなくて、そばにいてくれる女性《ひと》がいるみたいよ」するとブルーノは確かめるように僕の顔を見て、それが事実だとわかると相好を崩した。僕は反射的に目で母の姿を探し、話し声が届かないくらい遠くにいることを確認した。

しばらくして僕は、唐松の古木の陰へ寝そべりに行った。牧場の上手《かみて》の草地を見下ろす孤高の木だ。腕枕をして横になり、薄く開けた目で、枝のあいだからのぞくグレノンの頂と稜線を眺めながら、忍びよる睡魔に身を任せていた。その景色を見るたびに、僕は父を思い出すのだった。僕がいまこうして時間を共有している風変わりな家族の土台は、父が知らず知らずのうちに築いたものだった。こうして僕たちがみんなで集まって昼食を共にしているのを見たら、父はなんと言うだろうか。自分の妻と息子、もう一人の山の息子と若い女性、そしてその娘。もし僕らが兄弟だとしたら、間違いなくブルーノのほうが長男だと僕は思った。築くのはいつだって彼なのだ。家を築き、家庭を築き、牧場を築く。土地を所有し、家畜を飼い、子孫を繁栄させる長兄。かたや僕は、もっぱら浪費をする次男坊だった。身を固めることもなく、子どももつくらず、何か月も連絡をしないまま世界を放浪し、祝祭日の、しかも正餐の真っ最中にふらりと戻ってくる。あのころ、こんな未来が待っているなんて誰も予想しなかったよな、父さん……。酔った頭に浮かぶそんな幻影とともに、僕は陽光のもとで眠りに落ちた。

その夏、僕は二週間をブルーノ一家と共に過ごした。それは、自分が来訪者であることを忘れるほど長い期間ではなかったけれども、なにもできずに終わってしまうほど短い期間でもなかった。山奥のバルマの家には、留守にしていた二年間が、単に「跡」と呼ぶには大きすぎる影響を与えていて、それを見た僕は、放っておいてごめんなと思わず声に出して謝りたくなった。周囲には雑草がはびこり、屋根板は何枚か反り返って剝がれていた。家を留守にする際に、壁面から飛び出していた排煙管を外し忘れたため、雪の重みで割れてしまい、家のなかにまで被害をもたらしていた。あと数年も放置すれば、この家は確実に山に奪い返されて、ふたたびもとの石の山に還ってしまうだろう。そこで僕は、その二週間を利用して家の修繕をし、次の出発に備えることにした。

ブルーノとラーラと一緒に過ごすうち、僕の留守中に亀裂の入ったものは、バルマの家だけでないことがわかってきた。母が山の家へ戻り、アニータも寝てしまうと、幸せいっぱいの牧場が赤字を抱えた会社へと早変わりし、僕の二人の友は諍いの絶えない共同経営者となった。ラーラは口をひらくたびに文句を言った。トーマ・チーズの収入は月々のローンの利息にも満たないの。お金は右から左へと消えてしまって、私たちの手元には一銭も残らず、銀行からの借金だってちっとも減らない。それでも夏のあいだは、高原牧場で生活しているかぎり、ほぼ自給自足の生活ができるけれど、問題は冬よ。家畜小屋の賃貸料も払わないといけないし、ほかにも出費が嵩むから、生活なんてできやしない。それで結局、新たな借金に頼るほかなかったの。借金を返すために、借金をするってわけ。

その夏ラーラは、チーズの流通過程をひとつ省くことにした。数年前に僕も会ったことのある卸しの業者を通さずに、小売商を直接まわって売り歩くのだ。ただし、それは彼女の仕事量が極端に増えることを意味した。一週間に二回、グラーナ村にいる僕の母にアニータを預けて車で各商店をまわり、チーズを納入する。そのあいだ、ブルーノは一人で牧場を切り盛りしなければならなかった。本来ならば人を雇うべきところだが、それでは本末転倒になってしまう。

彼女がそういった話を始めると、ブルーノはたちまち息づかいを荒くするのだった。ある晩、彼は言った。「いいかげん、その話はやめてくれないか。滅多に会えないピエトロがせっかく帰ってきたというのに、金の話ばかり聞かせるつもりか？」

するとラーラも憤慨した。「だったら、なんの話をすればいいわけ？　ヤクの話？　そうだわ、ピエトロ。ヤクの飼育場を新しく始めるっていうのはどうかしら」

「それはいい考えだな」ブルーノが言った。

「聞いた？」ラーラは僕に言った。「この人ったら、山の上に住んでるものだから、私たちみたいに、限りある命を持った俗人の悩みはわからないのよ」そして、彼に向きなおると続けた。「でもね、こんな厄介な状況を招いたのはあなた自身なのよ」

「そのとおり。俺の借金なんだから、おまえがそんなに気に病む必要はないさ」

その言葉を聞いたラーラは、憤りを湛えた目でブルーノを見据えると、やにわに立ちあがり、別の部屋へ行ってしまった。ブルーノは、きつい言葉を口にしたことを瞬時に後悔した。

「彼女の言うとおりさ」二人きりになると、彼は言った。「でも、だからどうしろって言うんだ？仕事はこれ以上増やせないし、金のことばかり考えてたって問題が解決するわけじゃない。だったら、なにか楽しいことを考えたほうがいいだろう？」

「いくら入り用なんだ？」僕は尋ねた。

「訊かないでくれ。言ったら仰天するような額だ」

「仕事を手伝おうか？　放牧の季節が終わるまで、僕もここで働くよ」

「いいや、断る」

「バイト料は要らない。喜んで手伝う」

「いいったら」ブルーノは取りつく島もなかった。

それから僕の発つ日まで、誰もその話題には触れなかった。腹を立て、不安に駆られ、子どもの世話に追われたラーラは、一人でいることが多かった。ブルーノはなにごともなかったふりをしていた。僕は家の修繕に必要な材料を運ぶために、グラーナ村とバルマのあいだを行ったり来たりしていた。壊れた壁をセメントで補強し、排煙管の孔を塞ぎ、家のまわりの草むしりをした。剝がれた屋根材とおなじ大きさに唐松を切ってもらい、屋根に上って張りなおしているところへ、ブルーノがやってきた。たぶん二人で山登りをしたかったのだと思う。ところが、屋根の上にいる僕を見て考えを変えたらしく、彼も上ってきた。

それは六年前に一緒にした仕事だったので、僕らはたちどころに、あのころの息の合ったリズムを見出した。ブルーノが古い板から釘を抜き、僕はその板を地面に放る。次いで、僕が新しい板を動かないように押さえ、ブルーノはそれを釘で打ちつけた。言葉を交わす必要はなかった。あの夏が一時間だけよみがえったようだった。人生の方向もまだ定まっておらず、石壁を積むとか、梁を持ちあげるといった目先の仕事以外は、なにも問題がなかったころの僕ら……。残念なことに、そんな時間はあっという間に終わりを告げた。最終的に屋根は新品同然となり、僕は、冷たい水に浸しておいたビールを二本取りに、泉へ行った。

僕はその日の朝、吹きすさぶ風のせいでぼろぼろに色褪せた祈禱旗を下ろし、ストーブで燃やした。その代わりに新しい祈禱旗を掲げたのだけれども、今度は二本の木のあいだではなく、天然の岩壁から家の角へ、斜めに張ってみた。ネパールでよく見かけた仏塔を真似たのだ。すると、ちょうど父に捧げた碑文の上で旗が風にはためいた。さながら父を祝福するかのように。上に戻ると、ブルーノが旗を眺めていた。

「あの布にはなんて書いてあるんだ？」

「幸運や繁栄、平和や調和を希《こいねが》う祈りの言葉だ」

「信じてるのか？」

「なにを？　幸運か？」

「いいや、祈りの言葉をだよ」

「わからない。だけど唱えていると心が穏やかになることは確かだ。それで十分だと思わないか？」

「たしかにそうかもしれない」

僕は、かつて植えた幸運をもたらす木のことを思い出し、様子を見たくて周囲を見まわした。小さな這松は、まだそこに立っていた。植えたときと同様、か細く捻じれていたものの、生きていた。もはや七度目の冬を迎えようとしていた。這松もまた風に揺られてはいたが、平和や調和を祈願しているのではなく、どちらかというと意固地さを体現していた。生への執着。そうした執着はネパールでは美徳とされないけれど、ここアルプスでは美徳のひとつかもしれないと僕は考えた。

ビールの栓を開けると、一本をブルーノに渡した。

「で、父親っていうのはどんな感覚だ？」

「どんな感覚かって？」ブルーノは訊き返した。「俺が知りたいくらいだ」

それから空を仰ぎ見ると、つけくわえた。「いまのところは他愛ないよ。腕に抱いて、撫でてやればそれでいい。仔兎や仔猫と変わらない。それなら俺にだってできる。昔からしてきたことだしな。厄介なのは、子どもになにか語って聞かせなければいけなくなったときだ」

「どうして？」

「うまく言えないが、俺は生まれてこの方、ここしか知らない」

「ここ」と言いながら、ブルーノは手で、目の前にひろがる森や湖、草原や岩場を指し示した。彼がこれまで山から離れたことがあるのか、あるとしてどれくらい離れていたのか、僕は知らなかったし、あえて尋ねようとも思わなかった。彼の自尊心を傷つけたくなかったし、また、たとえどんな答えが返ってこようと、なにも変わらない気がしたからでもある。

ブルーノは言った。「俺にできるのは、牛の乳を搾り、チーズを作り、木を伐り、家を建てることだ。空腹で死にそうだったら、獣を仕留めて食うことだってできる。幼いころからそんなことばかり教わってきた。どうやったら父親になれるかなんて、誰も教えてくれなかったよ。もとより親父にもな。最後には、親父の呪縛から逃れるために、殴り合いになったんだ。話したよな？」

「いいや」

「つまりはそういうことだ。俺は建築現場で一日じゅう働きづめで、親父より力もあった。おそらく親父にとっては相当のダメージだったと思う。以来、一度も会ってない。考えてみれば、親父も哀れな男だよ」

ブルーノはふたたび空を仰いだ。祈禱旗をはためかせているのとおなじ風が、雲を稜線のむこうへとたなびかせる。やがて言った。「だから、アニータが女に生まれてくれたことを感謝してるんだ。女だったら、思いっきり愛情を注いでやればそれでいい」

僕は、それほどまでに打ちひしがれたブルーノを見たことがなかった。物事は、なにひとつ彼が期待したようには運んでいなかった。子どもの時分、ときおりブルーノが、決定的で回復不能と思われる深い落胆にはまり込んで一日じゅう口を利かなくなったときとおなじように、僕は自分の無力さを痛感した。幼馴染みならではの、彼を元気づけられる秘策をなにか知っていたらよかったのに……。

ブルーノが帰りかけたとき、僕は八つの山の話を思い出した。あの話なら、ブルーノの心を打つにちがいない。僕は、鶏を運んでいた老人の一語一句、仕草の一つひとつを正確に思い出そうとした。それから、釘の先端を使って屋根板に曼荼羅の図を描いた。

「つまり、おまえは八つの山をめぐっていて、俺は須弥山《スメール》を極めてるってわけか?」僕が話しおえると、ブルーノが尋ねた。

「どうやらそうらしい」

「偉業を達成できるのは二人のうちどっちだ?」

「おまえのほうさ」僕はそう答えた。彼を勇気づけたかったからだけでなく、心底そう信じていた。おそらく、彼もわかっていたはずだ。

ブルーノは押し黙ったまま、僕の描いた図をもう一度眺めて記憶に刻みつけた。それから僕の肩をぽんと叩くと、屋根から飛びおりた。

とくに意図してのことではなかったが、いつしか僕も、ネパールで子ども相手の仕事をするようになった。といっても山岳地帯ではなく、カトマンズの郊外でだ。山裾に沿ってぐるりとひろがった郊外は、いまや世界の各地で見られるバラック街と変わらぬ様相を呈していた。僕が世話をしていたのは、都会で幸運をつかもうと山を下りた人々の子どもだった。片親のいない子や、なかには二親をともに亡くした子もいたが、たいていは父親か母親がバラック街に住んでいた。親が蟻の巣を思わせる集合住宅の一室で奴隷のように働いているあいだ、子どもたちは路上に放ったらかしにされるのだ。そんな環境で育った子どもたちにとっては、山なんて存在しないも同然だった。カトマンズでは、物乞いをする子や、密売に手を染める子どもギャング、ゴミの山を漁るみすぼらしい少年たちが、寺院に棲みついた猿や野良犬と同様、都会の風物と化していた。

そういった子どもたちを支援する団体がいくつかあり、そのうちのひとつで、当時付き合っていた彼女が働いていた。街角でさまざまな惨状を目にし、彼女からも話を聞かされるうちに、自然の成り行きとして僕も手伝うようになっていた。この世界の片隅に自分の居場所を見つけるときというのは、案外、想定内の形で起こるものなのかもしれない。あちこちさまよい歩いたあげく、僕は山裾にひろがる大都会で、実質的に母とおなじ仕事をしている女性と暮らすことになったのだから。そうして少しでも時間ができると、彼女と一緒に山に逃げ込み、都会では奪われる一方の精気を養っていた。

山道を歩きながら、僕はよくブルーノのことを考えた。森や川よりも、少年たちの姿が彼を連想させた。あれくらいの年頃だったブルーノに思いを馳せる。もはや限界寸前の村の、かろうじて残った集落に生まれ、資材置き場となった小学校や廃屋で一人遊びをしながら大人になった少年。彼のような資質を持った者ならば、ネパールですべきことはたくさんあるはずだ。僕たちは教科書を使って英語や算数を教えていたけれども、山から移り住んできた子どもたちには、畑の耕し方や家畜小屋の建て方、山羊の飼い方などを教えるほうが重要なのかもしれない。僕は、瀕死の山からブルーノを連れ出し、ネパールまで引きずってきて、新しい世代の山の民を共に育成するという夢想に耽ることがあった。世界のそのあたりでならば、僕らは一緒になにか壮大なことを成し遂げられるにちがいない。

それでいて、僕ら二人だけでは何年ものあいだ連絡を取り合おうとしないのだ。まるで僕らの友情は、放置していても決して揺るがないとでもいうように。間に入って互いの近況を知らせてくれたのは、無口な男たちの扱いに慣れていた母だった。母はおもにアニータの様子を知らせてよこした。性格がしだいにはっきりしてきたことや、怖いもの知らずの野生児としての成長ぶり。目のなかに入れても痛くないほどアニータを可愛がっていた母は、ますます危機的になるブルーノとラーラの関係を懸念していた。二人はそれでなくとも働きづめだったのに、さらに仕事を増やすようなことばかりしていた。そのために、夏のあいだはしょっちゅう母がアニータをグラーナ村で預かり、せめて二人が子どもの面倒をみずに済むようにしていた。借金の件で憤るラーラに対し、ブルーノはだんまりを決め込み、ひたすら仕事に打ち込んでいた。文面からは、母がなにを危惧しているのか明らかではなかったけれども、行間に込められた不安を読みとるのはさほど難しくなかった。母にも僕にも、二人の行き着く先が見えていたのだ。

そんな状態は長くは続かなかった。二〇一三年の秋、ブルーノはついに破産を宣告し、会社を畳んで、高原牧場の鍵を司法書士に渡した。ラーラは娘を連れて実家に帰った。もっとも母に言わせると、この二つのことが起こった順序は逆らしかった。まずラーラがブルーノとの別れを決意したために、ブルーノが観念し、破産を受け容れたらしい。もうどうでもよくなったのだ。一連の顚末を伝える母の手紙からは、悲しみだけでなく憂いも感じられた。母は、ブルーノの身になにか起こるのではないかと惧れていた。「彼はすべてを失ったわ。そして、独りぼっちになってしまった。あなたなら、なにかしてあげられるんじゃないかしら？」

僕は手紙を二度読むと、ネパールでは一度もとったことのない行動に出た。パソコンの前から立ちあがり、電話をかけたいのだけれどと言ったのだ。それからボックスに入り、まずイタリアの国番号、次にブルーノの家の番号をダイヤルした。カトマンズの公衆電話室は、いつ訪れても時間を持て余した人でいっぱいだった。米とレンズマメの食事をかきこむ店主を、かたわらで老人がじっと見つめている。二人の少年は、僕のやることなすことに興味津々らしく、電話ボックスのなかをのぞいていた。呼び出し音が五、六回むなしく響き、僕はブルーノが電話に出ないのではないかと思いはじめていた。彼のことだから、電話機を森に捨ててしまい、誰とも連絡をとらないと決めたのかもしれない。そのとき、がちゃんという音とともに遠くから雑音がしたかと思うと、困惑した声で「もしもし」と言うのが聞こえた。

「ブルーノ！」僕は思わず叫んでいた。「ピエトロだ！」

僕がイタリア語で叫んだものだから、のぞいていた少年たちはげらげら笑った。僕は受話器を耳に押しつけた。国際電話特有の時間のずれと彼の戸惑いとが相俟って、微妙な間があった。それからブルーノの返事が聞こえた。「ああ。おまえの声が聞きたかった」

彼はラーラとのあいだに起こったことについては話そうとしなかった。どのみち、僕はだいたいの想像がついていた。彼の体調と、これからどうするつもりなのかだけ尋ねた。

ブルーノは言った。「元気でやってるよ。まあ、いくらか疲れてはいるけれど。牧場をとりあげられたんだ。聞いたか？」

「ああ。それで、牛たちはどうした？」

「手放したよ」

「アニータは？」

「ラーラと一緒に、彼女の実家にいる。スペースならたっぷりあるからね。電話で話したけど、元気そうだった」ブルーノは言葉を続けた。「実は、頼みがある」

「どうした」

「バルマの家を使わせてもらえないか？　正直なところ、どこに住んだらいいのかよくわからなくてね」

「あの山奥で暮らすのか？」

「人に会う気になれないんだ。わかるだろ？　しばらく山に籠もろうと思う」

ブルーノはまさに「山に籠もる」と言った。カトマンズの電話機を通して聞こえてくるブルーノの声は、ものすごく奇妙だった。ひずんで嗄れた音となって響くので、違う人のような気がしていたものの、その言葉でようやく彼だという確信を得た。まちがいなく僕の幼馴染みのブルーノだ。

僕は答えた。「もちろん構わないよ。好きなだけ使ってくれ。おまえの家でもあるんだから」

「恩に着る」

僕はまだ言いたいことがあったのだけれど、どのように切り出せばいいのかわからなかった。僕らは互いに、助けを求めることにも、手を差し伸べることにも慣れていなかったのだ。それでも、思い切って尋ねてみた。「僕もそっちに行こうか？」

これまでのブルーノだったら、そんな必要はない、そこにいろ、と間髪を容れずに答えただろう。

ところが、そのときは黙っていた。ややあって返ってきたのは、彼の口からは一度も聞いたことのないような声音だった。いくらか自嘲気味に感じられると同時に、武装を解いたようにも思えた。

「ああ、来てくれたら嬉しいよ」

「だったら、少し仕事を片づけてから、そっちへ行く。いいな？」

「わかった」

それは、ある十月の夕暮れのことだった。電話ボックスから出たとき、街には夜の帳がおりはじめていた。その一帯には街灯がないために、人々は日が沈みだすと同時に家路を急ぐ。そこには、忍び寄る夜に対する畏怖のようなものが感じられた。外に残っているのは野良犬と土埃とバイクぐらいで、道の真ん中で寝そべる牛が往来を妨げ、観光客たちはレストランやホテルを目指す。あたりには晩夏の夜の気配が漂っていた。かたやグラーナ村では、まもなく冬が始まろうとしている。

僕は、グラーナでの本格的な冬をまだ一度も経験したことがないと思っていた。

十二

十一月半ばのグラーナの峡谷は、乾燥と霜で枯れ絶え、牧草地を通過した山火事が消し止められた跡ででもあるかのように、一面が黄土や砂、焼土《テッラコッタ》の色で埋めつくされていた。一方、森はまだ燃えさかっていた。山の中腹では、唐松の黄金《こがね》色とブロンズ色の炎が縦のくすんだ緑を明るく照らし、空を仰ぎ見るたびに心が浮きたった。ところが、谷間《たにあい》の村のあたりは影に支配されていた。陽射しは谷底まで届かず、足の裏に当たる地面はそこかしこに霜が降りていて硬かった。板を渡しただけの橋の上で水を飲もうとかがんだ瞬間、秋の魔法で美しい変貌を遂げた僕の沢が目に飛び込んできた。氷の滑り台やトンネルが形成され、湿った岩にはガラスの覆いができ、堰きとめられた枯れ葉が彫像をつくりあげていた。

ブルーノの高原牧場へと登っていく道々、数人の猟師に出くわした。迷彩色のジャケットを着て、首からは双眼鏡を提げていたものの、銃は持っていなかった。地元の人のようには見えなかったけれど、秋はあるいは人の顔まで変えてしまうのかもしれない。闖入者はむしろ僕のほうなのだろう。方言でなにやら言い合っていたが、僕の姿を認めるなり口をつぐみ、一瞥で僕を値踏みすると、そのまま無視して通りすぎた。少し行ったところで、僕は彼らが獣を待ち伏せていた場所を見つけた。牧草地の、夕暮れ時になると僕とブルーノがよく座っていたベンチの近くに、丸めた煙草の小箱と吸い殻が投げ捨ててあったのだ。朝早くにそのあたりまで登り、見晴らしのいい特等席から森の様子をうかがっていたにちがいない。

ブルーノは、すべてきちんと片づけたうえで牧場を出ていったらしかった。家畜小屋の入り口には閂が掛けられ、板戸が張られていたし、家の脇には割った薪が積まれ、水飲み桶は伏せて壁沿いに並べてあった。ご丁寧に堆肥まで撒いたらしく、黄色くなった牧草地で、干からびて無臭になっていた。どう見ても冬支度を終えただけの牧場としか思えず、僕はしばらくその場に立ち尽くし、最後に訪れたときの、種々の音が入り乱れ、生命の息吹きに満ちあふれた様子を思い出していた。静寂を縫って、峡谷のむかいの斜面から咆哮があがった。それまで数えるほどしか聞いたことがなかったけれども、一度聞いたら生涯忘れない鳴き声だ。さかりのついた牡の鹿が、己の力を誇示し、恋敵を威嚇するためにあげる、喉の奥から絞り出すような猛りくるった咆哮。とはいえ、繁殖期はとっくに過ぎているはずだった。もしかするとその牡は怒っていたのかもしれない。そのとき僕は、先ほどの猟師たちがなにを探して山を歩きまわっていたのか理解した。

しばらくして湖のほとりに着いたとき、似たようなことが起こった。折しもグレノンの稜線からは太陽がかろうじてのぞき、南向きの斜面のガレ場を暖めていた。けれども、斜面の下にある湖の入り江には、その時間帯になってもまだ陽射しが届いていなかった。湖面には三日月形の氷が張り、そこだけが黒っぽく輝いている。棒切れでつついてみたところ、氷は薄く、あっけなく割れた。破片をひとつ拾いあげ、目の高さに掲げて透かしてみようとした瞬間、チェンソーの音があがった。スタータを引く音が二回聞こえ、次いで刃が木に食い込む鋭い音が響く。どこから聞こえるのかと顔をあげてみると、バルマから少し上方の斜面の真ん中あたりに段丘状の土地があり、唐松が群生していた。どの木も黄金色の樹冠を誇らしげに掲げているなか、一本だけ枯れて葉の落ちた灰色の幹があった。幹の深くまで入っていくチェンソーの音が二度ばかり響きわたる。次いで木の反対側にまわるだけの沈黙を挟んで、ふたたびチェンソーの唸り声がし、しだいに音量を増していった。次の瞬間、枯れた唐松の先端が揺らいだかと思うと、ゆっくりと木が傾きはじめ、しまいには何本もの枝が折れるめりめりという大音響を立てながら、勢いよく倒れた。

「話すことなんてなにもないさ、ピエトロ。うまくいかなかった、ただそれだけだ」その晩、ブルーノは言った。そして、この件についてはこれ以上つけ足すことはないと宣言するために、肩をすくめてみせた。彼はストーブで温めなおしたコーヒーを啜りながら、五時だというのに早くも暗くなりはじめた外を見るともなしに見つめていた。水が涸れて小型の水車が動かないため、家の灯りといえば蠟燭だけだった。見ると、手をつけていない白い蠟燭の包みが二つに、トウモロコシの粉が数袋、牧場で最後につくったトーマ・チーズの残りがいくつか、そして缶詰めやジャガイモ、紙パックのワインなどの買い置きもあった。しばらくしたら山を下りようと考えている者の貯蔵庫ではない。電話で話してからのひと月あまりに、ブルーノはあれこれ必要なものを買い込んだようだった。それは彼なりの服喪でもあった。高原牧場の事業は失敗し、ラーラとの生活も破綻した。ブルーノは一連の出来事について、もはや遠い昔のことのように――時間軸においても彼の思考においても――語っていた。いや、むしろ語るのを避けていたと言ったほうが正しいかもしれない。記憶にとどめるというよりも、忘却の彼方に追いやりたがっているようだった。

その十一月の日々、僕らは薪を割って過ごした。毎朝、斜面を注意深く観察して、立ち枯れている木を探す。見つけると登っていって伐り倒し、枝を払う。ブルーノがまずチェンソーで先端を切断し、二人して何時間もかけて家まで引きずった。頑丈なロープをくくりつけ、腕の力を頼りに引っ張るのだ。古い板を何枚も枕木のように並べて、森を縦断するちょっとした滑り台もこしらえた。勾配が急で、勢い余って丸太が飛び出しそうな箇所には、枝の先端部分を敷きつめて滑り止めにした。それでも、いずれは障害物にぶつかって進まなくなる。すると、僕らが引きずり出さなければならないのだけれど、これが思いのほか重労働だった。ブルーノは丸太に向かって悪態をついた。つるはしを樵の用いる鉞《まさかり》のように操り、梃子の原理で丸太を半回転させようと、こちら側を試し、あちら側を試しするのだがなかなかうまくいかない。神を冒瀆する言葉を口にしたあげく、つるはしを放り出して、チェンソーを取りに戻ってしまった。僕はそれまでずっと、ブルーノの仕事の仕方に敬意を抱いていた。彼はどんな道具でも優雅に使いこなせるはずだった。ところが、そうした優雅さはいまや完全に影を潜めていた。怒りまかせにチェンソーのスタータを引き、オーバーフローさせ、エンジンを必要以上にふかしたかと思うと、途中で燃料を切らし、あやうくチェンソーまで放り出しそうになる始末だった。しまいには丸太をいくつかに切断することで問題の解決を図るしかないのだが、そうすると、家まで運ぶために何度も往復しなければならない。やっとの思いで家の前まで運んだ丸太を、今度はあたりが暗くなるまで楔とハンマーを使って割っていく。鉄と鉄とがぶつかり合う音が一帯の山にこだました。ブルーノが割っているときには、ひどく冷淡に、鋭く高らかに響き、僕が交代したとたん、どこか頼りなさそうな調子外れの音になるのだった。何度か楔を打ち込むうちに音が鈍くなり、丸太がぱかっと割れる。すると今度は斧を使って細かく割っていった。

グレノンの山頂にも、まだそれほど多くの積雪はなかった。霜と大して変わらない程度にうっすらと積もっているだけで、ガレ場や灌木地、岩棚や懸崖《けんがい》を見分けられた。ところが十一月も終わりに近づくと、寒波に見舞われて気温が急激に下がり、湖がひと晩で完全に凍りついてしまった。翌朝、僕は様子を見に湖畔へ下りてみた。氷は、岸の近くでは中に閉じ込められた無数の空気の粒のせいで濁った灰色だったが、視線を遠くに向けるにつれて、透明感と輝きを増すのだった。棒きれでつついてみても、ひび一本入らない。そこで、おそるおそる氷の上に足を踏み出してみた。すると僕の体重を支えてくれることがわかった。何歩か進んだところで、湖の底からくぐもった轟きが聞こえ、僕は慌てて岸に逃げ帰った。安全な場所にあがったとたん、またしてもさっきの音が響いてくる。大太鼓を叩いたときのような空気の振動をともなう鈍いその音は、ものすごく緩慢なリズムでくりかえされた。おそらく一分につき一回か、あるいはもっとゆっくりかもしれない。下から突きあげてくる水が、氷にぶつかって立てているとしか考えられなかった。陽が昇って冷え込みがいくぶん緩んだため、湖の水が、自分を閉じ込めた墓石に体当たりして、打ち破ろうとしているかのようだった。

日暮れとともに、いつ果てるともなく続く夜が始まった。峡谷のむこうの重畳たる山脈《やまなみ》がほんの数分だけ赤く染まったかと思うと、やがて夜の帳が下りる。するともう、眠りに就く時間まで暗さには変化が生じなかった。六時になり、七時になり、八時になっても、ひっそりと静まり返るなか、僕らはストーブの前で一人一本の蠟燭を読書用に灯し、その揺らめく焰と、夕餉の唯一の慰めであるワイン——できるだけ長持ちさせなければならなかった——とともに、夜を過ごすのだった。僕は連日、できるだけいろいろな方法でジャガイモを料理した。茹でる、直火で炙る、バターで炒める、チーズと一緒に窯で焼く……。そのたびに蠟燭をフライパンに近づけて、火が通ったかどうか確かめた。わずか十分でそれを平らげてしまうと、そのあと眠りに就くまでの二、三時間を、静寂のなかで過ごさなければならなかった。僕はなにかを待ち受けていた。それがなにかはわからないままに。ところが、一向になにも起こらなかった。友を救うためにはるばるネパールから来たというのに、肝心の友は僕のことなど少しも必要としていないようだった。僕がなにか尋ねても、ブルーノはお定まりの曖昧な返事ではぐらかし、あらゆる会話の芽を、生まれるそばから握りつぶしてしまうのだった。彼は、焰をぼんやりと眺めながら一時間だろうと過ごすことができた。そしてごくたまに、彼から言葉が返ってくることを僕がもう期待しなくなったころになって、訥々と語りだす。といっても、話を途中からいきなり切り出すか、さもなければ、頭のなかで考えていることをそのまま声に出すのだった。

その晩も例に洩れず、なんの脈絡もなくブルーノがつぶやいた。「俺は一度、ミラノへ行ったことがある」

「そうなんだ」と僕は返した。

「もっとも、ずいぶん昔の話だけどな。二十歳ぐらいのときだったと思う。その日、親方と喧嘩して建設現場の仕事を辞めたんだ。それで午後がぽっかり空いたものだから、決めた。よし、行ってみようってね。車を借りて、高速道路を走り、着いたときには日が暮れていた。ミラノでビールが飲みたかったんだ。だから最初に目についたバールに車を停めて、ビールを一杯飲むと、そのまま村に舞い戻ったのさ」

「それで、ミラノはどうだった？」

「そうだなあ。人が大勢ひしめいてたよ」

ブルーノはさらに話を続けた。「海にだって行ったことがある。海の小説ばかり読んでたもんだから、あるときジェノヴァまで行って、本物の海を見ようと思い立った。車に毛布を積んでたから、ジェノヴァで車中泊をしてね。どのみち、うちには俺の帰りを待つ人なんていなかったし……」

「それで、海はどうだった？」

「大きな湖みたいなものだな」

多かれ少なかれそんな会話で、真実なのか出任せなのかの区別もつかず、いかなる結論にも行き着くことはなかった。お互いの知り合いが話題にのぼることもなかった。一度だけ、ブルーノが藪から棒に言った。「夕暮れ時、家畜小屋の前で座って一緒に過ごすのは、いい気分だったな」

僕は、読んでいた本を脇に置いて応じた。「ああ、最高だった」

「七月には、夜になると同時に、あたりが静かになって……。憶えてるか？　一日のうちで、俺はあの時間がいちばん好きだった。それと、まだ暗いうちに起き出して牛の乳を搾る時間。二人がぐっすり眠っているものだから、俺はすべてを見守ってるような気になってたんだ。二人が安心して眠っていられるのも俺がいるからだ、なんてね」

さらに彼は言った。「間の抜けた話だろ？　でも、本当にそんなふうに感じてたんだ」

「ちっとも間が抜けてなんかいないさ」

「間が抜けてるよ。そもそも、他人の人生を引き受けることなんて誰にもできやしないんだ。自分の人生を引き受けるだけで精一杯なんだからな。人間は、能力さえあればどんな困難も切り抜けられるようにできているけれど、自分の能力を過信すると身を滅ぼすことになる」

「家庭を築くことが能力の過信だと？」

「人によっては、そうかもしれない」

「だとしたら、子どもも持つべきじゃないということになる」

「ああ、そういうことだ」と、ブルーノは言った。

僕は薄暗がりにいる彼を見つめ、その頭のなかにある思考を探ろうと試みた。顔の半分はストーブの焔で黄色く浮かびあがり、もう半分は暗がりと完全に溶け合っている。

「なにを言ってるんだ」彼を詰《なじ》ったが、返事はなかった。ブルーノは、僕なんてもうそこには存在していないかのように、焔を凝視していた。

僕は、胸の奥から寂寞たる思いが込みあげ、夜だというのに戸外へ出た。せめて煙草を持って来れば手慰みにもなったのにと悔やみながら。いくら探しても星ひとつ見つからない天を仰ぎながら、僕は戸外で立ちつくし、なにをしにこんなところまで来たのだろうと自問していた。そのうちに歯の根が合わなくなってきた。そこで、暖かくて薄暗く、煙の充満する部屋に戻った。ブルーノは、先ほどからまったく動いた気配がなかった。僕はストーブの前に立って身体を温めてから、ロフトに上がって寝袋にくるまった。

翌朝、僕はブルーノよりも早く起き出した。明るい部屋で彼と一緒にいるのは気詰りだったので、コーヒーはあきらめて散歩に出た。湖を見にほとりまで行くと、夜のあいだに降りた霜の薄いベールが、そこここで風に掃き散らかされていた。吹きあげられた霜は、まるで不穏な精霊のように、生まれるそばから消える旋風《つむじかぜ》や突風、疾風《はやて》となって舞っていた。霜の下から現われた氷は黒々としていて、石か岩のように見えた。湖に見入っていると、一発の銃声が谷にこだました。音はこちら側の斜面から反対側の斜面へと跳ね返り、どこから響いてきたのか突きとめるのは至難の業だった。下の森のなかからかもしれないし、上の尾根のほうからかもしれない。それでも僕は、反射的に上方を仰ぎ見て、なにか動くものの気配はないか、ガレ場や切り立った断崖に目を走らせた。

バルマの家に戻ると、猟師が二人、ブルーノを訪ねてきていた。精度の高い照準器のついた新型の猟銃を携えている。見ていると、一人がリュックサックから黒い袋を取り出し、ブルーノの足下に置いた。もう一人が僕の存在に気づき、軽く挨拶をよこした。そのときの男の仕草が僕の記憶のなかで見憶えのある別のものと結びつき、その二人が誰なのか合点がいった。ブルーノが牧場を譲り受けた従兄たちだったのだ。二人に会うのは実に二十五年ぶりだった。彼らがブルーノと連絡を取り合っていたことを僕は知らなかったし、どのようにしてブルーノの居場所を突きとめたのかもわからない。もっとも、僕には想像すら及ばないことが、グラーナ村ではほかにもたくさんあるにちがいなかった。

二人が立ち去ってから改めて黒い袋を見ると、仕留めて、腸抜きの処理を済ませたカモシカがのぞいていた。ブルーノがカモシカの後ろ肢を唐松の枝にひっかけて吊るしたので、牝だということがわかった。黒っぽい冬毛に覆われ、背中には黒い毛の密生した筋が一本通っていた。細い首からは生命を奪われた頭部がだらりと垂れさがり、鉤の形をした小ぶりの角が二本ついている。朝の冷気のなか、裂かれた腹部からはまだ蒸気が立ちのぼっていた。

ブルーノはいったん家に入って短刀を取ってくると、仕事を始める前に丹念に砥いだ。そのうえで、生まれてこの方ほかの仕事はしたことがないとでもいうように、手際よくその先端を突き刺した。短刀を巧みに操りながら、それぞれの後ろ肢の脛のあたりから皮に切り込みを入れ、腿の内側に沿って裂いていく。やがて、二本の切り込みは股の部分でつながった。ふたたび上に戻って脛の皮の端を剝がすと、短刀を置いて、両手で皮の端をつかみ、ぐいっと力をこめて下に引っ張りながら、腿、そしてもう片方の腿というように順に剝いでいった。皮の下から、白くてねっとりとした層が現われた。カモシカが冬に備えて蓄えた脂肪だ。脂肪の下からは肉の赤味が透けて見える。ブルーノはふたたび短刀を手に取り、今度は胸部と、前肢に沿ってさらに二本の切り込みを入れた。そして、背中の半分あたりに垂れ下がっていた毛皮を両手でつかむと、力のかぎり下に引っ張った。肉から皮を剝がすには相当な力が入り用なはずだが、ブルーノの強力《ごうりき》はそれを優に上回っていた。それもそのはず、彼は全身に溜めた憤りまで込めていた。毛皮は、まるで衣かなにかのようにすっぽり剝がれた。次いで左手でカモシカの片方の角をつかみ、首の骨のあたりで短刀を器用にさばいていたが、やがてなにかが折れたような、ぼきっという鈍い音がした。全身の毛皮もろともカモシカの頭部が切り落とされたのだ。ブルーノはそれを、毛の生えているほうを下、皮膚を上にして草地にひろげた。

こうなると、カモシカはずいぶん小さく見えた。ひとたび皮を剝がされ、頭部を切断されると、カモシカというよりただの肉と骨と軟骨の塊にすぎず、スーパーマーケットの冷蔵倉庫に吊るされている食肉となんら変わりはなかった。ブルーノは胸部に手を突っ込んで、まず心臓と肺を取り出した。次に肉の塊を裏返しにし、背中を上に向けた。そして指で触れながら、背骨に沿った筋肉の筋を見つけ出し、軽く切り込みを入れると、短刀を深く突きたてて切り裂いた。どす黒く赤い肉がぱっかりと口を開けた。そこから、まだ血の滴っている赤黒くて長いヒレ肉を二本、切り取った。もはやブルーノの腕まで血みどろだった。僕はかなり辟易していたので、それ以上解体作業を見物するのはやめにした。すべて終わったあとで、木の枝にぶらさがっているカモシカを見たところ、骨以外はほとんど残っていなかった。ブルーノはそれを枝から外し、地面にひろげてあった皮の上に骨の塊を放り投げて包むと、森へ運んでいった。穴でも掘って埋めるか、隠すかするのだろう。

それから数時間後、僕は、そろそろ山を下りようと思っている、とブルーノに告げた。その少し前の食事のとき、僕は前日の会話の続きを試みていた。ただし単刀直入に。アニータのことはどうするつもりなのか、娘の行く末についてラーラとはどんな話し合いをしたのか、クリスマスには二人に会いにいくのか。

「クリスマスには行かないと思う」彼は答えた。

「だったら、いつ会う？」

「わからない。たぶん春になったら」

「なんだそれは。そのうち、たぶん夏になったらとか言い出すつもりか？」

「どのみち、なにも変わりはしないだろう。アニータは母親と一緒にいたほうがいい。そうだろ？それとも、ここに連れてきて、俺と一緒にこんな生活をさせろと言うのか？」

ブルーノは「ここ」という言葉を、いつもの口調で言った。あたかも、彼のいる渓谷の麓には、目に見えない境界線があるかのように。あるいは彼だけを隔てるために壁がそびえていて、「ここ」

以外の世界への出入りを阻止しているかのように。

「おまえが山から下りることだってできるだろう」と、僕は言った。「ひょっとすると、おまえのほうが生き方を変えるべきなんじゃないのか」

「俺が？」とブルーノは言った。「ベリオ、おまえは俺がどんな人間か忘れたのか？」

むろん忘れてなどいなかった。牛飼い、石積み職人、山男。とりわけ彼の父親の血を受け継いだ息子。父親とおなじように、自分も娘の人生から姿を消し、そのまま音信不通になるつもりなのか。僕は目の前の皿を見つめた。ブルーノが猟師の絶品料理を作ってくれていた。玉葱とワインで煮込んだカモシカの心臓と肺。けれども、僕はかろうじて口をつけただけだった。

「食わないのか？」ブルーノががっかりした声で訊いた。

「僕にはくせが強すぎる」

僕はそう言って皿を遠ざけると、つけくわえた。「今日、山を下りるつもりだ。片づけなければいけない仕事がいくつかあってね。できたらチベットへ発つ前に、また、挨拶をしに来るよ」

「ああ、そうだな」ブルーノは僕の顔を見ずに答えた。彼も、また来るという僕の言葉を信じてはいなかった。皿を手に取ると、ドアを開けて、残っていた料理を外にぶちまけた。鴉や狐ならば僕のような軟弱な胃をしていないから、きれいに平らげてくれるだろう。


十二月、僕はラーラに会いに行くことにした。雪がちらつくなか、彼女の住む渓谷沿いの道を登っていく。ちょうどスキーシーズンが始まったばかりだった。あたりの景色はグラーナで見慣れたものとほとんど変わらない。僕は運転をしながら、山というものはどれも似通っている、と思った。

それでいて、そこには、僕や、僕がこれまで大切に思ってきた人たちのことを思い出させるものはひとつもなく、それがグラーナの山との決定的な違いだった。それぞれの土地によって、しまわれている物語は異なる。そこへ帰るたびに、自分の物語を再読できる。そんな山は人生においてひとつしか存在せず、その山の前ではほかのどんな名峰も霞んでしまうのだ。たとえそれがヒマラヤ山脈であろうとも。

渓谷の上のほうに小規模のスキー場があった。二、三棟の施設があるだけで、不況と気候の変動のあおりを受けて、ようやく生き残っているといったふうだった。ラーラはそこの、リフト乗り場の近くにある高原風レストランで働いていた。人工雪で整えられたゲレンデ同様、見てくればかりの山小屋だ。ウエイトレスのエプロンをして現われた彼女は、笑顔で僕を抱擁してくれたものの、疲労を隠しきれていなかった。ラーラはまだ三十そこそこだったにもかかわらず、ここ何年か所帯染みた生活を送っていたために、それが容貌にも表われていた。さいわい店内にはわずかなスキー客しかいなかったので、ラーラはもう一人のウエイトレスの承諾を得て、テーブルに僕と向かい合って座った。

話しながら、アニータの写真を見せてくれた。髪はブロンドの痩せっぽち。くしゃくしゃの笑顔で、自分よりも大きな黒い犬に抱きついている。幼稚園の年少組に通わせているのだとラーラは話してくれた。集団生活の規則のなかには、守りなさいと言い聞かせるのが難しいものもあり、最初のうちはまさしく野生児だった。友達と喧嘩をしたり、いきなり喚きだしたり、教室の片隅にしゃがんだまま一日じゅう誰とも口を利かなかったり。近ごろになってようやく、少しずつクラスに馴染みはじめたらしい。ラーラは苦笑した。「だけど、近くの牧場に連れていってあげると、ものすごく喜ぶの。自分の家に帰ったような気分になるみたい。仔牛に平気で手を舐めさせるのよ。牛の舌ってざらざらしてるでしょ？　なのに、ちっとも怖がらないの。相手が山羊でも馬でもおなじこと。どんな動物でもへいちゃらなのよね。大きくなっても、あのまま変わらずにいてくれるといいのだけど。いつまでも牧場のことを忘れずにいてほしいな」

ラーラは口をつぐみ、紅茶を啜った。見ると、カップを包んだ指があかぎれだらけで、どの爪にもかじった跡がある。彼女はレストランをぐるりと見わたすと言った。「実はね、私、十六のときにもここでアルバイトしてたの。冬のあいだ、毎週土曜と日曜。友達みんながスキーをしているというのにね。いやで仕方なくて……」

「悪い店じゃないと思うけど」と僕は言った。

「いいえ、ひどいところよ。また戻ってくることになるなんて思ってもいなかった。諺かなにかにあるでしょ？　前進するためには、ときに一歩退かなくてはならないこともある。ただし、それを受け容れる謙虚な心が必要だって」

そうして彼女はブルーノの話を始めた。彼のこととなると、口調がたちまち辛辣になった。二、三年前——そう彼女は切り出した——牧場の経営が成り立たないってわかった時点で対処していれば、どうにかなったのよ。牛を売って、農場は誰かに貸して、二人して村で仕事を探せばいいんだもの。ブルーノなら、工事現場だってチーズ工房だって、それこそスキー場だって、雇ってくれるところがいくらでも見つかったはずよ。私も、店員かウエイトレスならできるでしょ。私はなんでもする覚悟だった。状況がよくなるまで、普通に暮らしてもいいんじゃないかってね。だけど、ブルーノは聞く耳を持たなかった。あの人の頭のなかには、ほかの生活なんてあり得なかったのよ。

結局、私のほうが思い知らされた。あの人にとっては、私やアニータのことよりも、山の上で一緒に築いていると私が信じていたものよりも、生まれ育った山のほうがよっぽど大切だということをね。あの人にとって山がなにを意味しているのか知らないけれど。それがわかったとき、彼との関係は終わりにしようと思った。それで翌日には、あの山から遠く離れた場所で、娘と一緒の未来を考えはじめた。あの人なしでね。

ラーラは続けた。「愛って、少しずつ擦り減っていくこともあれば、いきなり消滅することもあると思わない？」

「いや、僕には愛について語ることはできないよ」

「そうだったわね。忘れてた」

「ブルーノに会ってきたんだ。あいつ、いまはバルマの山小屋にいる。独りであそこに閉じ籠もって、山から下りたがらないんだ」

「知ってる。最後の山男よね」

「どうやったら手を差し伸べてやれるかわからなくてね」

「放っておくしかないと思う。助けを拒絶している人間を助けることなんて、できっこないんだから。あの人のいたい場所にそっとしておくしかないわよ」

ラーラはそう言うと、ちらりと時計を見てからカウンターにいた同僚と視線を交わし、仕事に戻るために立ちあがった。ウエイトレスのエプロン姿のラーラ。そぼ降る雨のなか、黒い傘を差して、誇らしげに牛たちを見守っていた彼女の姿が脳裏によみがえった。

「アニータによろしく」と僕は言った。

「あの子が二十歳になる前に会いにきてね」とラーラは言い、会ったときよりも心持ち強く僕を抱擁した。その抱擁には、彼女が言葉に表わしきれなかったなにかが含まれていた。こみあげる感情か、あるいは郷愁かもしれない。ヘルメットにスキーウエア、プラスチック製の靴で身を固めたエイリアンのようなスキー客が、昼食をとりにちらほらと集まりはじめたので、僕は退散することにした。

十二月の終わりになると、雪がいきなり大量に降りだした。クリスマスの日にはミラノでも降雪があった。昼食後、僕は窓から外を眺めていた。子ども時代を過ごした街の通りは、数台の車がおそるおそる通りすぎるだけだった。なかにはスリップして信号機に衝突し、交差点の真ん中で立ち往生するものもあった。雪合戦をしてはしゃいでいる子どももいた。エジプト人の子どもたちだ。おそらく生まれて初めて見る雪なのだろう。僕は四日後に飛行機でカトマンズに戻ることになっていた。けれども、僕の頭にはネパールなどなく、ブルーノのことでいっぱいだった。彼があの山奥にいると知っているのは、この世で僕一人のような気がしていた。

窓辺にいた僕のかたわらに、母がすっと寄ってきた。母は何人かの女友達を招いてランチを楽しんでいたのだ。食卓の友達はみんなほろ酔い加減で、デザートを待ちながら、お喋りに花を咲かせていた。家のなかは朗らかで心地よかった。毎年クリスマスが近づくと母が飾るプレゼピオには、夏にグラーナ村で採取した苔が敷きつめられていた。赤のテーブルクロスに発泡酒《スプマンテ》、そして気心の知れた仲間……。僕はまたしても、そんな母の友達を作る才能を羨んだ。母には、独りで寂しく老いていく気などさらさらなかった。

僕の耳もとで母が言った。「もう一度、試してみるべきじゃないかしら」

「僕もそう思う。だけど、なにも変わらない気がするんだ」

僕は窓を開けると、外に手を伸ばした。掌をひろげて、一片《ひとひら》の雪が舞いおりるのを待った。湿った重い雪で、肌に触れたとたん溶けてしまった。だが、標高二千メートルの山がどのような状況かは、知る由もなかった。

こうして翌日、僕は高速道路でタイヤチェーンを購入し、山麓の最初の店でスノーシューを買うと、ミラノからトリノへと向かう車列の最後尾についた。ほとんどの車がルーフキャリアにスキー板を積んでいた。雪の少ない冬が続いたあとだったため、遊園地の再開を待ちわびていたかのようにスキー客が山にどっと繰り出したのだ。ところが、グラーナ村へと続く分かれ道で曲がる車は一台もなかった。その後カーブをいくつか曲がるうちに、人の姿は見当たらなくなった。道が断崖のむこうへまわると、そこには懐かしい世界がひろがっていた。

丸太でできた家畜小屋や干し草小屋の脇には、掻いた雪がうずたかく積まれていた。トラクターも、バラックのトタン屋根も、手押し車も、堆肥の山も、ことごとく雪に覆われている。廃屋は雪に埋めつくされ、ほとんど見えなかった。村では、誰かが路地の雪を掻いたらしかった。きっと屋根にのぼって雪下ろしをしていた二人の男衆だろう。手をとめて僕を見やったものの、挨拶はよこさなかった。僕は、その少し先に車を停めた。除雪車はちょうどそのあたりで作業を終え——あるいは断念したのかもしれない——、方向転換できるだけのスペースの雪をどけると、来た道を引き返していったらしかった。僕は手袋をはめた。しばらく前から指がかじかんで感覚がなくなっていた。それから靴にスノーシューを固定し、道を塞いでいた硬い雪の壁を乗り越えると、その先の、誰にも踏まれていない雪山へと足を踏み出した。

夏ならば二時間もかからない道のりを歩くのに、四時間以上かかった。スノーシューを履いているというのに、一歩ごとにほとんど膝まで雪のなかに沈み込む。記憶を頼りに、隆起や勾配の形から道を探って進んでいった。最初のうちは、雪でたわんだ樅の木のあいだに道があることが比較的明らかだったけれども、そのうちに雪原がひろがるばかりで、たどるべき痕跡も、目印にできるものも一切なくなった。ロープウェイの残骸も、一部だけ残っていた石垣も、牧草地から取り除いた石の山も、唐松の古木の切り株も、雪に埋めつくされていたのだ。沢は、両岸に土手のようにこんもりと雪が盛りあがり、そのあいだが窪んでいるので、かろうじてそこにあると見てとれるだけだった。行きあたりばったりの場所で沢を飛び越え、対岸の新雪に着地しようとしたところ、前のめりになって両腕をついたが、少しも痛くなかった。対岸は勾配がきつくなっていて、三歩か四歩進むごとにずるずると滑って後ろに下がり、雪が崩れるのだった。そうなると、両手も使いながら、スノーシューを銛のようにして雪に深く突き立てて、果敢に挑みなおすしかなかった。ブルーノの高原牧場までたどり着いたとき、ようやくどのくらいの深さの雪が積もっているのか具体的に把握することができた。家畜小屋の窓が半分の高さまで雪に埋まっていたのだ。ただし風向きの加減で、山に面した壁に沿って雪の積もっていない場所があり、幅五十センチほどのトンネルができていた。僕はそこに入り込んでひと息ついた。そこの、わずかながらむきだしになっている地面の草は、枯れて干からび、石垣とおなじ鈍色だった。あたりには光が届かず、白銀と灰色と黒のほかには色もない世界で、雪だけがしんしんと降り積もっていた。

上までたどり着くと、湖が完全に姿を消し、そのほかの場所と見分けがつかなくなっていた。そうなると雪に覆われたただの窪地で、山裾にかけてなだらかな傾斜が続いているだけだった。お蔭で、ここ何年もバルマに通っていながら初めて、ぐるりと湖を迂回するのではなく、まっすぐ突っ切って最短距離を行くことができた。あれほど大量の水の上を歩くのは、なんともいえず奇妙な感覚だった。半分ぐらいまで進んだところで、僕を呼ぶ声がした。

「おーい！　ベリオ！」

視線をあげると、斜面のはるか上のほうにブルーノが見えた。木々の生える上限よりも高いところにミニチュアのような小さな姿で立っている。ブルーノが手をふったので僕もふりかえすと、彼はいきなり前方に躍り出た。それで、彼がスキーを履いていることがわかった。スタイルなど一切お構いなしに、両脚をひらき加減にして、斜面を斜めに下りてくる。夏に万年雪の上を滑っていたときと少しも変わっていなかった。両腕も軽くひろげ、胸を前方に突き出し、かろうじてバランスを保っている。見ていると、唐松の森が始まる直前で、身体の片側に体重をかけて思い切りカーブした。森のなかを通り抜けるのではなく、森の上方を横に進み、グレノンの巨大岩溝《ルンゼ》の手前まで行ってから、いったんそこで停止した。その岩溝には夏ならば細い川が流れていたが、いまは雪で埋めつくされて巨大な滑り台のようになり、湖の上まで まっすぐ続いていた。途中にはなんの障害物もない。ブルーノは、自分のいる位置から湖までの勾配を目測したうえで、スキー板の先端を僕のほうに向けて、迷わず滑り出した。岩溝では瞬く間に加速する。途中でなにかにひっかかったり転んだりしようものなら、ひとたまりもないだろう。幸いブルーノは転ぶこともなく、湖のある窪地まで猛烈な勢いで滑降し、なだらかな雪原の上でしだいにスピードを落とし、そのまま慣性の力で僕のいるところまで滑ってきた。

軽く汗をにじませ、得意満面の笑みを浮かべている。「どんなもんだい?」と息を弾ませて尋ね、片足を持ちあげると、三十年か四十年は経っていそうな年代もののスキー板を見せた。余剰軍需品のように見受けられた。「スコップを取りに村へ下りたときに、伯父の物置きで見つけたんだ。ずっと前からそこにあるのは知ってたんだけど、誰のものかもわからなくてね」

「ということは、スキーは習いたてなのか?」

「一週間前に練習を始めたばかりさ。なにがいちばん難しいかわかるか? 木にぶつかりそうになったときには、絶対にその木を見てはいけないってことさ。さもないと間違いなく命中する」

「とても正気とは思えない」と僕は言った。ブルーノは笑って僕の肩をぽんと叩いた。灰色の顎鬚を長く伸ばし、興奮気味に目を輝かせていた。いくらか痩せたらしく、普段よりも輪郭が尖って見えた。

「そうだ、メリー・クリスマス」ブルーノはそう挨拶してから、言い添えた。「うちに寄っていってくれ」まるで、たまたまそこを通りかかった僕に遭遇し、思いがけない偶然を祝して乾杯しようとでも言うかのように。スキーを脱いで肩に担ぐと、なだらかな斜面を先に立って歩きはじめた。滑る練習をしていたらしく、雪の踏み固められた跡が延びていた。

天然の岩壁の陰に建つ僕らの家が、屋根の深さまで雪に埋もれた姿は、どこか哀れだった。ブルーノは屋根の雪を下ろし、家のまわりに塹壕のようなものを掘りめぐらしていた。入り口の前ではその幅がひろがって、ちょっとした広場になっている。家のなかに入るのは、まるで巣穴に下りていくような感覚だった。暖かくて心地よい室内は、普段よりも物が多く、雑然としていた。窓は完全に塞がっていて、ガラスの外側にべったりと白い層がへばりついているだけだった。僕が上着を脱いでテーブルに着こうとした瞬間、屋根になにかが落下したらしく、どすんという鈍い音が響いた。僕は思わず上を見た。屋根が頭上に落ちてくるのではあるまいかと恐ろしかったのだ。

そんな僕を見てブルーノは笑った。「おまえ、建てたときに板をしっかり固定したか？　屋根が持ち堪えるかどうか見ものだな」

屋根になにかが落ちる音はそのあとも続けざまに響いたが、彼はまったく意に介さなかった。しだいに僕も慣れて音が気にならなくなると、部屋の様子が変わっていることに気づいた。ブルーノは壁に釘を打ちつけて、新しく棚を作り、自分の本や服、大工道具などでいっぱいにしていたのだ。お蔭で、人の生活する空間らしい趣が家に与えられていた。それは、僕がこの家に一度もしてやれなかったことだった。

グラスを二つ出して、ワインを注ぎながら彼が言った。「おまえに謝らないといけない。このあいだは悪かった。また来てくれて嬉しいよ。もう会えないんじゃないかと思ってたからね。俺たちはいまでも友達だよな？」

「当たり前だ」と僕は答えた。

ストーブの前で僕がくつろぎはじめると、ブルーノは火を少し強くした。それから銅鍋《パイオーロ》を持って外に出ていったかと思うと、ほどなく雪をいっぱいに入れて戻ってきた。ストーブの上にかけて雪を溶かし、それでポレンタを調理するのだ。夕飯に肉も少し食うかと訊かれ、僕は、これだけ雪道を歩いてきたあとだから、なんだって食べるよと答えた。するとブルーノは塩漬けにしてあったカモシカの肉を取り出し、骨と皮を丁寧にそぎ落とすと、バターをひいた浅鍋に並べて、ワインをまぶした。隣の鍋で先ほどの雪が沸騰すると、彼は黄色い粉を何つかみか投げ入れた。それから、料理ができあがるのを待つあいだ一緒に飲もうと、赤ワインをもう一リットル出してきた。二回ほどグラスが空になるころには、ジビエ肉の濃厚な匂いが家じゅうに充満し、僕もすっかりほろ酔い加減になっていた。

やがてブルーノが訥々と語りだした。「あのとき、俺は怒ってたんだ。それを誰にもぶつけられないものだから、怒りは膨らむばかりでね。でも、明らかに俺が間違ってた。べつに誰かに騙されたわけじゃない。そもそも牧場の経営者になろうなんて、なんでそんな大それたことを考えたんだろう。金のことなんか少しもわからないくせに。最初から、俺もこれくらいの小さな家を建てて、四頭ほどの牛の世話をしながら、いまみたいな暮らしで満足してればよかったんだ」

僕はブルーノの話を黙って聞いていた。長いあいだ考え抜いたうえでの発言だということが伝わってきたし、おそらく探しあぐねていた答えが見つかったのだろう。彼は続けた。「人は誰しも人生で身につけたことをするしかないのさ。まだ若いうちなら、別の道を行くこともできるかもしれない。だけど、ある程度の年齢に差しかかったら、立ち止まって自分に言い聞かせるしかない。よし、自分はこれならできるけれど、別のことは無理だってね。だから俺も、どうしたいのか自分に問いかけてみた。俺は山でなら生きていかれる。この山奥に独り残されても、生き延びる自信がある。捨てたもんじゃないだろ？　なのに、そのことになんらかの価値があると気づくまでに、四十年もの歳月を要したんだ」

僕はそのとき、ひどく疲れた身体をワインの温もりでほぐしているところだった。そのせいもあって、彼の言うことに同意はできなくとも、そんなふうに話す彼の声を聞いているのは心地よかった。ブルーノには確固としたなにかがあり、いつだって僕はそれに魅了されてきた。子どものころから、彼の内に秘められたどこか純真で廉潔なところに敬意と憧れを抱いてきたのだ。一瞬、二人で一緒に建てた家のなかで僕は、彼の言っていることが正しいのだと思いかけていた。彼にふさわしい生き方は、まさにそんな、わずかばかりの食料があるだけで、自分の両手両足と頭以外には頼るものもない真冬の山小屋に、たった独りで過ごすことなのかもしれない。たとえそれが、彼以外のすべての者にとってあまりに非人間的であったとしても。

そんな幻覚から僕を揺り起こしてくれたのは山だった。それからしばらくして夕飯を食べていると、先ほどから何度もくりかえしていた屋根の上のどすんという音とは別の物音がした。最初のうちは、飛行機の爆音か雷鳴が遠くで轟くような音だった。ところが、瞬く間に近づいてきたかと思うと、大音響となり、テーブルの上のグラスが振動するほどの地鳴りが続いた。僕らは思わず顔を見合わせた。そのときのブルーノは、僕に負けず劣らず呆然としていたし、明らかに恐怖を覚えていた。地鳴りに、さらに別の音がかぶさった。猛烈な勢いでなにかが衝突し、爆発したような轟音だ。それを境に、大音響はだんだん遠ざかっていった。そのとき僕らは、かろうじて雪崩に呑み込まれずに済んだのだということを理解した。雪崩が近くを通過したことは間違いないが、別の場所だった。ふたたびなにかが崩れ、さきほどより小さな落下音がしたものの、やがて打ち破られたときとおなじように急速に、静寂があたりを支配していった。音がまったくしなくなったのを確認すると、僕らはなにが起こったのか調べるために外へ出た。ところが、すでに夜が更けていたうえに、月のない晩だったので、暗闇がひろがるばかりでなにも見えなかった。仕方なく家に戻ったが、ブルーノはもう話を続ける気分ではなかったし、僕もおなじだった。そのまま眠ることにしたものの、一時間ほどすると彼が起き出す気配がし、ストーブに薪をくべて、グラスになにか注ぐ音がした。

朝になるのを待って巣穴から出てみた僕らは、雪が幾日も降りつづいたあとの久しぶりの光に包まれた。背後で輝く太陽がむかいの峰に反射して、僕らのいる窪地をまばゆく照らしていた。なにが起こったのかは一目瞭然だった。その何時間か前にブルーノがスキーで滑降したグレノンの大岩溝《ルンゼ》が、さらに三、四百メートル上方の、斜面がもっとも急峻な場所で生じた雪崩の通り道となったのだ。雪の塊は落下しながら斜面を深くえぐり、降り積もった雪の下にあった岩をむきだしにしただけでなく、土砂や石を巻き込んだ。岩溝は、いまや黒ずんだ傷痕のように見えた。五百メートルほどの斜面を一気に駆けおりたあげく、窪地に激突した雪崩は、すさまじい威力でもって湖の氷を砕いた。僕たちが聞いた二つ目の音は、そのときに生じたものだった。昨日まで岩溝のつけ根にあったふんわりとした雪原は跡形もなく消え、泥まじりの汚れた雪と、氷塔《セラック》を思わせる氷の破片がうずたかく積もっているばかりだった。高地に棲む鴉が円を描いて上空を飛んでいたかと思うと、近くに舞いおりた。鴉がなにに惹きつけられているのか、僕には理解できなかった。その光景は、忌まわしいと同時に、抗いがたい魅力も持っていた。言葉を交わすまでもなく、湖のほとりへ下りていって近くから観察しようということで僕らの意見は一致していた。

鴉が奪い合っていた獲物は、死んだ魚だった。冬眠の最中に不意討ちを食らった銀色の小ぶりの鱒が、眠っていた薄暗くてどんよりとした水中から放り出され、雪の上に投げ出されていたのだ。果たして魚は、自分たちの身に起こったことに気づく時間があったのだろうか。いきなり爆撃に遭ったような感覚だったにちがいない。砕けて飛び散った破片から判断するに、湖の氷の厚さは五十センチを優に上まわっていたものと思われた。割れた氷の下では、早くも湖面がふたたび凍結しはじめていた。もっとも、まだ薄く、黒っぽくて透明な、秋に見た氷と同程度のものでしかなかった。

数羽の鴉が、すぐ近くに落ちていた鱒を奪い合っている。直視に堪えない貪欲さをその姿に見てとった僕は、近寄っていき、鴉を足で追いはらった。雪の上にはもはや桜色のどろりとした液体しか残っていなかった。

「まさに鳥葬だな」とブルーノが言った。

「見たことがあるのか？」と僕は尋ねた。

「いいや、俺はない」ブルーノは感嘆しているようだった。

ヘリコプターが近づいてくる音がした。その朝、空には雲ひとつなかった。陽射しの温もりが大気に伝わりはじめると、そこかしこにあるグレノンの雪庇から額縁状の雪が落ち、あちらこちらの岩場の割れ目を起点として小規模の雪崩が起こった。さながら、長く降り積もった雪から山が己を解き放とうとしているかのようだった。ヘリコプターは頭上に差しかかったものの、僕ら二人には気づかずに通り過ぎていった。そのとき僕は、自分たちのいる場所がモンテ・ローザのゲレンデから数キロあまりしか離れていないことに思い至った。その日は十二月二十七日。おまけに朝から快晴でたっぷりの新雪があるとくれば、絶好のスキー日和だ。おそらく上空からヘリで交通渋滞の様子を観測しているのだろう。僕は、長蛇の列の車や、大混雑の駐車場、休みなく回転するリフトを空から俯瞰した光景を想像していた。そこから尾根をひとつ越えただけの日の当たらない斜面には、大規模な雪崩に見舞われた湖のほとりで、魚の死骸に囲まれて立ちつくす二人の男がいた。

「山を下りる」と僕は言った。数週間前に口にしたのとおなじ台詞だ。僕は二度試みたものの、二度とも断念せざるを得なかった。

「ああ、それがいいだろう」とブルーノが応じた。

「おまえも一緒に下りるべきだ」

「またその話か？」

僕は彼の表情をうかがった。なにか愉快なことを思い出したらしく、ブルーノは笑みを浮かべて言った。「俺たちが知り合ってどれくらいになる？」

「おそらく来年で三十年だ」と僕は答えた。

「その三十年間、おまえはずっと俺をここから引きずり下ろそうとしてきたんじゃないのか？」

それからつけくわえた。「俺のことは心配するな。この山は、俺に悪さをしたことは一度もない」

その日の朝のことで僕が憶えているのはそれくらいだ。明敏な思考をめぐらせるには、あまりに気が動転し、悲嘆に暮れていた。一刻も早く、湖とその背後にある雪崩の爪痕から逃れたいと思っていたことは憶えている。ところが、峡谷を下るうちに、しだいに斜面を滑降するのが楽しくなってきた。前日に歩いた跡が残っていて、スノーシューを巧く使えば、勾配のきついところでも大股で跳躍しながら下りられることを発見した。積もったばかりの雪に足が埋まることもない。むしろ勾配がきついほど、勢いに任せて跳ぶことができた。帰路で足をとめたのは一度だけ、沢を渡ったときだった。ふと、あることが気になって、確かめてみたくなった。雪がこんもりと盛りあがった岸辺まで下りていき、岸と岸のあいだの雪を手袋でどかしてみた。思ったとおり、雪のすぐ下から氷が現われた。薄くて透明なその氷は、難なく割れてしまった。その層に護られるようにして細い水の流れがあった。山道からは見えなかったし、水音も聞こえなかったけれど、懐かしい僕の沢は、雪の下で淀みなく流れていたのだ。

二〇一四年の冬はその後、とりわけ西アルプス山脈では、この半世紀で最大の降雪量を記録した。高地のスキー場では、十二月末に三メートルだった積雪が、一月の終わりには六メートルとなり、二月の終わりには八メートルにまで達した。僕は、そうした観測データを伝えるニュースをネパールから読んではいたけれども、あの山に降り積もった八メートルもの雪がどのような相貌を呈しているのか想像できずにいた。おそらく森まで埋めつくされていることだろう。一軒の家をすっぽり埋めてしまうのに必要な量をはるかに上まわっていることは確実だった。

三月のある日、すぐに電話がほしいとのメールがラーラから届いた。電話口で彼女は、ブルーノの姿が見当たらないと言った。彼の従兄たちが様子を見に上まで行ってみたけれども、バルマではもうずいぶん前から雪掻きをした気配はなく、家は雪の下に完全に埋もれていて、岩壁がかろうじて見分けられる程度だった。従兄たちの要請を受けてヘリコプターでやってきた救助隊が、屋根の見えるところまで雪を掘り、屋根板に穴を開けて家のなかを調べた。誰もが、突然の体調不良に見舞われ、そのまま凍死したブルーノの遺体がベッドの上で見つかるだろうと予想していた。独り暮らしの山の民がときどきそういう最期を迎えることがある。ところが家はもぬけの殻だった。それだけでなく、家の周囲にも、降り積もった雪の上に人が歩いた痕跡はなかった。ラーラは僕に、なにか思い当たることはないかと尋ねた。最後に彼に会ったのはあなたなのだからと。僕は、物置きに古いスキー板がないか調べてみてくれと伝えた。スキー板は見当たらなかった。

山岳救助隊が、犬も動員して周辺を捜索した。僕は一週間にわたって毎日ラーラに電話をし、なにか手掛かりはあったか尋ねた。だが、グレノンの山に積もった雪は深すぎるうえに、春の訪れとともに、雪崩が起こる危険が高まっていた。三月に入って、アルプスの山々では各地で雪崩が起こっていた。遭難事故も相次ぎ、イタリア側の斜面だけでも二十二人の死者が出ていた。そのため、峡谷の自宅付近で行方不明になった山男のことなど、しばらくすると誰も関心を示さなくなった。そうなると、僕もラーラも、捜索を続けてくれと言い張るべきなのかわからなかった。雪が融ければブルーノも見つかるだろう。夏の盛りが来れば、どこかの岩溝《ルンゼ》からひょっこり現われるにちがいない。おそらく最初に彼を発見するのは鴉だろう。

「これが、あの人の望んでいたことなの？」電話のむこうでラーラが尋ねた。

「いや、そんなはずはない」僕は嘘を言った。

「あなたはあの人のことをわかっていたのでしょ？　あなたたち二人は理解し合っていた」

「そうだと思いたい」

「私はときどき、彼と出会いさえしなかったような気がするの」

だとしたら……と僕は胸の内で問いかけた。この世で僕以外の誰がブルーノのことを知っていたというのだろう。そして、ブルーノ以外の誰が僕のことを知っているのだろう。ほかの誰も知らない秘密だとしたら、二人のうちの片方がいなくなったいま、僕らが互いに分かち合ったことのうち、なにが残るというのだろうか。

そうした日々が終わりを告げると、僕は都会の生活に耐えきれなくなり、独りで山歩きに出ることにした。ヒマラヤの春はそれはそれは美しく、谷間《たにあい》から山裾にかけて稲田の緑があたりを侵食し、その少し上のほうの森では石楠花が咲き乱れる。それでも僕は、よく知られた場所には行きたくなかったし、なにかしら思い出のある道をたどるのも避けたかったので、一度も訪れたことのない地域に行こうと決め、とりあえず地図を買って出発した。ずいぶん長いあいだ、僕は探険をする自由や喜びを忘れていた。登山道を逸れて斜面を登り、ただむこう側にひろがる景色を見たいがために尾根まで登ることもあった。あるいは、通りかかった集落が気に入ると、予定していなかったのに立ち寄って、川っ縁の水たまりでのんびりと午後を過ごすこともあった。それは、僕とブルーノの山の歩き方だった。そしてそれが、この先いつまでも、僕にとってブルーノとの秘密を大切にしまっておく方法になるだろうと思った。一方で僕は、山奥のバルマに建つ家にも思いを馳せていた。屋根に穴があいてしまった以上、長くは持たないだろう家。同時に、あの家はもう役割を終えたのだとも思っていた。僕には、家がひどく遠い存在に思えた。

人生にはときに帰れない山がある。僕はそのことを父から教わった。しかも、父と一緒に山を登らなくなって何年ものちに。僕や父のような人生においては、ほかの山々の中央にそびえ立つ、己の物語の初めに出会った山には二度と帰ることができない。最初に出会ったいちばん高い山で友を亡くした僕たちは、それをとり囲む八つの山をさまよいつづけるよりほかないのだから。

道なき場所に僕を導き、
着想を与えてくれた友にこの物語を捧げる。
そして、初っ端《しょぱな》からこの物語を守護してくれた
信頼の女神《フィデース》と幸運の女神《フォルトゥーナ》に、
ありったけの愛をこめて。

フォンターネ、二〇一四―二〇一六

訳者あとがき

四千メートル級の名峰が連なる北イタリアのモンテ・ローザ。都会の少年ピエトロは、毎年夏になると、両親とともにその山麓で休暇を過ごしていた。山登りをこよなく愛する気難しい父と、周囲の人々との関係を育む才能に恵まれた母、そして内向的で繊細な一人っ子のピエトロ。物語は、ナタリア・ギンズブルグの『ある家族の会話』を彷彿させる家族の描写から始まる。マーク・トウェインの小説を読んで川に強い憧れを抱いていたピエトロにとって、グラーナ村にある山の家の前を流れる沢は、まるごと一本の川に匹敵するほど豊かな発見の場だった。そこで、おなじ年頃の、村の少年ブルーノと友達になる。互いに持っているものが異なるからこそ、陽イオンと陰イオンのように引きつけ合う二人は、沢登りや廃屋探険、森の散策をしながら、かけがえのない時間を共有し、ピエトロの父に連れられて氷河の残る頂にも挑む。知と冒険の宝庫である山には、人生哲学が凝縮されていた……。

「僕は、この小説を子どもの頃からずっと書きつづけてきたのかもしれない。というのも、僕の記憶とおなじくらい深く、僕のなかに住みついている物語だからだ。ここ数年、どんな小説を書いているのかと訊かれるたびに、二人の友情と山についてだと答えていた。そう、これはほかでもなく、二人の男と山の物語なのだ」

著者のパオロ・コニェッティは、本書について語るとき、そんなごくシンプルな言葉を用いることを好む。

物語のとりわけ前半には、作家の自伝的要素が色濃く反映されている。彼自身も、ピエトロとおなじミラノ生まれの都会っ子で、夏の休暇を両親と山で過ごし、多くの四千メートル峰を父と一緒に踏破したという。そして、マーク・トウェインを愛読し、ハックのような野生児の友を持つことが夢だった。ただし、ピエトロとは異なり、山で過ごすあいだ地元の少年たちに強烈に惹かれたものの、話しかける勇気がなく、一度も友達になることはなかった。それが彼の少年時代の最大の心残りだという。

「男どうしの友情は、なかなか得がたいものだ。僕と同年代の男たちは、恋人や妻、家族といった生活の基盤を持つ者も、そうでない者も、それぞれに孤独を抱えている。身体を使った作業——木を切り倒したり、干し草を集めたり、薪を割ったり——を共にすることによって、人は、心地よい沈黙からなる、真の信頼関係を築くことができるが、都会では、そのように濃密な時間を分かち合うことは難しい」

本書の登場人物の数は限られ、おしなべて無口だ。それにより、もう一人の主人公とも呼べる

「山」とのあいだに深い対話が生まれ、各々の生き方の違いが浮き彫りにされていく。与えられた生という時間を超えて人々の思いを大切に保管し、次世代へとつないでいく山は、ピエトロにとって、ブルーノという友が待つ場であると同時に、うまく関係を築けなかった父の思いと向き合い、自らを再発見する場でもあった。

〈それぞれの土地によって、しまわれている物語は異なる。そこへ帰るたびに、自分の物語を再読できる。そんな山は人生においてひとつしか存在せず、その山の前ではほかのどんな名峰も霞んでしまうのだ。たとえそれがヒマラヤ山脈であろうとも〉

私たちの誰もが、そんな原風景を胸の内に秘めながらも、孤独を持てあまし、居場所を求めてさまよいつづける。だからこそ、多くの読者がピエトロとブルーノの物語に自らの姿を投影し、本書を「自分の物語」として受けとめたのではないだろうか。「ときに僕は、自分よりもはるかに大きな物語の媒介者なのかもしれないと思うことがある」と著者に言わしめるほどに。

本書『帰れない山』(原題 *Le otto montagne*)は、それまで短篇小説の書き手として着実に読者からの支持を得てきたパオロ・コニェッティが、二〇一六年、満を持して発表した初の長篇小説である。刊行直前のフランクフルト・ブックフェアで、各国の出版社が抱える目利きの本読みをうならせ、三十か国以上に版権が売れ、出版界の話題をさらった。同年十一月にイタリアで発売されるや、前評判に違わず広い層の読者から感動の声が次々に寄せられ、たちまちベストセラーの仲間入りを果たし、三十万部を超えるヒットとなった。批評家たちからも絶賛され、翌二〇一七年には、イタリア文学界の最高峰《ストレーガ賞》と、同賞ヤング部門とのダブル受賞という快挙を成し遂げた（ヤング部門とは、イタリア各地の高校・専門学校生の投票によって選ばれるもので、コニェッティは、各出版社の力関係とは無関係のベクトルで投票してくれる彼らからの支持を得たことが、本賞の受賞より嬉しかったと述べている）。二〇一八年の夏にはミラノで舞台化されたほか、イタリアの映画制作会社Wildsideより映画化も決まっている。

快進撃はイタリア国内にとどまらず、フランスの《メディシス賞》外国小説部門、イギリスの《英国ＰＥＮ翻訳小説賞》を獲得するなど、国際的にも高い評価を得ている。最終的には、三十九の言語に翻訳されることが決まっているそうだ。

なお、原題の *Le otto montagne* は、「八つの山」という意味で、中央に最も高い須弥山《スメール》がそびえ、そのまわりを八つの山がとり囲んでいるという、古代インドの世界観からとられている。

＊

パオロ・コニェッティは、一九七八年、イタリアのミラノに生まれた。大学で数学を専攻するも、中退。この頃からアメリカ、とくにニューヨークの文学・文化に傾倒し、自らも執筆を始める。大学中退後はミラノ市立映画学校で学び、映像制作の仕事に携わっていた。二〇〇四年、二十六歳のときに発表した処女短篇集『成功する女子のためのマニュアル *Manuale per ragazze di successo*』で《ベルガモ賞》のファイナリストとなり、注目される。二〇〇七年には、生きづらさを抱えたティーンたちの繊細な心の揺れを優しくすくいあげた『爆発寸前の小さなもの *Una cosa piccola che sta per esplodere*』で、優れた短篇集に贈られる《キアーラ賞》のファイナリストに残り、短篇小説作家として名を知られるようになる。二〇一二年に発表した、主人公の女性ソフィアの成長を、生まれたときから三十年にわたって、それぞれ別の語り手の視点から追いかけた十の物語からなる連作短篇集『ソフィアはいつも黒い服を着る *Sofia si veste sempre di nero*』では、《ストレーガ賞》のファイナリストとなった。

デビュー以来、おもに女性を主人公とする短篇を好んで発表し、一生短篇だけを書くつもりだと公言していたコニェッティは、エッセイ『いちばん深い井戸で釣りをしてみる *A pesca nelle pozze più profonde*』（二〇一四年）で、往々にして長大な小説が重んじられる傾向のあるイタリア文学界における疎外感を、こんなふうに綴っている。

「文学を宗教に喩えるとしたら、僕ら短篇の愛読者は、一宗派の信徒だ。少数派であり、迫害され、身を潜めることを強いられている。僕らの約束の土地は大西洋の向こうにあり、その父祖はホーソーンであり、ポーなのだ。僕らには、大河と並行して流れる、もう一つの川がある。すなわち二十世紀のアメリカ文学だ」

最初はチャールズ・ブコウスキーやジョン・ファンテに憧れ、やがてレイモンド・カーヴァーに傾倒し、そのルーツをたどるかたちで、ヘミングウェイやサリンジャー、シャーウッド・アンダーソンらを読み漁り、多大な影響を受けたという。同時代の作家で敬愛するのは、カナダのアリス・マンロー。いずれも短篇の名手と評される作家ばかりだ。

そんなコニェッティに、三十歳のとき転機が訪れた。仕事にも恋愛にも人間関係にも行き詰まり、

「なにより書くことをやめてしまった。僕にとってそれは、眠らない、あるいは食べないというのとほぼ同義であり、かつて経験したことのない空虚だった」そのときに読んだジョン・クラカワーの『荒野へ』の主人公、クリス・マッカンドレスに心を揺さぶられ、ミラノを離れ、ヴァッレ・ダオスタ州の山麓にある小さな村、ブリュソンに山小屋を借り、一人で暮らす決意をしたのだ。

山で暮らしながら、学校で無理やり読まされて以来、ずっと敬遠してきたイタリアの文豪と向き合う。古典的な作家ももちろんだが、とりわけ山を舞台にした小説を愛読したという。北に雄大なアルプス山脈を背負い、中央をアペニン山脈が縦に貫くイタリアには、豊かな山岳小説の伝統がある。アジアーゴの山中で暮らしながら、『テンレの物語』をはじめとする数々の名著を遺したマリオ・リゴーニ・ステルン、多くの登山記を執筆した南チロル出身の偉大なアルピニスト、ラインホルト・メスナー、残念ながら日本ではいまのところまだ紹介されていないものの、彫刻家としても知られるマウロ・コローナも、おなじ系譜に連なるだろう。また、コニェッティ自身が短篇の傑作と評するプリーモ・レーヴィの「鉄」（短篇集『周期律』所収）も、山を愛した二人の男の友情の物語だ。

孤独のなかで自然との対話を重ね、自己を掘り下げる過程で、コニェッティのなかでじわじわと発酵するようにふくらんできた物語が、『帰れない山』だった。細部にリアリティーを持たせるために、グラーナ村のモデルとなった村に何度も通い、実際に山や森を探索しながら、情景を描写していったという。登場人物の名前は、付近の墓碑銘から選ぶという念の入れようだった。

こうしたコニェッティの歩みをたどってみると、「なにより、美しいイタリア語で描写される壮大な自然に魅了される。彼と同世代で、ここまで見事なイタリア語を書ける作家はそれほど多くはない。パオロ・コニェッティが、膨大な量のアメリカ文学を読みながら作家としての素地を固めたことは、これまでの著作からもうかがえる。その一方で、彼は非常にクラシカルなイタリア語を使いこなす。透明感のある筆致と卓越した描写力、それでいて技巧に陥ることはなく、表情豊かで、音楽的で、精緻なのだ。一つひとつの言葉が丁寧に選ばれたものであることが感じられる」といった評も、行き着くべくして極めた頂であることがわかる。

*

私は二十年ほど前から奥武蔵の山間《やまあい》の集落で暮らしている。標高ではグラーナ村の足もとにも及ばないけれど、「限界集落」という意味では、そこそこ近いものがあるように思う。我が家のすぐ裏には沢蟹や蛍の棲む沢が流れ、日が暮れると鹿たちが水を飲みに山から下りてくる。都会から越してきたばかりの頃、七歳だった息子は、山も川も知りつくしていた一つ年下の隣家の子どものあとを必死で追いかけ、全身ずぶ濡れになりながら、毎日のように沢を登っていた。初めて本書を読んだとき、ブルーノのあとをどこまでもついていこうと決めて森を駆けずりまわり、沢登りをするピエトロの姿が、そんな当時の息子たちの思い出と重なり、私はたちまちこの物語の世界の虜になった。

そもそも、話題になっている小説があるから読んでみませんかと声を掛けてくださったのは、タトル・モリ エイジェンシーの川地麻子さんだった。送っていただいたPDFを読んで魅了され、新潮社の須貝利恵子さんに概要をお話ししたところ、ぜひ「街の少年と山の少年」の物語を読んでみたいとおっしゃってくださった。素晴らしい作品との出会いをくださったお二人に、あらためてお礼を申しあげる。

また、編集の労をとっていただいた前田誠一さん、イタリア語の読解における疑問を丁寧にほぐしてくれたマルコ・ズバラッリ、そのほか様々な形で訳者の至らない知識を補ってくださった方々に心より感謝する。

なお、著者のパオロ・コニェッティは、二〇一八年十一月末に来日し、第二回ヨーロッパ文芸フェスティバルに参加の予定だ。読者の皆さんとの交流からなにが生まれるのか、いまから楽しみでならない。その際にはおそらく、十一月に刊行予定だという新刊についても話を聞けることだろう。

これまでクレスト・ブックスからは、イタリアの最南端カラブリア生まれの作家、カルミネ・アバーテによる、海辺の村の物語を二冊続けてご紹介させていただいたので（『風の丘』『ふたつの海のあいだで』）、今回、こうして最北端の山間の村の物語をお届けできることを嬉しく思う。二つの異なる土地に根差した物語は、これが本当におなじ国なのかと思うほど、人々の気質や関係性、それを包み込む空気、リズム、あたりに漂うにおいや音といったものまでとことん対照的だ。そんなイタリア文学の多彩な姿も、併せて感じとっていただけたら幸いだ。

二〇一八年　晩夏

関口英子

Le otto montagne

Paolo Cognetti

帰《かえ》れない山《やま》

著 者

パオロ・コニェッティ

訳 者

関口英子

発 行

2018 年 10 月 30 日

5 刷

2022 年 6 月 10 日

発行者 佐藤隆信

発行所 株式会社新潮社

〒162-8711 東京都新宿区矢来町 71

電話 編集部 03-3266-5411

読者係 03-3266-5111

http://www.shinchosha.co.jp

印刷所

株式会社精興社

製本所

大口製本印刷株式会社

乱丁・落丁本は、ご面倒ですが小社読者係宛お送り下さい。

送料小社負担にてお取替えいたします。

価格はカバーに表示してあります。

ISBN978-4-10-590153-0 C0397

CREST BOOKS

Shinchosha